O DETENTO

O Arqueiro

GERALDO JORDÃO PEREIRA (1938-2008) começou sua carreira aos 17 anos, quando foi trabalhar com seu pai, o célebre editor José Olympio, publicando obras marcantes como *O menino do dedo verde*, de Maurice Druon, e *Minha vida*, de Charles Chaplin.

Em 1976, fundou a Editora Salamandra com o propósito de formar uma nova geração de leitores e acabou criando um dos catálogos infantis mais premiados do Brasil. Em 1992, fugindo de sua linha editorial, lançou *Muitas vidas, muitos mestres*, de Brian Weiss, livro que deu origem à Editora Sextante.

Fã de histórias de suspense, Geraldo descobriu *O Código Da Vinci* antes mesmo de ele ser lançado nos Estados Unidos. A aposta em ficção, que não era o foco da Sextante, foi certeira: o título se transformou em um dos maiores fenômenos editoriais de todos os tempos.

Mas não foi só aos livros que se dedicou. Com seu desejo de ajudar o próximo, Geraldo desenvolveu diversos projetos sociais que se tornaram sua grande paixão.

Com a missão de publicar histórias empolgantes, tornar os livros cada vez mais acessíveis e despertar o amor pela leitura, a Editora Arqueiro é uma homenagem a esta figura extraordinária, capaz de enxergar mais além, mirar nas coisas verdadeiramente importantes e não perder o idealismo e a esperança diante dos desafios e contratempos da vida.

FREIDA McFADDEN

O DETENTO

Traduzido por Fernanda Abreu

Título original: *The Inmate*

Copyright © 2022 por Freida McFadden
Copyright da tradução © 2025 por Editora Arqueiro Ltda.

Publicado originalmente nos Estados Unidos por Hollywood Upstairs Press.

Todos os direitos reservados. Nenhuma parte deste livro pode ser utilizada ou reproduzida sob quaisquer meios existentes sem autorização por escrito dos editores.

coordenação editorial: Taís Monteiro
produção editorial: Ana Sarah Maciel
preparo de originais: Karen Alvares
revisão: Ana Grillo e André Marinho
diagramação: Guilherme Lima e Natali Nabekura
capa: Freida McFadden
adaptação de capa: Ana Paula Daudt Brandão
impressão e acabamento: Lis Gráfica e Editora Ltda.

CIP-BRASIL. CATALOGAÇÃO NA PUBLICAÇÃO
SINDICATO NACIONAL DOS EDITORES DE LIVROS, RJ

M144d

McFadden, Freida
 O detento / Freida McFadden ; tradução Fernanda Abreu. - 1. ed. - São Paulo : Arqueiro, 2025.
 272 p. ; 23 cm.

 Tradução de: The inmate
 ISBN 978-65-5565-733-3

 1. Ficção americana. I. Abreu, Fernanda. II. Título.

24-93837
CDD: 813
CDU: 82-3(73)

Gabriela Faray Ferreira Lopes - Bibliotecária - CRB-7/6643

Todos os direitos reservados, no Brasil, por
Editora Arqueiro Ltda.
Rua Artur de Azevedo, 1.767 – Conj. 177 – Pinheiros
05404-014 – São Paulo – SP
Tel.: (11) 2894-4987
E-mail: atendimento@editoraarqueiro.com.br
www.editoraarqueiro.com.br

UM

Dias de hoje

No momento em que as portas da prisão se fecham atrás de mim, questiono todas as decisões que já tomei na vida.

Não é aqui que eu quero estar agora. Não *mesmo*. Quem quer estar num presídio de segurança máxima? Aposto que ninguém quer. Quando alguém está dentro dessas quatro paredes, é porque talvez tenha tomado algumas decisões ruins ao longo da vida.

Com certeza é o meu caso.

– Nome?

Uma mulher trajando um uniforme azul de agente penitenciário levanta os olhos para mim por trás da divisória de vidro logo depois da entrada do presídio. Eles são sombrios e sem brilho, e ela parece querer estar aqui tão pouco quanto eu.

– Brooke Sullivan. – Pigarreio. – Vim falar com Dorothy Kuntz.

A mulher volta o olhar para uma prancheta com papéis na frente dela. Corre os olhos pela lista, sem dar a entender que me ouviu ou que sabe alguma coisa sobre o motivo pelo qual estou aqui. Olho para trás de mim, em direção à pequena área de espera, vazia nesse momento com exceção de um idoso todo enrugado sentado numa das cadeiras de plástico, lendo um jornal como se estivesse dentro de um ônibus. Como se não houvesse uma cerca de arame farpado à nossa volta, pontuada por guardas corpulentos vigiando as torres.

Depois do que parecem ser vários minutos, o som de um interfone ecoa pelo recinto, alto o suficiente para eu me sobressaltar e dar um passo para trás. Uma porta à minha direita com barras vermelhas verticais se abre devagar até revelar um corredor comprido e mal-iluminado.

Fico encarando o corredor com os pés grudados no chão.

– É para... é para eu entrar?

A mulher ergue os olhos sem vida para mim.

– É. Pode ir. Você vai passar pela revista de segurança no final do corredor.

Ela meneia a cabeça para indicar o corredor escurecido, e um calafrio me percorre enquanto passo com hesitação pela porta de barras, que volta a se fechar e se tranca com um baque ressonante. Nunca estive aqui antes. Minha entrevista de emprego foi por telefone, e o diretor da prisão estava tão desesperado para me contratar que nem sequer se sentiu obrigado a me conhecer pessoalmente antes: meu currículo e as cartas de recomendação bastaram. Assinei um contrato de um ano e enviei por fax na semana passada.

E agora estou aqui. Pelo próximo ano da minha vida.

Isso é um erro. Eu nunca deveria ter vindo para cá.

Olho para trás, para as barras de metal vermelho que já se fecharam atrás de mim. Ainda não é tarde demais. Embora tenha assinado um contrato, tenho certeza de que poderia me desvencilhar dele. Ainda poderia dar meia-volta e ir embora deste lugar. Ao contrário dos residentes do presídio, não preciso estar aqui.

Não queria esse emprego. Queria qualquer outro, menos esse. Mas eu me candidatei a absolutamente todos os empregos num raio de sessenta minutos de carro da cidade de Raker, no norte do estado de Nova York, e esse presídio foi o único lugar que me retornou, chamando para uma entrevista. A vaga foi minha última escolha, e eu me senti sortuda por tê-la conseguido.

Por isso, continuo andando.

No posto de segurança no final do corredor há um homem vigiando uma segunda porta com barras. Está na casa dos 40 anos, tem os cabelos curtos cortados em estilo militar e está usando o mesmo uniforme azul engomado da mulher de olhos mortiços da recepção. Dou uma olhada no crachá pregado no bolso da frente da camisa dele: Agente Penitenciário Steven Benton.

– Oi! – digo com uma voz que percebo ser um pouco alegre demais, mas não consigo evitar. – Meu nome é Brooke Sullivan, hoje é meu primeiro dia de trabalho aqui.

A expressão de Benton não muda enquanto me avalia de cima a baixo com os olhos escuros. Fico nervosa ao pensar de novo em todas as escolhas de roupas que fiz de manhã. Como iria trabalhar num presídio de segurança máxima masculino, imaginei que fosse melhor não me vestir de um jeito que pudesse ser visto como insinuante. Sendo assim, estou usando uma calça social preta de boca um pouco larga e uma camisa de manga comprida preta de botão. Está fazendo mais de 25 graus lá fora, um dos últimos dias quentes do verão, e embora eu esteja arrependida de tanto preto, esse parecia o único jeito de chamar o mínimo de atenção possível. Meus cabelos estão presos para trás num rabo de cavalo simples. A única maquiagem que passei foi um pouco de corretivo para esconder as olheiras e um tiquinho de um batom que tem quase a mesma cor da boca.

– Da próxima vez, nada de saltos – diz ele.

– Ah! – Baixo os olhos para meus sapatos pretos de salto. Ninguém me deu absolutamente nenhuma orientação em relação a que roupas vestir, muito menos a que *sapatos* calçar. – Bom, eles não são muito altos. E são *grossos*... não são pontudos nem nada. Não acho mesmo que...

Meus protestos morrem antes de saírem da boca enquanto Benton fica me encarando. Nada de saltos. Entendi.

Ele passa minha bolsa por um detetor de metais, e em seguida atravesso outro bem maior. Faço uma brincadeira nervosa sobre ter a sensação de estar no aeroporto, mas já estou com a sensação de que esse cara não curte muito brincadeiras. Da próxima vez, nada de saltos e nada de brincadeiras.

– Tenho hora marcada com Dorothy Kuntz – digo para ele. – Ela é enfermeira daqui.

Benton dá um grunhido.

– Você é enfermeira também?

– Enfermeira de prática avançada – corrijo. – Vou trabalhar no posto de saúde daqui.

Ele arqueia uma das sobrancelhas para mim.

– Boa sorte com isso.

Não sei ao certo o que ele quer dizer.

Benton aperta um botão e, mais uma vez, aquele ruído ensurdecedor de interfone dispara logo antes de o segundo conjunto de portas com barras se abrir, deslizando. Ele me indica o caminho por um corredor até a ala médica. O corredor tem um cheiro estranho de alguma substância química, e as luzes fluorescentes do teto não param de piscar. A cada passo que dou, sinto um pânico crescente de que algum presidiário vá surgir do nada e me matar de pancada usando um dos meus sapatos de salto.

Há uma mulher me esperando quando dobro à esquerda no final do corredor. Ela tem por volta de 60 e poucos anos, cabelos grisalhos bem curtos e um corpo robusto; há algo nela ligeiramente familiar, mas não consigo identificar o quê. Ao contrário dos guardas, está usando um uniforme hospitalar azul-marinho. Assim como todo mundo que conheci até agora no presídio, não está sorrindo. Fico imaginando se isso contraria as regras do lugar. Preciso verificar meu contrato. *Funcionários podem ser demitidos por sorrir.*

– Brooke Sullivan? – pergunta ela com uma voz cortante mais grave do que eu esperava.

– Isso. Você é a Dorothy?

De um jeito bem parecido com o do guarda lá da frente, ela me olha de cima a baixo. E, também como ele, parece totalmente decepcionada com o que vê.

– Nada de saltos – diz ela para mim.

– Eu sei. Eu...

– Se sabe, por que veio de salto?

– Quer dizer... – Meu rosto arde. – *Agora* eu sei...

Com relutância, ela aceita essa resposta e decide não me forçar a passar meu dia de adaptação descalça. Dá um aceno com uma das mãos, e saio trotando atrás dela pelo corredor, obediente. Todo o lado de fora da ala médica tem o mesmo cheiro químico do restante do presídio e as mesmas luzes frias piscantes. Há algumas cadeiras de plástico encostadas na parede, mas estão desocupadas. Ela puxa a porta de uma das salas.

– Aqui vai ser o seu consultório – diz ela.

Espio lá dentro. O cômodo tem mais ou menos metade do tamanho das salas do pronto-socorro no Queens onde eu trabalhava antes. Mas, tirando isso, parece a mesma coisa. Uma maca de exame no meio, um banquinho para eu me sentar, uma mesa pequena.

– Eu vou ter uma sala?

Dorothy faz que não com a cabeça.

– Aqui tem uma mesa. Não tá vendo?

Quer dizer que a ideia é eu fazer anotações com os pacientes olhando por cima do meu ombro?

– E computador?

– Os prontuários são todos em papel.

Fico estarrecida ao ouvir isso. Nunca trabalhei num lugar onde os prontuários fossem em papel. Sequer sabia que isso ainda era permitido. Mas acho que as regras são um pouco diferentes na prisão.

Ela aponta para uma sala contígua à de exames.

– Ali é a sala onde ficam os prontuários médicos. Seu crachá vai abrir a porta. Vamos providenciar um antes de você ir embora.

Ela ergue o próprio crachá até o leitor na parede e ouve-se um clique alto. Empurra a porta para abri-la e revela um pequeno cômodo empoeirado cheio de armários de arquivos. Toneladas e mais toneladas deles. Isso vai ser um suplício.

– Tem algum médico supervisor aqui? – pergunto.

Ela hesita.

– O Dr. Wittenburg trabalha em meia dúzia de presídios. Você não vai vê-lo muito, mas ele fica disponível por telefone.

Isso me deixa nervosa. Eu nunca ficava sozinha no pronto-socorro. Mas imagino que os casos lá fossem mais graves do que os que vou ver aqui. Pelo menos, assim espero.

Nossa parada seguinte é a sala de materiais. É mais ou menos igual à do pronto-socorro, só que menor, claro, e o acesso também é por crachá. Há ataduras, material para realizar suturas, além de potes, tubos e substâncias químicas diversas.

– Só eu posso distribuir os remédios – diz Dorothy. – Você faz a receita e eu entrego os medicamentos para o paciente. Se precisar de algo que não tivermos, podemos encomendar.

Esfrego as palmas suadas na calça social preta.

– Certo, tá bem.

Dorothy me encara por um bom tempo.

– Sei que está nervosa por trabalhar numa penitenciária de segurança máxima, mas você precisa saber que muitos desses homens ficarão gratos pelos seus cuidados. Contanto que seja profissional, não vai ter nenhum problema.

– Certo...

– *Não* compartilhe nenhuma informação pessoal. – Os lábios dela formam uma linha reta. – *Não* conte aos detentos onde mora. Não conte *nada* pra eles sobre sua vida. Não pendure nenhuma foto. Você tem filhos?

– Um filho.

Dorothy me encara com um ar espantado. Imaginava que eu fosse responder que não. A maioria das pessoas fica surpresa quando digo que tenho um filho. Mesmo aos 28 anos, pareço bem mais nova, apesar de me sentir bem mais velha. Tenho cara de quem está na faculdade e me sinto com 50 anos. Essa é a minha vida.

– Bom, não comente sobre seu filho – recomenda Dorothy. – Mantenha a relação profissional. Sempre. Não sei com o que você estava acostumada no seu emprego anterior, mas esses homens não são seus amigos. São criminosos que cometeram delitos extremamente graves, e muitos deles vão passar a vida inteira aqui.

– Eu sei.

Nossa, e como sei.

– E o mais importante de tudo... – Os olhos azuis frios de Dorothy se cravam em mim. – Você precisa lembrar que, embora a maioria desses homens vá procurá-la por motivos legítimos, alguns vêm aqui para conseguir drogas. Temos uma pequena quantidade de narcóticos na farmácia, mas eles estão reservados para ocasiões raras. Não permita que esses homens a enrolem tentando conseguir uma receita de narcóticos para usar ou vender.

– Claro...

– Além disso, nunca aceite qualquer tipo de pagamento em troca de narcóticos – acrescenta ela. – Se alguém lhe fizer uma proposta dessas, venha falar comigo na hora.

Respiro fundo.

– Eu *jamais* faria isso.

Dorothy me encara com firmeza.

– É, bom, foi isso que a última falou. Agora ela vai acabar num lugar igual a este.

Fico sem palavras por alguns instantes. Quando o diretor da prisão me entrevistou, perguntei sobre a última pessoa que havia trabalhado aqui, e ele me contou que ela tinha ido embora por "motivos pessoais". Não se lembrou de mencionar que fora presa por vender narcóticos aos detentos.

É um banho de água fria pensar que a última pessoa que teve este emprego antes de mim está presa. Ouvi dizer que, quando você entra no sistema penitenciário, é difícil sair. Talvez o mesmo valha para as pessoas que trabalham no sistema.

Dorothy repara na minha cara, e sua expressão se suaviza um tiquinho de nada.

– Não se preocupe – diz. – Não é tão assustador quanto você pensa. Na verdade, é igualzinho a qualquer outro emprego na área médica. Atender pacientes, fazer com que melhorem, depois mandar eles de volta pra suas vidas.

– Hã... – Esfrego a nuca. – Só tava pensando... Eu vou ser responsável por atender *todos* os presos da penitenciária? Tipo, eu só atendo uma parte ou...

Os lábios dela se franzem.

– Não, garota, é contigo mesmo. Você vai atender todo mundo. Algum problema com isso?

– Não, nenhum – respondo.

Mas é mentira.

O verdadeiro motivo pelo qual eu estava relutante em aceitar este emprego não era o medo de algum detento me assassinar com meu próprio sapato. É por causa de um dos presidiários daqui. Uma pessoa que conheci muito tempo atrás, e que não tenho a menor vontade de rever.

Só que não posso dizer isso a Dorothy. Não posso revelar que o homem que foi meu primeiro namorado é detento da Penitenciária de Segurança Máxima de Raker, atualmente cumprindo uma pena de prisão perpétua sem direito a condicional.

E que quem o colocou aqui fui eu.

DOIS

Quando entro na rua da casa dos meus pais no meu Toyota azul velho, estou com um crachá laminado da Penitenciária de Raker na bolsa. Dorothy me deu um conselho ameaçador sobre não deixá-lo cair em mãos erradas, mas, com base nos meus privilégios de acesso, tenho quase certeza de que a única coisa que alguém conseguiria fazer com ele seria roubar uns Band-Aids e usar o banheiro dos funcionários. Mesmo assim, vou protegê-lo com a minha vida.

Apesar do motivo ruim que me fez sair da cidade uma década atrás, eu amei ser criança em Raker. É uma cidade linda, com árvores em cada esquina, casinhas pitorescas e vizinhos que não olham automaticamente para o outro lado ao passar por você na rua, como acontece no Queens. E, à noite, quando se olha para o céu, é possível identificar cada constelação, em vez de só alguns pontinhos luminosos aleatórios que provavelmente não passam de aviões.

É exatamente o tipo de lugar onde uma criança deveria ser criada. É exatamente do que minha pequena família precisa.

Paro em frente à garagem com espaço para dois carros, um resquício de antigamente, quando meus pais estacionavam dentro da garagem e eu tinha que estacionar na frente da casa ou na rua. Força do hábito. Ainda penso na casa como deles, embora não seja mais. A casa agora é minha... toda minha.

Afinal, os dois estão mortos.

Quando destranco a porta da frente, o barulho da televisão invade o hall de entrada junto com um cheiro de comida sendo preparada. Fecho os olhos e, por poucos instantes, me permito imaginar algum universo paralelo em que estou chegando em casa para encontrar minha família e meu companheiro está na cozinha preparando o jantar.

Mas isso não passa de fantasia, claro. Nunca houve ninguém na minha vida que tenha ficado por tempo suficiente para preparar o jantar, e estou começando a pensar se um dia vai haver. O cheiro delicioso é cortesia da babá, que teve a gentileza de começar a preparar o jantar.

– Olá? – chamo. – Cheguei!

Espero um pouquinho, imaginando se Josh vai vir me dar oi. Houve um tempo em que a chegada da mamãe em casa era seguida por pezinhos correndo e um corpo quentinho se atirando nas minhas pernas. Agora que Josh completou 10 anos, esse tipo de recepção é menos frequente. Ele ainda me ama, não me entenda mal, só que não com *tanto* entusiasmo assim.

Dito e feito: um segundo depois, Josh aparece no hall de entrada, descalço. É sua última semana de férias, e ele está aproveitando para passar noventa por cento do tempo no sofá assistindo televisão ou então jogando seu Nintendo. Eu não deveria deixar, mas em breve ele vai ter aulas, deveres de casa e partidas esportivas. Ele é louco por beisebol, e os jogos só começam na primavera, mas, quando for chegando a hora, vai querer que eu o leve ao parque para treinar.

– Oi, mãe!

Estendo os braços e ele aceita o carinho, não de todo relutante.

– Oi, filho. Como foi seu dia?

– Legal.

– Fez alguma coisa além de ficar sentado no sofá?

Ele me abre um sorrisinho.

– Por que eu ia fazer outra coisa?

Josh afasta os cabelos castanhos dos olhos. Precisa de um corte, algo que, a tirar pelo histórico, será feito no banheiro, em cima da pia. Mas ele com certeza vai cortar os cabelos antes da volta às aulas. A cada dia que passa, o menino se parece um pouco mais com o pai, e, com os cabelos desgrenhados assim, a semelhança é suficiente para me dar um aperto no coração.

13

Um temporizador dispara na cozinha e, quando me dirijo para lá, o cheiro de frango assado se intensifica. Meu Deus, que saudade de uma comida caseira. Minha mãe cozinhava quase todas as noites, mas já fazia tempo que eu não morava na mesma casa que ela antes de me mudar de vez para cá no mês passado, depois que ela morreu.

Chego à cozinha bem na hora em que Margie está tirando uma travessa do forno. Margie é uma avó do bairro que vai ficar com Josh quando eu estiver no trabalho. Ele tentou protestar, dizendo que não precisava de babá, mas não me sinto à vontade com ele passando horas sozinho em casa enquanto estou a 45 minutos de distância... num *presídio*. Além do mais, Josh tem só 10 anos. E não é exatamente um menino *maduro* de 10 anos.

– O cheiro está incrível, Margie – digo.

Ela faz uma cara radiante e ajeita atrás da orelha um fio grisalho fujão.

– Ah, não é nada. Só uns pedaços de frango assado com manteiga de alho. E arroz e aspargos pra acompanhar, claro. Não dá pra comer só frango puro.

Humm, não? Porque tenho quase certeza de que, ao longo dos dez últimos anos, houve uma porção de noites em que Josh e eu comemos só frango. Num balde de papelão com o logo de um coronel sorridente na lateral.

Mas isso é coisa do passado. Agora vai ser diferente. Um recomeço para nós dois.

Josh respira fundo de um jeito exagerado.

– Que cheiro de *molho*.

Encaro meu filho.

– Como assim? Você não tem como sentir o cheiro só do molho.

Margie dá uma piscadela.

– Acho que ele tá sentindo o cheiro da manteiga de alho.

Ele torce o nariz.

– Eu não gosto de alho. A gente não pode ir comer no McDonald's?

Não entendo direito como se pode amar tanto uma pessoa e com tanta frequência sentir vontade de esganá-la.

– Em primeiro lugar, em Raker não tem McDonald's, então *não tem como* a gente ir lá – explico. – Em segundo lugar, a Margie preparou uma comida caseira deliciosa pra gente. Se você não quiser, pode fazer seu próprio jantar.

Margie ri.

– Você parece a minha filha falando.

Torço para isso ser um elogio.

– Muito obrigada por ter vindo hoje, Margie. Você vai estar aqui quando o Josh chegar da escola na segunda? O ônibus deve vir lá pelas três.

– Combinado! – confirma ela.

Apesar de Margie ter a própria chave, eu a acompanho até a porta. Logo antes de nos despedirmos, ela hesita, e um vinco surge entre suas sobrancelhas grisalhas.

– Escuta, Brooke...

Se ela me disser que vai pedir as contas, vou me encolher num canto e chorar. Ela era a única babá disponível que cobrava um valor perto do que eu podia pagar, e mesmo assim mal tenho dinheiro para bancá-la.

– Diga...

– O Josh parece bem nervoso com essa volta às aulas. Sei que é difícil chegar a uma cidade nova, principalmente na idade dele. Mas ele me pareceu ainda mais nervoso do que eu esperaria que estivesse.

– Ah...

– Não quero te deixar preocupada, meu bem – acrescenta ela. – Só queria avisar.

Sinto uma onda de empatia pelo meu filho de 10 anos. Não posso culpá-lo por estar com saudades do McDonald's. O McDonald's é conhecido. Raker não é, e tampouco esta casa. Durante toda a vida dele, meus pais nunca nos deixavam vir visitar; eram sempre eles que iam visitar a gente em Nova York, até eu dizer que não podiam mais ir. Esta cidade é um lar para mim, mas, para Josh, é uma cidade cheia de desconhecidos.

E consigo pensar em alguns outros motivos que o deixariam com medo de começar a escola depois do que aconteceu no Queens.

– Vou cuidar disso. Obrigada mais uma vez, Margie.

Volto para a cozinha, onde Josh está sentado diante da mesa brincando com o saleiro e o pimenteiro. Está fazendo uma pequena pilha de sal e pimenta, algo que já lhe disse várias vezes para não fazer, mas no momento isso não me deixa com raiva. Eu me sento na cadeira em frente à dele.

– Oi, parceirinho. Tudo bem com você?

Josh traça um J, a primeira letra de seu nome, na pilha de temperos em cima da mesa.

– Tudo.

– Nervoso com a volta às aulas?

Ele ergue um dos ombros estreitos.

– Ouvi dizer que as crianças dessa escola são bem legais. Não vai ser como no Queens.

Ele ergue os olhos castanhos.

– Como você pode saber?

Eu me retraio; sinto a dor dele como se fosse minha. No ano passado, Josh sofreu bullying na escola. Um bullying *grave*. Eu nem sabia o que se passava porque em casa ele não tocava no assunto. Só foi começando a ficar cada vez mais calado. Só entendi o motivo no dia em que ele chegou em casa com um olho roxo.

Mesmo com o olho roxo, Josh tentou negar que estivesse acontecendo alguma coisa. Teve muita vergonha de me contar o motivo de as outras crianças estarem fazendo bullying com ele. Eu não fazia ideia de nada. Meu filho é um menino meio quieto, mas nada nele foge do normal; eu não tinha ideia do que fazia dele um alvo. Até descobrir do que as outras crianças o xingavam:

Filho de mãe solteira.

O fato de outras crianças estarem fazendo bullying com ele por *minha* causa cravou uma faca no meu coração. Foi por causa da *minha* história e do fato de meu filho nunca ter tido um pai. Tive alguns pensamentos sombrios depois disso, pode acreditar.

A escola tinha uma política de tolerância zero em relação ao bullying, mas pelo visto isso era só da boca para fora, para fazer parecer que estavam agindo certo. Ninguém parecia ter qualquer intenção de fazer nada para ajudar meu filho. E o fato de o diretor da escola ter me encarado com um olhar de julgamento ao perceber que as outras crianças estavam apenas apontando uma realidade infeliz em relação à minha *situação* não ajudou.

Quando se é mãe solo e já mal se está conseguindo segurar as pontas, é difícil lidar com uma escola que finge não estar acontecendo nada de errado. E com um bando de outros pais com vinte anos a mais e bem mais dinheiro. Cheguei a consultar um advogado, coisa que raspou a maior parte da minha conta bancária, mas o resultado foi uma recomendação para mudar Josh de escola.

Assim, depois de um acidente de carro matar meu pai e minha mãe no final do ano letivo, decidi não vender a casa onde cresci. Era o recomeço de que Josh e eu estávamos precisando.

– Você vai fazer novos amigos – digo ao meu filho.

– Como você sabe? – diz ele.

– Vai, sim – insisto. – *Prometo* que vai.

O problema quando os filhos ficam mais velhos é que eles sabem que existem coisas que não se pode prometer.

Josh não ergue os olhos da pequena pilha de sal e pimenta. Dessa vez, escreve nela um S, a inicial do seu sobrenome.

– Mãe?

– Diga, meu amor.

– Agora que a gente tá morando aqui eu vou conhecer meu pai?

Quase engasgo com a própria saliva. Uau, eu não sabia que esse pensamento estava passando pela cabeça dele. Por mais que tenha dado o melhor de mim para ser pai e mãe desse menino, houve momentos na vida de Josh em que ele pareceu obcecado em saber quem é o pai dele. Quando tinha 5 anos, eu não conseguia fazê-lo parar de falar no assunto. Todo dia ele chegava em casa com um desenho novo do pai e de como imaginava que ele era. Astronauta. Policial. Veterinário. Mas já faz um tempinho que ele não menciona o pai.

– Josh – começo.

– Porque ele mora aqui, né? – Ele ergue os olhos da mesa. – Não mora?

Cada palavra é como uma minúscula adaga no meu coração. Eu deveria simplesmente ter dito para ele que seu pai tinha morrido. Isso teria facilitado muito as coisas. Poderia ter inventado alguma história maravilhosa sobre o pai dele ser um herói que tinha morrido, sei lá, tentando salvar um filhote de cachorro num incêndio. Talvez, se eu tivesse lhe contado a história do filhote de cachorro no incêndio, as crianças não tivessem feito bullying com ele ano passado.

– O seu pai morava aqui, meu amor. Não mora mais.

Não consigo interpretar direito a expressão no rosto de Josh. O outro problema quando os filhos ficam mais velhos é que eles conseguem perceber quando os pais estão mentindo.

TRÊS

O homem na minha frente tem exatamente um dente.

Tá, isso não é de todo verdade. O Sr. Henderson tem dois dentes na parte de trás da boca, que estão pretos e precisando seriamente de tratamento, mas quando sorri tudo que consigo ver na boca dele é um dente superior amarelo.

– A senhora é uma salvação, doutora – diz o Sr. Henderson para mim enquanto me exibe mais uma vez o dente solitário.

Já falei duas vezes para ele que não sou médica, mas ele parece gostar de me chamar assim.

– Não sei nem dizer o quanto tô agradecido – acrescenta ele.

– Fico feliz em ajudar.

Não fiz praticamente nada pelo Sr. Henderson. Tudo que fiz foi lhe receitar uma bombinha nova para o enfisema dele, que parece ter piorado nos últimos meses. Os detentos precisam preencher um formulário interno, que é uma requisição para vir se consultar comigo caso não seja uma consulta de rotina agendada, e o formulário que o Sr. Henderson preencheu diz apenas: "Não consigo respirar".

Todos os pacientes que recebi no meu primeiro dia foram assim. Não sei o que esses homens fizeram para acabar num presídio de segurança máxima, mas são todos incrivelmente educados e gratos pelo meu atendimento.

Não sei que crime terrível esse homem de 63 anos cometeu e nem quero saber. Nesse momento, estou gostando do sujeito.

– Ando tossindo e com chiado no peito desde que a outra moça foi embora – conta o Sr. Henderson.

Como para demonstrar o que está dizendo, ele dá uma tossida alta e úmida puxada bem lá do fundo do peito. Adoraria fazer um raio-X de tórax nele, mas como o técnico não veio hoje isso vai ter que esperar até amanhã.

Os funcionários daqui são terríveis. Estou só há um dia no emprego, mas isso já ficou dolorosamente evidente. Antes de eu começar, o Dr. Wittenburg aparecia no presídio de vez em quando. Quando não, mandavam os detentos para receberem atendimento médico básico no pronto-socorro a um custo descomunal para o presídio. Não é de espantar que parecessem tão desesperados para me contratar.

Desesperados o suficiente para relevar minha ligação íntima com um dos detentos.

– E a Dorothy? – pergunto. – O senhor disse pra ela que estava com dificuldade pra respirar?

Ele dá um aceno com a mão.

– Ela só fala pra eu deixar de frescura.

Embora os detentos se mostrem bastante educados, já ouvi meu quinhão de reclamações sobre Dorothy hoje. Ninguém parece gostar muito dela.

– Mas a senhora é ótima, doutora – elogia o Sr. Henderson.

– Obrigada. – Sorrio para ele. – Tem mais alguma pergunta ou preocupação?

– Tenho uma pergunta, sim. – Ele coça o ninho de rato de cabelos grisalhos sobre a própria cabeça. – A senhora é casada?

O alerta de Dorothy sobre não dar informações pessoais a nenhum dos pacientes ainda ecoa nos meus ouvidos. Mas essa parece uma pergunta um tanto inofensiva. E ele pode ver claramente que não estou usando aliança.

– Não – respondo. – Não sou casada.

– Bom, tenho certeza de que vai encontrar alguém em breve, doutora – assegura ele. – A senhora é bem jovem e bonita. Não precisa se preocupar.

Ótimo.

O Sr. Henderson pula da maca de exame, e eu o conduzo até o lado de fora do consultório enquanto faço algumas últimas anotações rápidas no seu prontuário em papel. As exigências de documentação aqui são bem limitadas, pelo que pude ver. A última enfermeira, Elise, simplesmente fazia algumas anotações para cada uma das consultas com sua letra grande e arredondada. Independentemente de quais forem seus outros pecados, fico feliz pelo fato de Elise ter uma letra boa.

O agente penitenciário Marcus Hunt está aguardando do lado de fora do consultório. Hunt é o agente destacado para a ala médica, ou seja, é quem traz os pacientes até a área de espera (isto é, as cadeiras de plástico enfileiradas do lado de fora do consultório) e fica parado em posição de sentido bem do lado de fora enquanto faço o atendimento.

Hunt é alto e, embora não seja exatamente largo, parece forte por baixo do uniforme azul de guarda. Deve ter 30 e poucos anos, com a cabeça raspada e o rosto coberto por uma barba de alguns dias por fazer. Como não há postigos nas portas, é reconfortante deixar a do consultório aberta e saber que Hunt está logo ali fora. Já reparei que ele às vezes deixa a porta bem aberta, e em outras, como com o Sr. Henderson, apenas a entreabre de leve. Imagino que saiba mais sobre os detentos do que eu, portanto deixo isso a seu critério.

Mais ou menos um terço dos homens hoje vieram algemados. Um ou dois estavam de tornozeleira também. Não perguntei como eles determinam quem é algemado e quem não é.

Entrego o Sr. Henderson ao agente Hunt, e ele dá um meneio de cabeça para mim sem expressão nenhuma no rosto. Assim como Dorothy, não é de sorrir muito, ou quase nunca. As únicas pessoas que sorriram para mim desde que cheguei aqui foram os detentos.

– Vou levar ele de volta pra cela – diz Hunt.

Dou uma olhada nas cadeiras de plástico do lado de fora do consultório.

– Ninguém mais esperando?

– Não, pode fazer um intervalo.

Vejo Hunt desaparecer por um corredor com o Sr. Henderson e fico sozinha. Não que não esteja contente por ter um intervalo, mas é que não tem muita coisa para fazer por aqui. O sinal de internet é praticamente inexistente, e não tem ninguém para conversar. Eu deveria começar a trazer um livro para ler quando tiver intervalos durante o expediente.

A sala dos prontuários fica à esquerda. Já entrei lá uma ou duas vezes hoje para buscar alguns, já que ninguém faz isso por mim. Baixo os olhos para o relógio no meu pulso: ainda falta uma hora para meu horário de saída. Então olho para um lado e para outro do corredor.

Não tem ninguém por aqui a não ser eu.

Sigo de fininho até a sala dos prontuários e uso meu crachá para destrancar a porta. É uma salinha extremamente claustrofóbica, atolada com o máximo de arquivos que dá para espremer nesse espaço, iluminada por uma única lâmpada sem luminária no teto. Há também uma pilha de pastas jogadas num canto, transbordando páginas. Dorothy me disse que são as pastas dos detentos que não estão mais no presídio. Como a maioria aqui está cumprindo pena de prisão perpétua, suponho que isso queira dizer que eles morreram.

Não tenho muito tempo antes de Hunt voltar. Por sorte, sei exatamente o que estou procurando.

Traço uma reta em direção à gaveta assinalada com a letra N, que abro com um puxão, expondo uma grossa coleção de prontuários bem espremida. Vou percorrendo os sobrenomes com o polegar. Nash. Nabb. Napier. Neil.

Nelson.

Puxo a pasta com as mãos ligeiramente trêmulas. O nome escrito na etiqueta é Shane Nelson. É *ele*. Ele continua neste lugar. Não que eu devesse me espantar com isso, já que da última vez que o vi, ele estava sendo condenado a passar o resto da vida neste presídio.

Fecho os olhos e ainda consigo ver seu belo rosto marcado. Os olhos pregados nos meus. *Eu te amo, Brooke.*

Foi isso que ele me disse apenas poucas horas antes de tentar me matar.

E essa nem foi a pior coisa que ele fez.

Baixo os olhos para o prontuário em papel com vontade de abri-lo e examiná-lo, mas sei que não devo. Do ponto de vista moral, com certeza não. Do ponto de vista legal... é uma zona cinzenta. Tecnicamente, na condição de detento desta penitenciária, ele é um dos meus pacientes. Mas, se eu abrir o prontuário dele, não o lerei como profissional da área médica.

Faz só um dia que cheguei aqui. É meio cedo para começar a desrespeitar as regras.

Quando me candidatei ao emprego, não pensei que fossem me contratar, considerando minha ligação com um dos detentos. Mas eu era menor de idade na época em que Shane foi julgado, e meus pais se desdobraram para manter meu nome fora dos registros públicos. Mesmo assim... imaginei que uma verificação de antecedentes fosse me denunciar. Mas eu estava errada.

Ou então o diretor sabia da ligação, mas estavam precisando tanto de alguém que deixaram isso passar.

Ouço um clique e me dou conta de que alguma outra pessoa usou o crachá para destrancar a porta da sala dos prontuários. Em pânico, enfio o prontuário de Shane de volta no arquivo e fecho a gaveta com força no mesmo instante em que a porta se abre. O agente Hunt está de pé ali, preenchendo o vão da porta com sua silhueta alta.

– Tem mais um paciente pra você. – Na penumbra da sala, os olhos dele parecem duas órbitas escuras. – O que está fazendo aqui?

– Eu, ahn... – Olho para trás em direção ao arquivo. – É que pensei numa coisa sobre um paciente de hoje de manhã e quis anotar.

Tenho todo o direito de estar nesta sala. Ele não tem como saber que o que eu estava fazendo não era nem um pouco regular, embora eu desconfie que minhas bochechas vermelhas estejam me entregando.

Hunt estreita os olhos para mim.

– Já separei todos os prontuários das consultas marcadas. Se precisar de algum outro, posso levar pra você.

– Ah! – Forço um sorriso. – Bom, nesse caso, obrigada. Com certeza, fico muito agradecida.

Ele não retribui meu sorriso.

Bom, que ótimo. Faz menos de um dia que estou aqui e o guarda já me considera um problema. Porém, como pelo visto eles precisam de mim mais do que preciso deles, meu emprego está a salvo. Por enquanto.

Contanto que Shane Nelson não precise se consultar na ala médica no futuro próximo.

QUATRO

Onze anos atrás

Meus pais me matariam se soubessem o que estou fazendo agora.

Eles acham que fui estudar depois da escola com minha melhor amiga, Chelsea. Acham que ela vai me dar uma carona até em casa, que vou pegar uma muda de roupas e voltar para dormir na casa dela.

Se soubessem que estou sentada dentro de um carro a um quarteirão de casa com Shane Nelson, seria bem ruim. E se soubessem que na verdade é na casa do *Shane* que vou passar a noite... bom, nem quero saber o que eles fariam. Para começar, eu ficaria de castigo. E não do tipo em que não posso jogar videogame ou repetir a sobremesa. Eu seria tirada da escola, provavelmente passaria a estudar em casa e nunca mais poderia sair do meu quarto. *Esse* tipo de castigo.

Então é por isso que, ao me levar em casa, Shane sempre para o carro a um ou dois quarteirões de distância. Mesmo isso é um risco, mas, em se tratando de Shane, estou disposta a assumir qualquer risco besta. Sempre fui uma boa menina: nota dez em tudo, grupo de excelência acadêmica, clube de debates. Pela primeira vez, conheci um cara que me faz querer quebrar todas as minhas próprias regras. Quando Shane me olha do banco do motorista de seu Chevy, percebo que não há muita coisa que eu não faria por ele.

– Estou super na expectativa pra hoje à noite – digo para ele com uma voz que torço para soar madura e sensual, mas que mais provavelmente soa esganiçada e nervosa.

Não consigo evitar; eu nunca passei a noite na casa de nenhum garoto.

– Eu também. – Ele acompanha a curva do pingente de floco de neve de ouro que uso no pescoço. – Muito.

Os vívidos olhos castanhos dele encontram os meus. Conheço Shane desde o segundo ciclo do fundamental, e juro que ele fica mais bonito a cada ano que passa. Cabelos pretos meio bagunçados, um sorriso perigoso e agora uma boa dose de músculos. Quando tínhamos 12 anos, ele era só um menino bagunceiro que não conseguia parar de se meter em encrenca na escola. Aí, no ensino médio, entrou para o time de futebol americano e virou o *quarterback* estrela do time. Todos os dias, vou com Chelsea vê-lo jogar e fico torcendo das arquibancadas, e ele é *mesmo* um craque. Mas nem assim é bom o bastante para meus pais.

– Sabe de uma coisa? – diz Shane. – Podia ser só a gente lá em casa hoje. É só você querer...

Quando Chelsea descobriu que a mãe dele passaria o fim de semana fora visitando a avó de Shane, teve a ideia brilhante de fazer uma festinha na casa dele hoje. Ela logo se convidou, acompanhada do próprio namorado, Brandon, outro craque de futebol. Brandon tem um talento especial para em toda festa sempre estar com uma garrafa de alguma bebida.

– Não sei se é uma boa ideia – digo. – Se a Chelsea não for, ela vai me dedurar pros meus pais.

Shane faz uma careta.

– Ela é sua melhor amiga. Acha mesmo que ela faria isso?

Ah, faria, com toda a certeza. Chelsea pode até ser minha melhor amiga, mas vive tentando se dar bem. Dessa vez, pra variar, estou até aliviada. Faz três meses que Shane e eu estamos namorando, e estou nervosa por ficar sozinha com ele. Nem acho que ele saiba que ainda sou virgem. Ele não é... não disse que não era, mas eu tenho certeza. Não é possível que seja.

– Não faz mal – digo. – Vai ser legal com a Chelsea e o Brandon.

Shane não protesta, porque Brandon é um de seus melhores amigos. Mas *ele* não está nervoso em relação a ficarmos a sós. Parece animado com qualquer tempinho que consiga passar comigo. Fico toda prosa por ele parecer gostar tanto de mim. Já namorei alguns caras, mas Shane é meu primeiro namorado *de verdade*. Ele nem parece se importar com o fato de precisarmos namorar escondido por meus pais não gostarem dele.

Olho para meu relógio de pulso. Falei para minha mãe que chegaria em casa às cinco.

– É melhor eu ir.

– Só mais cinco minutos?

– Melhor não.

Não quero dar a meus pais qualquer desculpa para dizerem que não posso sair hoje. Faz pouco tempo que eles aliviaram as restrições do último verão, quando uma adolescente chamada Tracy Gifford, de uma cidade vizinha à nossa, foi encontrada morta no mato. Depois disso, todo mundo passou quase um mês absolutamente em pânico. Mas quatro meses se passaram, e é quase como se aquilo nunca tivesse acontecido. Tracy Gifford antes era superimportante, e agora é como se ela nunca tivesse existido.

– Tá, tudo bem – concorda ele.

Shane me segura pelo ombro e me puxa para si. Eu o beijo, um beijo profundo e ardente, como se estivéssemos competindo para ver quem vai engolir o outro primeiro. Parece que a gente não consegue se cansar um do outro.

– Te vejo à noite.

– Até.

Começo a abrir a porta do carro, então sinto a mão dele no meu ombro.

– Brooke?

Eu me viro para ele de novo.

– Hum?

– Eu te ambo, Brooke.

Não consigo deixar de abrir um sorriso para ele. É uma piada interna nossa. Um dia, eu estava mandando uma mensagem para ele dizendo que amava sorvete, mas errei na hora de digitar e escrevi "eu ambo sorvete". O celular deveria ter corrigido, mas não. E então isso virou uma brincadeira. *Eu ambo batata frita. Eu ambo massagem no pé.* Então, umas duas semanas atrás, ele disparou:

Eu te ambo, Brooke.

Ele não me *ama*. Óbvio que não. Afinal, só temos 17 anos e estamos namorando há três meses. Mas ele me *amba*. E isso é quase melhor do que amor.

— Também te ambo – digo.

Shane ri e solta meu ombro para me deixar sair. Quando bato a porta do Chevy, o carro inteiro sacode. É uma lata-velha. Ele literalmente o pegou no ferro-velho e usou suas habilidades da aula de mecânica de automóveis para reconstruir o motor e fazer o carro funcionar. Pintou a lataria, que ficou mais ou menos apresentável, mas vivo meio com medo de o carro simplesmente morrer no meio da estrada e eu precisar voltar a pé para a civilização calçando o que quase com certeza serão sapatos incrivelmente desconfortáveis, porque é esse o tipo de sorte que costumo ter.

Mas Shane não tem dinheiro para um carro novo. Ou mesmo para um carro usado. Apesar de trabalhar todo fim de semana na pizzaria, o único carro que ele tem como bancar é o que comprou no ferro-velho.

E agora dá para saber por que meus pais nunca vão gostar dele. Porque, segundo eles, assim como o carro dele, Shane é um "lixo".

Ele baixa o vidro do carona.

— A gente se vê à noite, Brooke! Sete e meia!

— Sete e meia – repito, obediente.

Após essa confirmação, o carro de Shane se afasta zunindo e fazendo bem mais barulho do que um carro deveria fazer, porque o silencioso também veio do ferro-velho.

Fico olhando o Chevy desaparecer depois da esquina, porque estou apaixonada por ele a esse ponto. Tanto que preciso ficar olhando até ele sumir ao longe. É de dar náuseas, eu sei.

— O que é que você vai fazer às sete e meia, Brooke?

Despenco da minha nuvem de amor (digo, *ambor*) ao ouvir a voz atrás de mim. Não reparei que Shane tinha parado perigosamente perto da casa dos Reeses, coisa que em geral toma cuidado para não fazer. Tim Reese está no gramado na frente de casa juntando as últimas folhas que sobraram do outono.

Tim. Droga.

— Nada – respondo.

Tim arqueia uma das sobrancelhas quando ergo os olhos para encará-lo. Ainda não estou acostumada a olhar para cima para falar com ele. Eu o conheço desde que nós dois usávamos fraldas, quando ele era conhecido como Timmy e tinha a cara toda sardenta, como se uma bomba de sardas tivesse explodido em seu rosto. Ele sempre foi uns 5 centímetros mais baixo do que eu, aí de repente, cerca de um ano atrás, espichou. Ainda não consigo me acostumar direito com isso.

– Vai encontrar o Shane às sete e meia? – pressiona Tim.

Olho para o outro lado. Chelsea pode até ser minha melhor amiga, mas quem me conhece melhor do que qualquer outra pessoa no mundo é o Tim.

– Quem sabe...

Seus olhos azuis escurecem.

– Não acredito que você tá namorando aquele animal.

Meus pais detestam Shane, mas Tim o detesta mais ainda, com um estranho arrebatamento que não entendo por completo. Tim não é o tipo de cara que iria julgar alguém por dirigir um carro de terceira mão ou morar num sítio velho que está a uma telha solta de ser considerado inabitável. Deve haver outros motivos para ele detestar Shane.

– Tim, para com isso – resmungo.

Ele esfrega o queixo. A maioria das suas sardas clareou nos últimos anos, em parte porque ele toma cuidado para não pegar sol. Mas sinto saudades das sardas de Tim. Elas eram fofas. Sem elas, e agora uma cabeça mais alto do que eu, ele virou um cara bonito, mas já não é mais fofo. Além do mais, parece outra pessoa. Um menino diferente daquele com quem eu passava os verões, gritando e correndo por entre os irrigadores automáticos do quintal dos fundos da casa dele.

– O Shane é um animal – declara ele.

– Ah, para com isso...

– Mas é – insiste Tim, ríspido. – Ele e aqueles amigos dele do futebol são uns brutamontes. Não acredito que você não esteja vendo isso, Brooke.

Transfiro o peso de um pé para o outro no quintal de Tim, lamacento por causa do ar, que está pesado e úmido; posso sentir meus cabelos começando a enrolar. A previsão deu chuva forte e tempestade para esta noite, e Chelsea e eu pretendemos chegar no sítio antes de o tempo virar. De modo que eu deveria ir andando, mas detesto a expressão de julgamento no rosto de Tim e fico louca para provar que ele está errado. Ele não conhece Shane como eu. Antes eu achava Shane um animal, mas ele não é. É um cara legal, e gosto dele de verdade. Eu o *amo*. Tim simplesmente não consegue ver isso. Queria que conseguisse.

– Você precisa conhecer o Shane – digo. – Aposto que iria gostar dele.

Tim bufa e balança a cabeça.

– Escuta, você deveria vir hoje à noite também – sugiro.

Ele estreita os olhos.

– Ir aonde?

As palavras saem antes de eu conseguir pensar duas vezes.

– Hoje à noite a gente vai se encontrar na casa do Shane. A mãe dele vai viajar. Eu, o Shane, a Chelsea e o Brandon vamos estar lá. – Ergo uma das sobrancelhas, esperançosa. – E você?

– Desculpa, eu passo.

– Vem, vai ser legal! É só dizer pros seus pais que você foi pra casa do Jordan... eles nunca vão conferir. Vamos todos dormir lá.

Tim inclina a cabeça para o lado enquanto toma uma decisão. Ele costumava adotar essa mesma expressão quando éramos crianças. Era tudo muito fácil nessa época. Eu ia para a casa dele e não havia nenhuma conversa sobre namorados, nem brutamontes, nem nada disso. Eu ia para lá e nós ficávamos *brincando*. E na época eu tinha a sensação de que seria assim para sempre. De que Tim e eu seríamos amigos assim para sempre.

Foi Tim quem me comprou o pingente de floco de neve que sempre uso. Ele me deu de presente no meu aniversário de 10 anos, porque uma das coisas que mais gostávamos de fazer juntos era brincar na neve: andar de trenó, fazer bonecos de neve, brincar de guerra de bolas de neve; toda vez que nevava, a primeira coisa que eu fazia era calçar minhas botas, vestir meu macacão e ir para a casa do Tim. O colar foi a primeira joia de verdade que alguém me deu. Levando em conta que a usei todos os dias desde então e que ela não deixou meu pescoço esverdeado, desconfio que ele deva ter gastado um dinheirão. Provavelmente passou o ano inteiro economizando só para me comprar esse colar.

– Tudo bem – diz ele. – Por que não?

Tenho uma vaga consciência do fato de que Tim nunca, jamais me diz não. Mas tento não pensar nisso. Existem determinados aspectos da minha relação com o menino da casa ao lado que é melhor não analisar muito a fundo.

– Que ótimo! – Bato uma palma. – A Chelsea vem me buscar às sete e quinze. A gente passa pra te pegar em seguida.

Tim não teria como parecer menos entusiasmado com o programa.

– Tudo bem.

Ele acha que tudo isso é um erro, mas está enganado. Vai se divertir horrores hoje à noite, e vou provar para ele que Shane é um cara legal. E vou também pedir para Chelsea chamar uma terceira menina para ficar com ele. Afinal, melhor garantir que ele se divirta também.

CINCO

Dias de hoje

Se fosse um comportamento socialmente aceitável, Josh estaria escondido entre as minhas pernas.

Só que ele tem 10 anos, então em vez disso está parado bem perto de mim, segurando firme a manga da minha camisa, ainda relutante em se juntar ao grupo de crianças que estarão na sua turma de quinto ano. A professora dele, que se chama Sra. Conway, me lança um olhar de empatia. Ela parece bastante simpática: uma profissional experiente de 40 e poucos anos, aparentemente capaz de manter a turma na linha. Não trabalhava na escola quando estudei aqui, mas desconfio que deva ter começado logo depois.

– Ele vai ficar bem, Srta. Sullivan – garante ela. – Prometo ficar de olho vivo nele.

– Obrigada.

Não me escapa o fato de ela ter me chamado de *senhorita*, não *senhora*. Por acaso ela sabe que sou mãe solteira? Que Josh não tem um pai presente? Conhece toda a história sórdida? As pessoas falam muito em cidades como esta, muito embora meus pais tenham feito todo o possível para esconder minha gravidez.

E, se a professora sabe, então talvez todos os outros pais também saibam. E então as crianças vão saber. E aí os xingamentos vão começar de novo.

Não, é paranoia minha. Josh vai ficar bem.

O burburinho animado das crianças é interrompido pelo ruído estridente de um sinal varando o ar. É o começo oficial do primeiro dia de aula. É preciso todo o meu autocontrole para não esmagar Josh num abraço de urso constrangedor. Ele é um pouco pequeno para a idade, bate só no meu ombro, e às vezes ainda parece dolorosamente novinho. Novinho demais para encarar algo assustador como uma sala de aula cheia de desconhecidos na qual todos estudaram juntos nos últimos cinco anos.

– Boa sorte – cochicho no ouvido dele. – Lembra: todo mundo gosta do menino novo legal.

O queixo de Josh está ligeiramente trêmulo; ele está tentando não chorar. Aos 2 anos de idade, tinha o hábito de chorar copiosamente sem o menor pudor, mas é mais doloroso ainda vê-lo agora, um menino crescido, lutando para conter esse choro. Dou um beijo no alto da sua cabeça e um leve empurrão nas suas costas. Ele se afasta atrás dos colegas para dentro da escola como se estivesse a caminho da forca.

Ele vai ficar bem. As outras crianças vão adorá-lo, mesmo ele tendo nascido fora do matrimônio. A gente se mudar para cá foi a decisão certa.

Repete bastante isso pra si mesma, Brooke.

Fico olhando até não conseguir mais ver a mochila verde de Josh. Adoraria ficar plantada do lado de fora de sua sala de aula para estar disponível se ele precisasse de mim durante o dia. Mas eu não podia fazer isso nem quando ele estava no jardim de infância, e com certeza não seria aceitável agora. Vou simplesmente confiar que tudo vai ficar bem. Ele vai se sair bem.

– Brooke? Brooke Sullivan?

Reteso o maxilar ao escutar meu nome. A pior coisa em relação a me mudar de volta para a cidade onde cresci é as pessoas de vez em quando me reconhecerem. Felizmente, a cidade é grande o bastante para isso não acontecer com muita frequência, mas imagino que já devesse estar preparada para isso ali parada em frente à mesma escola de ensino fundamental que frequentei quando tinha a idade de Josh.

Eu me viro para cumprimentar o professor que me reconheceu. Mas, antes que eu consiga dizer oi, minha boca se escancara.

– Tim? – consigo dizer.

É Tim. Tim Reese. Que morou no mesmo quarteirão que eu durante toda a minha infância. O meu melhor amigo.

Bom, até eu ir embora da cidade sem lhe dizer nada.

– Brooke! – O rosto dele se ilumina. – É você mesma!

Quando Tim atravessa correndo o gramado que circunda a escola, consigo dar uma olhada melhor nele. E… bom, uau. Quando éramos pequenos, Tim era um menino fofinho. Todo sardento, com um sorriso que lhe valia o amor de todos os adultos. Então, mais para o final do ensino médio, ele espichou uns 15 centímetros praticamente da noite para o dia e ficou um pouco menos fofinho e um pouco mais atraente, embora ainda fosse magrelo e comprido demais. Só que agora ele encorpou de vez, ganhou o peso de que precisava e um pouco de músculo também. As sardas sumiram faz tempo.

Tim Reese está *um gato*.

Encabulada, passo uma das mãos pelos cabelos escuros, que prendi num rabo de cavalo bagunçado antes de sair de casa. Também estou usando uma camiseta largona e uma calça de ioga. Não é o que eu gostaria de estar vestindo ao esbarrar com Tim Reese pela primeira vez em dez anos. Mas é isso.

– Ei – diz ele ao chegar mais perto. – Que loucura. Vi você do outro lado do gramado e pensei: "Não tem como aquela ali ser a Brooke Sullivan. Tô imaginando coisas." Mas é você. É você mesmo.

– Sou eu – digo, tensa.

Ele sorri.

– Tô vendo.

E então simplesmente ficamos ali, meio constrangidos. Bom, eu pelo menos estou. Já Tim pelo visto não consegue parar de sorrir. Não entendo com o que ele está tão feliz, e isso me incomoda.

– Então. – Coço o cotovelo. – Você é professor aqui ou…?

Ele passa uma das mãos pelos cabelos, que sempre me fizeram pensar na cor de um pé de bordo.

– Bom, na verdade sou vice-diretor da escola.

– Ah! – Formo um sorriso com os lábios. Sinto como se eles fossem feitos de barro. – Que maravilha. Meus parabéns.

– Ahn, obrigado. – Ele esfrega o queixo, e não posso evitar reparar na ausência de aliança no dedo anular. – Mas e você?

– Eu? Sou enfermeira de prática avançada.

Os olhos dele se iluminam.

– Você é a nossa nova enfermeira?

– Não, não sou – respondo depressa. – Eu trabalho... em outro lugar.

Com certeza não vou contar para ele que arrumei um emprego no presídio de segurança máxima a 45 minutos daqui.

Ele franze o cenho.

– Ah.

Levo um segundo para entender seu ar de incompreensão. Ele não sabe por que estou aqui. Vou ter que contar para ele.

– Vim só deixar meu filho – explico. – É o primeiro dia de aula dele, então, sabe como é, ele tá bem nervoso.

– Ah! – Ele sorri de novo, mas agora parece um pouco mais forçado. – Bom, o primeiro dia no jardim de infância é sempre assustador pras crianças. Tenho certeza de que ele vai se sair muito bem.

Quando falei que era o primeiro dia de aula de Josh, ele pressupôs que eu estivesse querendo dizer que meu filho estava começando o jardim de infância. Não entendeu que ele tem 10 anos. Vai descobrir alguma hora, e estou apreensiva com isso. Não quero que faça as contas.

Afinal, ele também estava lá naquela noite. Tem as cicatrizes para provar.

– Brooke, eu soube do acidente com seus pais. Sinto muito mesmo. Eu estava fora do país, senão teria ido no velório.

– Eu tô bem – balbucio. – A gente na verdade não era muito chegado. Eles não foram os melhores pais do mundo.

Não menciono que passei cinco anos sem ver ou falar com meus pais. Não há por que entrar em detalhes.

– Foi... um acidente de carro, foi isso?

Assinto.

– Eles morreram juntos, o que é uma ironia, porque sempre achei que não se suportavam. Meu pai vivia traindo minha mãe.

– Mesmo assim. – Ele enfia as mãos nos bolsos. – Deve ter sido difícil pra você. Tá morando na casa deles?

– Tô. Foi mais fácil do que vender no mercado do jeito que tá, sabe?

– Ahn, claro. – Ele balança a cabeça. – Também tô morando na casa dos meus pais. Eles se mudaram pra Flórida há dois anos, então oficialmente só tô tomando conta da casa. Mas acho que a essa altura preciso parar de enganar a mim mesmo e reconhecer que moro lá.

– Eu sempre gostei da sua casa.

– É. – Ele dá de ombros. – Lá é legal. Só é grande. Pra uma pessoa só, entende?

Como se eu precisasse de outra dica de que ele é solteiro. Ele quer ter certeza absoluta de que eu saiba.

– Ahn, então... – Os olhos dele relanceiam para o gramado ao redor da escola, agora cada vez mais vazio e pisoteado por pequenas pegadas. – Seu marido também trabalha por aqui?

– Não sou casada.

– É mesmo?

– Pois é.

Ainda passamos mais alguns segundos nos encarando, e então um sorriso tímido surge no rosto de Tim.

– Bem sutil meu jeito de descobrir se você ainda tava solteira, né? Ficou impressionada com minhas habilidades?

Apesar de tudo, sou obrigada a rir. Tim sempre soube como me fazer sorrir.

– Muito impressionada. Você deve ser o maior pegador.

– Como todos os vice-diretores de escolas de ensino fundamental.

– Eu não imaginaria outra coisa.

O sorriso dele se alarga um pouco mais.

– Escuta, eu tenho que entrar, mas a gente precisa mesmo pôr o papo em dia. Será que daria pra gente tomar um café um dia desses?

A última coisa que eu quero é pôr o papo em dia com alguém da minha antiga vida, especialmente alguém de quem fui tão próxima quanto Tim.

– Eu ando bem ocupada.

– Bom, um café não leva muito tempo, né? Vinte minutos... no máximo.

Isso não pode dar boa coisa. Não tenho espaço na minha vida para o que quer que Tim esteja buscando. Além do mais, tenho a sensação de que, quando descobrir a verdade sobre Josh, ele vai passar a se sentir diferente em relação a mim. Mas quero encerrar essa conversa, então cedo um pouco.

– Quem sabe depois de eu me instalar por aqui – digo por fim.

– Bom... – A expressão dele continua radiante. Meu Deus, tinha esquecido como ele costumava me olhar. – Foi ótimo rever você, Brooke, de verdade. Ótimo *mesmo*. E vou cobrar esse seu *quem sabe*.

O passo dele tem um pouco mais de energia quando volta correndo em direção à escola. Tim Reese. Uau. Nunca acreditei que fosse vê-lo de novo.

SEIS

Estou indignada.

O paciente que atendo nesse momento é Malcolm Carpenter. Ele tem 20 e tantos anos e levou um tiro na coluna quando estava... bom, fazendo o que quer que tenha feito para receber uma pena de prisão perpétua num presídio de segurança máxima. Tenho certeza de que foi ruim. Não quero nem saber.

Só que nada disso me diz respeito. O que me diz respeito é que Malcolm Carpenter é paraplégico e cadeirante. O que significa que passa o dia inteiro sentado e à noite fica deitado num colchão fino feito papel, e agora está com uma ferida bem impressionante no cóccix da qual ninguém cuida há Deus sabe quanto tempo.

– O que você acha, Brooke? – pergunta o paciente.

Ele está deitado de lado na mesa de exame, com a calça arriada, esperando meu veredito. Infelizmente, não tenho nada de bom a lhe dizer.

– É uma escara. Podemos fazer um curativo, mas ela nunca vai sarar se não diminuir a pressão sobre ela.

– É, bom, e como é que eu vou fazer isso? A almofada da minha cadeira até que é decente, mas o colchão é um horror. Eu basicamente fico deitado direto sobre as molas de metal.

– Então você precisa de um colchão melhor.

Ele bufa.

– Há quanto tempo você trabalha aqui? Ninguém vai me arrumar um colchão novo.

– Vão ter que arrumar se eu receitar.

– Se você diz...

Apesar do ceticismo, ele vai conseguir o tal colchão. É negligência médica não dar um colchão antiescaras decente para uma pessoa com deficiência. Pode ser que isso envolva uma montanha de papelada, mas vou dar um jeito de fazer acontecer.

Assim que termino de atender Malcolm Carpenter, confirmo que ninguém está aguardando por uma consulta e sigo o corredor até a sala de Dorothy. Sim, ela tem uma *sala*, e eu uma mesa no meu próprio consultório. Mas reconheço que ela tem mais tempo de casa do que eu, então não vou dizer nada. Espero não ficar trabalhando aqui por tempo suficiente para conseguir uma sala.

Bato na porta da sala de Dorothy e espero que ela me diga para entrar. Depois do que parecem ser cinco minutos, ela me chama. Quando entro, ela está sentada diante de sua mesa com um par de óculos com armação em formato de meia-lua apoiado no osso do nariz bulboso.

– Estou muito ocupada, Brooke – diz.

– Não vai demorar. Só preciso saber como conseguir um colchão antiescaras para Malcolm Carpenter.

Ela me espia por cima dos óculos.

– *Um colchão antiescaras?*

Dorothy diz isso como se eu estivesse falando um idioma desconhecido. Ela sabe muito bem a que estou me referindo.

– Ele é paraplégico e está com uma ferida no cóccix. Precisa de um colchão decente, ou a ferida não vai sarar.

– Brooke, isso aqui não é um hotel – diz ela, seca. – Não podemos dar colchões de sonho para todos os detentos.

Um músculo se contrai debaixo do meu olho.

– Não estou pedindo um artigo de luxo. É uma indicação médica.

– Eu acho que não.

– É claro que é! – exclamo. – Ele não consegue se mexer nem sentir a metade inferior do corpo. A ferida só vai aumentar se não aliviarmos a pressão sobre ela. Arrumar um colchão decente para ele é o mínimo que podemos fazer.

– Receio que um colchão novo simplesmente não caiba no orçamento. Você vai ter que inventar uma solução mais criativa. – Ela balança a cabeça. – Não tem nenhuma habilidade em resolução de problemas?

Fico encarando-a, atônita demais para responder. O problema é que o homem está com uma escara. A solução simples é um colchão decente. Qual o *problema* dessa mulher? Ela por acaso não dá a mínima para os detentos? Eles são seres humanos, apesar de tudo.

O telefone em cima da mesa de Dorothy toca. Ela atende sem me dizer mais nenhuma palavra. Fico parada enquanto ela escuta outra pessoa falar. Por fim, diz:

– Sim, vou mandá-la agora mesmo.

Droga. Ela provavelmente está falando de mim.

Dito e feito: ao desligar o telefone, Dorothy ergue os olhos para me encarar por cima dos óculos.

– Houve um incidente no pátio. O agente Hunt está trazendo um dos detentos para se consultar com você por causa de um ferimento.

Que ótimo.

Meus ombros desabam, derrotados, e volto marchando para meu consultório/sala. Mas não desisti. Vou arrumar um jeito de conseguir esse colchão para Malcolm Carpenter nem que seja a última coisa que eu faça. Mas primeiro preciso tratar esse tal sujeito que se feriu no pátio.

Fico imaginando como será que ele se machucou. Será que foi um cadeado dentro de uma meia? Isso é uma coisa que se faz mesmo na prisão?

Assim que chego na minha sala, vejo o agente Hunt vindo pelo corredor com um dos detentos. Deve ser o cara que se machucou no pátio. Ele está usando o macacão cáqui padrão do presídio e, ao contrário da maioria dos outros, está tanto de algemas quanto de tornozeleiras, de modo que vem arrastando os pés lentamente ao lado de Hunt.

Conforme ele se aproxima, vejo a atadura ao redor de sua testa, empapada de sangue vermelho-vivo. O que quer que esteja ali embaixo quase com certeza vai precisar de pontos. Meus olhos então descem até o rosto do detento.

Ai. Ai, não. Não, não, não...

É Shane.

SETE

Onze anos atrás

Por algum motivo, Chelsea não consegue encostar em frente à minha casa sem apoiar todo o peso dela na buzina do carro. Saio correndo com a mochila pendurada no ombro direito e vou correndo pelo caminho da frente, soltando um palavrão entre os dentes. Ela só larga a buzina depois de eu abrir a porta do passageiro e me jogar ao lado dela.

– Meu Deus do céu! – Dou um tapa de leve no braço de Chelsea. – Eu já tinha escutado. Você tá incomodando a vizinhança inteira!

Chelsea revira os olhos castanho-escuros com exagero. Está usando tanto rímel que os cílios estão com no mínimo o triplo do tamanho normal. Chelsea usa uma quantidade absurda de maquiagem; meus pais nunca me deixariam sair de casa assim. Se eu quiser usar nem que seja um batom num tom mais escuro do que um nude, preciso passá-lo no banheiro da escola.

– Eu tenho culpa de você ser tão lerda? – pergunta Chelsea.

Olho para o banco de trás em busca de apoio. Chelsea me mandou uma mensagem de texto dizendo que iria trazer Kayla Olivera para fazer par com Tim. Kayla também é líder de torcida: pele escura, pequenininha e muito bonita. Ao esticar o pescoço, fico incomodada com o fato de ela estar digitando mensagens no celular, insensível ao buzinaço de Chelsea.

– E aí, Kayla? – digo.

– E aí? – responde ela, sem erguer os olhos.

Dou um pigarro.

– Obrigada por ter vindo.

Kayla por fim desgruda os olhos da tela do celular.

– A Chelsea falou que o Tim Reese ia estar lá, né?

Sinto um choque de surpresa. Tinha imaginado que Chelsea houvesse recrutado para o nosso programa alguma menina que não desconfiasse de nada e que seria jogada em cima de Tim. Só que não é nem um pouco o caso. Kayla *quer* estar ali. Ela está interessada em Tim. Pelo visto, ao ganhar aqueles 15 centímetros a mais, Tim também se tornou o tipo de cara pelo qual as garotas se interessam. Eu nunca tinha reparado antes, mas vejo isso estampado no rosto de Kayla. Tim agora é *gato*.

Pensar nisso não me cai muito bem. Só que não sei direito por quê. Afinal de contas, eu tenho Shane.

– Quer dizer que a mãe do Shane viajou? – pergunta Chelsea. – A gente pode ir pra lá?

Enfio a mão dentro da bolsa e pego meu celular. De fato, lá está uma mensagem de Shane, recebida mais ou menos um minuto atrás: Acabei de pegar o Brandon, e minha mãe já foi. É só chegar!

Escrevo de volta: A gente chega já, já! Te ambo!

Ele responde na hora: Também te ambo!

Chelsea percorre o quarteirão que falta até a casa de Tim. Posso ver que ela está se preparando para apertar a buzina, mas nem precisa. Tim já está sentado nos degraus da frente da casa e se levanta com um pulo ao avistar o Fusca de Chelsea. Kayla o observa pela janela com um esboço de sorriso nos lábios.

Tim entra no banco de trás do carro ao lado de Kayla. Ela se aproxima dele o máximo que o cinto de segurança permite.

– E aí, Tim? – diz.

– E aí...

Ele franze o cenho, com uma dificuldade evidente para se lembrar do nome dela. Eu me viro e articulo "Kayla" do modo mais enfático que sou capaz, mas ele não me entende. Por fim, faz uma tentativa:

– Kara?

As bochechas de Kayla ficam cor-de-rosa.

– *Kayla*.
– Isso. Foi mal.

Mas ele não diz isso num tom de quem pede desculpas. Fala de um jeito de quem não está nem aí. Tim nunca gostou de líderes de torcida. Pude ver que ele estava segurando a língua quando lhe contei que tentaria entrar para a equipe.

– Cadê sua mochila? – pergunta Kayla para ele.

Ele franze o cenho.

– Mochila?

– A gente vai dormir lá. – Kayla olha para Chelsea em busca de confirmação. – Né?

– Isso mesmo, *Timothy* – diz Chelsea. – A gente vai *varar a noite* na festa. A Brooke não te avisou?

– Avisou... – Ele dá de ombros. – Tudo bem. Não vou precisar de nada.

Kayla parece escandalizada com isso.

– Que tal uma muda de roupa?

Tim baixa os olhos para a própria jaqueta, aberta por cima de uma camiseta cinza e de uma calça jeans.

– Sei lá. Vou usar essa roupa mesmo amanhã e pronto.

– *Meninos*. – Chelsea me lança um olhar. – Às vezes fico pensando o que a gente vê neles.

Dou risada junto com Chelsea, mas, quando olho para Tim, algo na expressão dele me deixa um pouco incomodada. Eu avisei para ele que iríamos dormir lá. Quando éramos bem mais novos e esse tipo de coisa era permitida, Tim costumava dormir na minha casa e sempre levava tudo exceto a pia da cozinha. Sim, muito tempo se passou desde então, mas mesmo assim parece estranho ele ir dormir na casa de Shane sem levar nada além de si mesmo. Isso não parece nem um pouco típico de Tim.

Vai ver eu não o conheço mais.

Ou vai ver ele não tem planos de ficar.

OITO

Dias de hoje

Estava torcendo para levar meses até cruzar com Shane Nelson, se é que algum dia isso iria acontecer. Mas aqui estou eu, apenas na minha segunda semana, e aqui está ele. Em carne e osso.

O homem que tentou me matar.

Por alguns instantes, sinto um formigamento no pescoço. A sensação do colar com o qual ele tentou me matar bloqueando minha traqueia. Não consigo respirar. Seguro o batente da porta e fico respirando fundo. Não posso deixar isso me afetar. Preciso ser profissional.

Eu estou bem. *Estou bem*. Ele não tem mais como me machucar.

Shane repara em mim uma fração de segundo depois de eu reconhecê-lo. Parece ficar quase tão chocado quanto eu. Mais, até, pois não fazia a menor ideia de que eu trabalhava aqui. Chegou arrastando os pés acorrentados, mas, ao me ver, estaca e escancara a boca.

– Vamos. – Hunt lhe dá um empurrão para fazê-lo voltar a andar. – A gente não tem o dia todo, Nelson. Anda.

Os dois continuam a caminhar até o consultório, onde param de modo abrupto. Os olhos de Shane encaram os meus cheios de dor.

– Oi, eu sou a Brooke – digo, tensa.

Eu me sinto um pouco ridícula me apresentando para o homem com quem perdi a virgindade, mas enfim.

Antes de Shane conseguir abrir a boca, Hunt ladra:

– Este é Shane Nelson; ferimento na testa sofrido no pátio.

– Tá bem. – Minha voz soa estranhamente calma, levando em conta que meu coração está fazendo polichinelos. – Pode entrar, Sr. Nelson.

Shane parece mais uma vez congelado no lugar. Hunt precisa lhe dar um novo empurrão para fazê-lo se mexer novamente.

Subir na maca de exame é complicado, já que ele está com tornozeleiras e algemas. Já vi Hunt ajudar outros homens nessa mesma situação, mas ele não faz nada para ajudar Shane. São necessárias algumas tentativas até ele conseguir subir na maca.

Uma vez que ele se posiciona, Hunt se retira do consultório. Começo a fechar a porta depois de ele sair, mas Hunt estende uma das mãos para impedi-la de se fechar.

– Melhor deixar a porta aberta com esse daí – diz ele.

Olho para Shane, sentado na maca de cabeça baixa, os pulsos e tornozelos presos juntos. Já senti pontadas de medo na presença de outros detentos, mas dessa vez não estou assustada, apesar de saber do que ele é capaz.

– Vou ficar bem – digo, torcendo para não me arrepender das minhas palavras.

Hunt continua com a mão na porta, ainda me impedindo de fechá-la. Nossos olhares se cruzam, e, por alguns instantes, tenho certeza de que ele vai forçar a porta para entrar. Mas então a larga.

– Vou estar bem aqui fora – diz ele. – Se tiver qualquer problema, é só gritar.

– Vou ficar bem – repito.

Mas não fecho a porta por completo; eu a mantenho entreaberta um tiquinho de nada.

Shane e eu ficamos sozinhos no consultório. É nossa primeira vez a sós desde que ele... bem, não precisamos reviver aquela noite. Ele está diferente de como era aos 17 anos. Diferente e, ao mesmo tempo, igual. Os cabelos estão bem mais curtos, cortados a uns 2 centímetros do crânio, e o rosto tem uma dureza que não tinha antigamente.

Detesto o fato de ele continuar tão bonito.

Detesto mais ainda o quanto ele se parece com meu filho.

Ficamos os dois simplesmente nos encarando por alguns instantes. Ou, melhor dizendo, nos fuzilando com o olhar: dos olhos dele, escorre veneno. Não sei com o que *ele* está tão chateado. Quem deveria estar com raiva sou eu: se dependesse dele, eu estaria morta. Imagino que esteja bravo por eu ter contado a verdade naquele tribunal.

– Olá – digo com a voz mais monótona e menos emotiva de que sou capaz.

Shane não ergue os olhos.

– Oi.

Endireito os ombros. Era isso que eu temia desde a hora em que aceitei este emprego. E agora aqui estou, e preciso lidar com a situação e pronto. Vou cuidar desse ferimento como uma profissional e mandá-lo seguir seu caminho.

– Como você tá? – pergunto.

Ao ouvir a pergunta, ele ergue a cabeça com um tranco e me encara.

– Bom, Brooke, tô passando a vida preso por algo que não fiz, então como raios você acha que eu tô? Não tô muito bem, não.

Sustento seu olhar de ódio.

– Quis dizer *a sua cabeça*.

– Ah. – Ele ergue uma das mãos algemadas para tocar a atadura na testa. – Também não tá muito boa.

Calço um par de luvas de látex azuis. Atravesso o pequeno recinto para ir examinar sua testa. É o mais perto que chego dele em muito tempo... a não ser nos meus pesadelos. Uma década atrás, só pensar em ficar assim tão perto dele me deixaria arrepiada. Mas agora consigo suportar. Sou mais forte do que era antigamente. Esse monstro não vai me vencer.

Na última vez que fiquei perto assim de Shane, ele estava usando uma loção pós-barba com aroma de sândalo. Se eu fechar os olhos, ainda quase consigo sentir o aroma pungente, ao mesmo tempo amadeirado e floral. Não suporto mais esse cheiro. Uma vez, saí com um cara que estava usando uma colônia de sândalo, e nunca mais quis sair com ele. Preferi não atender aos telefonemas dele a explicar por quê.

Remove o curativo autoadesivo do ferimento em sua testa, sem me dar ao trabalho de ser tão delicada quanto sou normalmente. Está com uma cara bem ruim. Apesar do curativo, continua sangrando bastante. Com certeza precisa de pontos. Ele também apresenta o que parece ser o início de um olho roxo se formando do mesmo lado.

– Como isso aconteceu? – indago.
– Eu corri pra cima da cerca.

Arqueio as sobrancelhas.

– Sério?

Ele me encara, me desafiando a fazer mais perguntas.

– Isso.

– Porque parece que alguém fez isso com você.

– Se alguém *tivesse* feito isso comigo e eu dedurasse a pessoa pra você, da próxima vez o que quer que ela me fizesse iria ser pior – diz ele. – Então que bom que eu só corri pra cima da cerca, sabe?

Reparo então que ele tem mais cicatrizes no rosto. Uma divide a outra sobrancelha, e outra acompanha o contorno do maxilar, quase escondida pela barba por fazer que cobre o queixo. Há também uma cicatriz branca comprida na base do pescoço.

Por algum motivo, penso em Josh. Nas outras crianças fazendo bullying com ele na escola e o deixando com um olho roxo como o de Shane nesse momento. Shane, que também cresceu sem pai. E sinto a mais leve pontada de...

Bom, não é empatia. Eu jamais sentiria empatia por um monstro como esse. Alguém capaz de fazer o que ele fez.

– Shane, se alguém estiver batendo em você...

– Para, Brooke. – A voz dele é firme. – Não sei o que você acha que está tentando fazer, mas para e pronto. Só me costura e me deixa voltar pra minha cela, tá?

– Tudo bem.

Ele tem razão. Não posso fazer nada para ajudá-lo, mesmo que quisesse, e *não* quero. Meu trabalho é costurá-lo e devolvê-lo para a cela, exatamente como ele falou. E é só isso que vou fazer.

Eu consigo dar conta disso.

Deixo Shane sozinho na sala enquanto vou buscar os materiais para a sutura. Tudo de que preciso está no almoxarifado, menos a lidocaína para anestesiá-lo. Por se tratar de um medicamento, vou precisar de Dorothy para liberar. Então, volto à sala dela, onde mais uma vez Dorothy demora todo o tempo do mundo para me mandar entrar.

– Já acabou? – pergunta ela.

Pressiono os lábios um contra o outro.

– Tenho que suturar uma laceração na testa. Preciso de um pouco de lidocaína.

– A nossa acabou.

Fico olhando para ela.

– Como é que é?

Ela dá de ombros.

– Em geral, temos uma pequena quantidade de anestésico, mas no momento nosso estoque está zerado.

– Então o que eu devo fazer?

– Costurar o cara sem.

Contraio o maxilar. Qual é o problema dessa mulher? Esses homens são *seres humanos*. Como ela consegue ser tão displicente em relação à saúde deles? Tenho mais motivo para odiar Shane Nelson do que qualquer outra pessoa aqui e talvez devesse ficar feliz por ter uma chance de torturá-lo um pouco depois do que ele me fez, mas até eu acho que ele merece ser tratado com dignidade.

– Isso é desumano.

Dorothy ergue os olhos em direção ao teto.

– Deixa de ser tão dramática, Brooke. São só umas espetadas de agulha. Tenho certeza de que ele não vai se importar. Ou se quiser você pode colar o corte.

A laceração está irregular demais para ser colada, mas Dorothy não liga para meus protestos. E se ela me disser de novo que preciso praticar resolução de problemas, eu vou gritar. Embora pelo visto seja isso que eu precise fazer.

Volto para o consultório, onde Shane continua sentado na maca com a ferida aberta na cabeça. Ele ergue os olhos quando entro, e boa parte da raiva que vi na sua expressão quando trocamos olhares antes agora se dissipou. Talvez ele não esteja tão furioso comigo quanto eu pensava, embora tenha sido o meu depoimento que o enfiou neste lugar. Passei esses anos todos imaginando que ele estivesse numa cela de prisão tatuando ameaças contra mim no corpo, mas ele não parece tão bravo. Parece só... bom, meio triste. Derrotado.

– Então, a situação é a seguinte – digo. – Tenho o material pra dar os pontos, mas a lidocaína acabou. Então...

– Não faz mal – interrompe Shane antes de eu poder lhe dizer quais são suas alternativas. – Me costura sem.

– Tem certeza? Porque...

– Tenho, não faz mal. Eles vivem sem lidocaína.

Ele não parece nem um pouco incomodado com isso. Fico imaginando qual deve ter sido a sensação de ter aquela cicatriz comprida serrilhada na base do pescoço suturada sem lidocaína.

– Tá bem – digo. Vamos acabar com isso. – Vou precisar que você se deite.

Ele tenta se reclinar para trás, mas é difícil por causa das algemas e tornozeleiras. Começa a escorregar da maca, e, sem pensar, estendo a mão e sustento as costas dele para ajudá-lo a se deitar.

Eu o toquei. Depois de todos esses anos, voltei a tocar em Shane Nelson.

Fico esperando uma onda de repulsa. Odeio esse homem; passei anos depois do ocorrido tendo pesadelos com ele. Não seria exagero dizer que ele estragou minha vida e, se dependesse dele, eu nem teria uma.

Só que a repulsa não vem. Tocar o ombro de Shane na verdade não me causa uma sensação diferente de tocar qualquer outra pessoa. Acho que realmente superei o que aconteceu, depois de todos esses anos.

Já não era sem tempo. Fico orgulhosa de mim mesma.

Reúno o material de sutura enquanto Shane me observa. Não parece nem um pouco nervoso com o fato de que vou costurar a testa dele sem anestesia. Eu com certeza estaria. Nunca sequer levei pontos na vida, a não ser aqueles logo depois do parto.

– Isso deve ser seu sonho, hein? – comenta ele. – Poder enfiar uma agulha em mim sem anestesia.

– Eu tentei conseguir anestesia – respondo num tom defensivo.

– Sei.

– Tentei, *sim*. – Eu me viro para fuzilá-lo com o olhar. – Não sou igual a você... não *gosto* de machucar os outros.

– Bom, eu nem poderia te culpar, depois do que você acha que te fiz.

Há algo em seu olhar que não consigo interpretar muito bem. Isso basta para me fazer desviar os olhos.

– Quer dizer que você agora é enfermeira de prática avançada, é? – diz ele. – Que bom pra você.

– Obrigada – respondo, tensa.

– Eu, ahn... – Um dos cantos da boca dele se ergue. – Eu terminei o ensino médio aqui no presídio. E sou monitor de outros detentos pra eles conseguirem fazer a mesma coisa.

Ele diz isso quase como se estivesse tentando me impressionar, da mesma forma que costumava fazer ao dar um passe no campo de futebol e olhar na minha direção para ver se eu tinha visto.

– Ah – falo, pois não sei muito bem o que mais dizer.

– Deixa pra lá – balbucia ele. – Não sei por que pensei que você fosse querer saber disso.

Limpo a laceração com um pouco de soro antes de costurar. Com certeza, deve doer, mas Shane mal se retrai. Pego minha agulha, pronta para dar o primeiro ponto.

– Você vai sentir uma picada de leve – alerto.

– Vai fundo.

Já dei pontos em muita gente durante o período que passei no pronto-socorro. Já vi homens adultos chorarem mesmo com lidocaína para anestesiar o local. Shane faz uma leve careta quando a agulha entra, mas ninguém poderia dizer que não está encarando a situação como um homem-feito.

– Então – diz ele quando estou amarrando o primeiro ponto. – Quer dizer que você não é casada?

Meus dedos ficam paralisados na agulha.

– *Como é* que é?

Ele começa a dar de ombros, mas então desiste; a agulha ainda está dentro de sua pele.

– Não está de aliança. E ouvi um dos caras comentando sobre a nova enfermeira gatinha que também era solteira.

– Na verdade, isso não é da conta deles.

Ele tem razão, claro. A primeira coisa sobre a qual Dorothy me alertou foi para não compartilhar nenhuma informação pessoal, mas me descuidei. Para ser sincera, muitos desses homens não parecem criminosos. Parecem apenas idosos inofensivos.

– E você tem um filho – acrescenta ele.

Agora vou de fato passar mal. Que *burra* que eu sou. O que poderia responder quando um paciente me pergunta se tenho filhos? *Não é da sua conta?* Bom, essa provavelmente é a resposta correta, mas é difícil não falar sobre meu filho quando passo o dia inteiro longe dele. Estou aprendendo essa lição do jeito mais difícil.

– Enfim, meus parabéns – diz Shane. Não há nem amargura nem raiva em sua voz, o que me deixa aliviada. – Quantos anos ele tem?

A pergunta faz com que eu me retraia. Assim como Tim, Shane não é burro. Se eu lhe disser que tenho um filho de 10 anos, ele vai entender. Mas, ao contrário de Tim, ele não tem como descobrir a verdade sozinho.

– Ele tem 5 anos.

Ele se retrai de leve quando a agulha torna a transpassar sua pele.

– Eu sempre quis ter filhos. Acho que isso nunca vai acontecer.

Não respondo. Apenas amarro o ponto sem dizer nada.

– Não consigo acreditar que você tá morando aqui de novo – comenta ele. – Imaginei que tivesse ido embora de vez. A não ser talvez pra visitar seus pais.

– Meus pais morreram num acidente de carro – deixo escapar.

Não deveria ter lhe dado nenhuma outra informação, mas essa parece ser a coisa mais inócua que lhe contei. Quero que ele saiba que vivi outras tragédias na última década que não envolveram sua pessoa. Que o que ele fez não definiu minha existência.

Ele franze o cenho.

– Poxa, Brooke, sinto muito.

– Tá tudo bem – respondo. – A gente não era chegado.

Não posso explicar para ele por que minha relação com meus pais desmoronou. Em parte, eles ficaram bravos por eu ter desafiado os dois e namorado Shane, para começo de conversa. Por eu ter mentido e ido à casa dele, o que quase me custou a vida. Mas aquilo que deixou os dois furiosos de verdade, aquilo por que nunca conseguiram me perdoar, foi eu ter decidido ter o bebê ao descobrir que estava grávida. Não me arrependo de ter feito isso, mas o amor dos meus pais por Josh sempre teve reservas. Mesmo depois de Josh passar a fazer parte da família, eles continuaram deixando claro que na opinião deles eu tinha cometido um erro. Meu filho era um erro e um constrangimento... o filho de um monstro.

E foi por isso que não consegui perdoá-los. Foi por isso que acabei cortando relações com eles.

– Minha mãe também morreu faz uns dois anos – diz Shane.

Amarro outro ponto.

– Lamento saber.

Estou sendo sincera. Shane era próximo da mãe; ficaram só os dois depois que o pai dele foi embora. Se ela morreu, isso quer dizer que ele não tem ninguém.

Ele sustenta meu olhar por um instante.

– Ela morreu acreditando que eu matei aquelas pessoas.

A mão que está segurando a agulha treme e quase erra sua pele. Minha vontade é dizer: *mas você matou mesmo aquelas pessoas*, só que isso seria pouco profissional. E não adiantaria nada. Apesar de todos os indícios, Shane nunca admitiu o que fez naquela noite.

Mas isso não importa. Shane é culpado. Eu *estava lá* naquela noite. Se fosse por ele, neste momento eu estaria morta.

Nunca posso me esquecer disso. E jamais vou perdoá-lo.

NOVE

Onze anos atrás

O sítio onde moram os Nelsons fica a pouco menos de 2 quilômetros da estrada principal.

 Fica numa estrada de terra. Uma estrada que ninguém ia nem notar se não soubesse direitinho onde é. Shane me disse que, quando estava no ensino fundamental, o ônibus escolar não percorria esses últimos quilômetros de estrada de terra até a casa. Ele tinha que andar essa distância todas as manhãs para chegar ao ponto, depois a mesma coisa na volta para casa à tarde. Mesmo o chão estando coberto por quase meio metro de neve.

 Isso me fez sentir certa culpa quando Shane me contou. Afinal de contas, o ônibus escolar costumava parar bem em frente à minha porta. De manhã, eu caminhava exatos 5 metros da minha porta até o ônibus, e mesmo assim reclamava. E Shane andava *quase 2 quilômetros*. Mas ele não me contou isso para fazer eu me sentir mal. Só falou naquele tom direto que sempre usa para me contar coisas sobre a própria vida.

 – Tem certeza de que a mãe do Shane não vai estar lá? – pergunta Chelsea.

 Os pneus do Fusca derrapam na estradinha de terra. Ainda não começou de fato a chover, mas o ar do lado de fora se transformou numa névoa fina.

 – Tenho. Ele me mandou mensagem dizendo que ela já tinha saído.

 A Sra. Nelson é legal. Nas vezes em que fui à casa dela, sempre foi gentil comigo de um jeito que meus pais jamais foram com Shane. Mas ela não é legal o suficiente para achar tudo bem seis adolescentes aleatórios passarem a noite na casa dela. Sobretudo considerando que Brandon com certeza trouxe bebida.

O sítio onde Shane mora parece já ter visto dias melhores. Talvez já tenha sido pintado de um vermelho brilhante, mas agora a tinta descascou até ficar praticamente branca em alguns lugares e em outros deixar exposta a madeira. O telhado está torto e coberto de musgo, com jeito de que uma tempestade forte poderia facilmente arrancá-lo. Os batentes das janelas também parecem um pouco tortos, como se quem tivesse construído a casa não soubesse muito bem como montar tudo, mas estivesse fazendo sua melhor tentativa amadora.

Quando Chelsea para o carro ao lado do Chevy de Shane, a porta da casa se abre. Shane aparece no vão da porta e seu olhar se ilumina. Ele acena com energia.

– Venham! Antes que comece a chover!

Pego minha mochila, salto do carro e bato a porta. Ergo os olhos para o céu e vejo as nuvens pesadas, prestes a rebentarem a qualquer momento. Percorro o caminho de terra batida até a porta com a mochila no ombro. Shane a pega de mim quando chego à porta.

– Dá isso aqui, Brooke – diz ele com um sorriso.

– Que cavalheiro! – declara Chelsea.

Ela encara Tim com um olhar sugestivo, e ele obedece e estende os braços para Kayla, que larga nas mãos dele sua gigantesca bolsa de lona. Juro por Deus, a menina trouxe coisa suficiente para um mês.

Depois de entrarmos na casa, fecho a porta de tela. Embora tenha visto com meus próprios olhos Shane consertar essa porta, ela sempre parece pender das dobradiças. Desconfio que a porta inteira precise ser trocada, mas ele não tem dinheiro para isso. A Sra. Nelson já trabalha em dois empregos nos quais ganha o salário mínimo, e eles precisam do salário de Shane na pizzaria só para conseguirem pagar o aluguel e a comida.

Quando estou girando a fechadura da porta da frente, Shane me agarra e me puxa para um beijo. Eu me desmancho todinha, como sempre acontece. E hoje ele está supercheiroso. Não que não seja sempre, mas esta noite está ainda mais. É a loção pós-barba que ele às vezes usa.

– Adoro essa sua loção – murmuro.
– É sândalo.
Enrugo a testa.
– O que é sândalo?
– Sei lá. Um tipo de sandália?
– Então basicamente você tá com cheiro de pé?
Ele ri.
– Olha, a esquisita que gostou foi você...

Shane me beija de novo, mas sinto algo estranho ao me afastar. Uma sensação de ardência na nuca. Como se alguém estivesse me observando.

Viro a cabeça bruscamente. Tim está de pé do outro lado do recinto, encarando a gente com uma expressão inescrutável nos olhos. Quando nossos olhares se cruzam, porém, ele rapidamente desvia o dele. Melhor assim, porque eu não iria querer que Shane soubesse que ele está encarando a gente desse jeito.

– Então – diz Shane. – Você trouxe o Tim, foi?

Há reprovação em seus olhos escuros. Tim detesta Shane, mas Shane tampouco é um grande fã de Tim. Preciso mudar isso.

– Ele é um cara legal – digo, com um leve tom defensivo na voz.

– Sei.

– Além do mais, a Chelsea trouxe a Kayla pra ele. Pra... você sabe...

Shane passa alguns instantes calado.

– Tá bom. Tudo bem. A casa tem três quartos mesmo.

Deixo escapar um suspiro de alívio. Shane em geral não esquenta a cabeça com as coisas, mas nunca se sabe. Afinal, faz só três meses que estamos namorando. Ainda tem tempo de sobra para o lado sombrio dele se revelar. Mas até agora eu não o vi. Apesar dos alertas pessimistas de Tim.

– E aí, Reese! – Shane ergue uma das mãos num cumprimento. – Que bom que deu pra você vir.

Toco o colar de floco de neve ao redor do meu pescoço enquanto Shane se encaminha saltitante até Tim. Está fazendo um esforço por saber que Tim é importante para mim, e fico grata por isso. Os dois começam a conversar, e o papo parece razoavelmente amigável. Não consigo ouvir o que estão dizendo: Shane está falando baixo e Tim responde num tom igualmente sussurrado. Eu me esforço para escutá-los apesar do barulho de

Chelsea e Kayla tagarelando a alguns metros de mim, mas não adianta. Eles estão falando baixo demais.

Mas pouco importa o que estão dizendo. Não estão brigando, e é isso que vale.

Cogito ir até lá me juntar a eles, mas antes de poder refletir mais sobre o assunto, a porta da cozinha se abre com um rangido alto. Brandon irrompe na sala com duas caixas de pizza equilibradas numa das mãos e uma garrafa de vodca na outra.

– Prontos para um pouco de curtição? – pergunta ele bem alto.

Shane ergue a cabeça ao escutar a voz de Brandon. Ele se afasta de Tim como se eu o tivesse surpreendido fazendo algo ilícito e traça uma reta na direção da pizza e da vodca. Qualquer conversa que os dois estivessem tendo pelo visto acabou.

DEZ

Dias de hoje

Termino de suturar o resto da laceração de Shane em silêncio. Ele não me faz mais nenhuma pergunta, e fico grata por isso. Nunca deveria ter lhe contado nada sobre a minha vida. Foi um erro. É que revê-lo me tirou do prumo. É como se tudo tivesse voltado numa enxurrada. As coisas boas enquanto durou nosso namoro, depois as coisas ruins no final.

– Pronto. – Amarro o último ponto e encosto uma gaze na testa dele para limpar o sangue. – Novinho em folha.

– É...

– Vai precisar de algum remédio pra dor?

Ele faz uma careta.

– Não, obrigado. Se eu pedir remédios pra dor, a única coisa que vai acontecer é me rotularem de drogado.

Ele tem razão. Toda vez que um detento solicita algum remédio contra dor, alarmes disparam no fundo da minha mente. Afinal, a última enfermeira que trabalhou aqui foi presa por vender narcóticos. Mesmo assim, Shane está com uma laceração considerável na testa, que costurei sem anestesia. Não seria uma coisa terrível ele pedir um remédio contra dor. Mas a escolha é dele.

– Enfim – digo. – Vou pedir ao agente Hunt pra...

– Espera! – A voz de Shane é baixa, porém urgente. – Brooke, espera. Escuta, eu preciso dizer uma coisa.

Meus olhos voam na direção da porta. Hunt está esperando do outro lado para o caso de eu precisar dele.

– Shane, eu não posso...

– Não. *Não*. Só me ouve, tá bom?

Faço que não com a cabeça.

– Não dá. Não é uma boa ideia.

– Só preciso que você saiba... – A voz dele fica subitamente rouca. – Não fui eu quem tentou te matar, Brooke. Eu juro. Juro pela minha vida.

Dou um passo para longe da maca.

– Eu estava lá. Eu sei que foi você.

– Você não *sabe*. – Ele cerra os dentes. – Eu não fiz nada. Aquele babaca do Reese me apagou com um taco de beisebol, e quando voltei a mim, a polícia estava me sacudindo para me acordar e me dizendo que eu estava preso.

– Shane – sibilo – Para com isso *agora*.

– Eu nunca teria te machucado, Brooke. – Seus olhos estão arregalados e sinceros, e ele se parece muito com o menino de 17 anos por quem me apaixonei. – Faz dez anos que quero te dizer isso. Você precisa acreditar em mim. Eu nunca teria feito uma coisa dessas. Não seria capaz. Eu te *amava*.

Minha mão direita se fecha. Como ele se atreve? Como se atreve a mentir desse jeito na minha cara?

– Você acha que eu sou tão burra assim? – pergunto, com uma voz baixa o suficiente para Hunt não escutar.

– Brooke...

O que quer que Shane esteja prestes a dizer é interrompido quando Hunt bate na porta do consultório. Sem esperar resposta, ele põe a cabeça para dentro.

– Já acabou?

– Já – consigo dizer. – A gente já acabou.

Ajudo Shane a se sentar na maca outra vez. Agora ele precisa descer, o que é um desafio por causa das tornozeleiras. Ele se move devagar, tentando não cair. Hunt o observa com os lábios contraídos.

– Anda logo, seu merda – cospe ele para Shane.

Encaro o guarda, espantada. Hunt não é exatamente um modelo de compaixão com os detentos, mas é razoavelmente educado. É a primeira vez que o vejo xingar um deles. E quando Shane finalmente consegue ficar em pé, Hunt o puxa para a frente com bem mais violência do que o necessário.

Por que Hunt detesta tanto Shane? O que será que Shane fez para provocar esse tipo de reação?

Os dois saem do consultório. Fico olhando Hunt conduzir Shane de volta à cela pelo corredor de luzes frias piscantes. Quando eles estão no meio do corredor, Shane vira a cabeça por um breve instante para olhar para mim.

Toco meu pescoço. Ainda acordo de vez em quando à noite, coberta de suor, com a lembrança do colar sendo apertado em volta da minha traqueia ainda fresca na mente. Já faz muito tempo, mas até hoje sou capaz de sentir isso acontecendo como se fosse ontem. Consigo sentir os elos do cordão de ouro se enterrando no pescoço, o cheiro da loção pós-barba de sândalo de Shane nas narinas e seu hálito quente no cangote.

Mas tem uma coisa que não consigo fazer. Não consigo ver seu rosto.

Eu nunca vi o rosto do homem que tentou me matar. Faltou energia nessa noite, e estava tudo um breu. Mas eu conhecia Shane muito bem. Conhecia a sensação de seu corpo. Seu cheiro. Eu o conhecia.

Só podia ser ele.

Porque, se não tiver sido, cometi um erro terrível.

ONZE

Durante todo o trajeto da Penitenciária de Raker até em casa, não consigo parar de pensar em Shane. Realmente tinha acreditado que jamais fosse voltar a vê-lo uma vez promulgada a sentença. Com certeza, nunca pensei que fosse voltar a ficar a poucos centímetros do rosto dele.

Depois da visita, Hunt me trouxe o prontuário de Shane. Dessa vez, tive autorização para examiná-lo sem culpa. A pasta estava bem fina, o que fazia sentido, já que Shane ainda é jovem e tem a saúde boa. A maioria das anotações era sobre ferimentos, provavelmente infligidos pelos outros detentos.

A última anotação foi escrita por Elise, minha antecessora. Shane se consultou com ela reclamando de dor na barriga. Ela receitou remédios contra refluxo gástrico, mas então, no pé da página, anotou: "Manipulador, tentando obter drogas". E sublinhou a palavra "manipulador".

Não tenho certeza se eu concordaria com essa avaliação. Cheguei a oferecer remédios contra dor para Shane, mas ele não quis. Mesmo assim, ler essas palavras escritas no prontuário me incomoda.

Quando estou entrando com o carro na frente de casa, meu celular vibra dentro da bolsa. Uma mensagem de texto chegou enquanto eu estava dirigindo. Vasculho entre uma quantidade surpreendente de lenços de papel soltos dentro da bolsa (lenços de papel nunca são demais para quem tem um filho ainda criança) até finalmente conseguir encontrar o aparelho.

Oi, é o Tim Reese. Peguei seu número na lista de contatos dos pais de alunos. Tomara que isso não seja muito esquisito.

Apesar de tudo, sou obrigada a sorrir. Tim pode ser muitas coisas, mas esquisito ele não é. Se me procurou na lista de contatos dos pais de alunos, porém, deve ter se dado conta de que Josh não está no jardim de infância. E inexplicavelmente quer falar comigo mesmo assim.

Só um pouquinho esquisito.

Ele escreve de volta quase na mesma hora:

Então, andei pensando que tomar café no final da tarde vai atrapalhar nosso sono. Que tal um drinque uma noite dessa semana?

Um drinque. Isso é um pouco mais sério do que um café. Um encontro bem com cara de romântico. Será que eu quero isso?

Não faço ideia. Mas sei que, se tem um cara em quem posso confiar para recuar se eu precisar que ele faça isso, é o Tim. E já faz tempo demais que não socializo depois do trabalho. Talvez devesse simplesmente me permitir um pouco de diversão uma vez na vida. Por acaso não mereço?

Deixa eu checar com a babá e te falo.

Quaisquer sentimentos negativos relacionados ao trabalho hoje e ao choque de rever Shane depois de tantos anos (e de saber que terei que revê-lo daqui a uma semana, para tirar os pontos) se dissipam à medida que começo a me imaginar saindo com Tim. Vai ser legal voltar a falar com ele. Quando éramos pequenos, Tim sempre foi minha pessoa preferida do mundo todo. Eu me sinto mal por ter cortado contato com ele por quase onze anos. Mas não tive escolha.

Entro em casa e dessa vez Josh não vem correndo quando chamo seu nome, mas interpreto isso como um bom sinal. Se ele estivesse carente, seria pior. Ele já passou alguns dias na escola e parece mais seguro de si.

Chego na cozinha, onde Margie está tirando do forno mais uma de suas deliciosas refeições. Parece algum tipo de lasanha. Está borbulhando de tão quente quando ela a coloca na bancada.

– Oi, Margie. Isso tá com uma cara ótima. Mas você não precisa cozinhar todas as noites.

– Ah, eu gosto! – exclama ela. – Quando meus filhos eram pequenos, eu preparava comida caseira pra eles toda noite. Comida caseira previne câncer, sabia?

Não tenho tanta certeza em relação a isso, mas não vou dizer mais nada para dissuadi-la de cozinhar para nós. Fico vergonhosamente agradecida pelo fato de ela fazer isso.

– Escuta, você acha que conseguiria ficar com o Josh uma noite desta semana? – pergunto. – Eu queria sair pra tomar um drinque com um amigo. Não deve demorar.

Os olhos de Margie se iluminam.

– Com um amigo *homem*?

Ai, meu Deus. Tive a sensação, ao contratar essa mulher, de que ela seria um pouco fofoqueira.

– É só um amigo.

– Mas um amigo *homem*?

– É…

– Então é um encontro! – Ela bate palmas. – Que maravilha, Brooke! Uma mulher jovem e solteira como você *precisa* sair com homens.

– Não é um encontro – respondo entre os dentes. – Ele é um amigo meu. Um velho amigo.

– Se você diz.

A expressão cúmplice no rosto redondo de Margie não me agrada.

– Não é um encontro.

– Bom, por que não? – Ela pisca para mim. – Ele é feio? Os feios são bons de cama, sabia?

Meu Deus do céu.

– Margie…

– Só tô dizendo que não tem nada de mais ter um encontro – insiste ela. – Você não precisa se sentir mal por causa disso.

Por mais estranho que pareça, ela acertou em cheio. Já me sinto sobrecarregada pelo trabalho e pela maternidade do jeito que as coisas estão.

– É que não acho justo com o Josh eu ficar tendo encontros.

– Não pensa assim – retruca ela. – Seria bom pra esse menino ter um pai.

O comentário me irrita; ela tocou num ponto sensível. Sempre tentei ser suficiente para Josh. Mãe e pai dele. Mas posso ver o anseio nos seus olhos quando estamos no parque e vemos algum menininho brincando com o pai.

– Tudo bem se for amanhã? – pergunto para Margie.

– Claro – diz ela. – E pode ficar até a hora que quiser. O Josh e eu vamos fazer cookies com gotas de chocolate.

Uma parte de mim quer dizer não para Tim e ficar em casa fazendo cookies com gotas de chocolate com Margie e Josh. Mas Margie tem razão. Eu mereço sair uma noite para me divertir. Portanto, assim que ela vai embora, envio uma mensagem de texto:

Pode ser amanhã à noite?

Tim responde um segundo depois:

Fechado.

DOZE

Onze anos atrás

– Vamos jogar Eu Nunca.

Chelsea faz essa declaração quando todos nós já estamos com a barriga forrada por algumas fatias de pizza, e Brandon já preparou para a gente copos de algo chamado "screwdriver". Pelo visto, é um drinque de vodca com suco de laranja e tem o mesmo gosto de removedor de tinta.

Estamos reunidos na sala, sentados em casais ao redor da mesa de centro meio bamba. Shane e eu estamos espremidos na minúscula namoradeira. Todos os outros estão no velho sofá, que arrotou uma porção de penas soltas quando eles se sentaram. Tim está perto do encosto de braço, e Kayla espremida tão perto dele que as coxas dos dois estão coladas. Chelsea tem as pernas no colo de Brandon, e os dois estão bem apaixonadinhos, apesar de Chelsea ter me confidenciado que está farta das traições dele e que vai terminar o namoro depois do próximo jogo importante.

– O que é Eu Nunca? – pergunto.

Chelsea leva a mão ao peito, chocada com minha ingenuidade.

– Sério, Brooke?

Dou de ombros, tentando ignorar a sensação de ardência no rosto. Não sou tão experiente em beber ou curtir quanto minhas amigas ou meu namorado. Essa é só a segunda vez que tomo álcool, e nunca fiquei bêbada na vida. Verdade seja dita, meus pais mal me deixavam sair no começo do ano, tamanho o pânico deles depois de aquela menina Tracy Gifford ser encontrada morta.

– É muito simples – explica Chelsea. – Eu digo uma coisa que nunca fiz, e qualquer pessoa da roda que *tiver* feito essa coisa tem que dar um gole. Por exemplo, se eu disser: "Eu nunca tirei dez numa prova de matemática", vocês dois nerds aí... – Ela encara Tim e eu com um olhar sugestivo. – ... têm que tomar um gole. Entendeu?

Brandon passa uma das mãos grandalhonas pela curva da coxa de Chelsea.

– Não é tão complicado assim.

– Claro – digo eu. – Parece tranquilo.

Mas estou apavorada que esse jogo vá revelar minha constrangedora falta de experiência em praticamente tudo. O melhor que posso dizer é que não tenho nenhum segredo.

Bom, não muitos.

– Ei. – Kayla está encarando o próprio celular. – Estou sem sinal, Shane. O que tá acontecendo?

– Ah. – Shane olha por cima do ombro em direção à janela, onde está caindo o maior toró. – Foi mal, o sinal aqui é precário. Ele morre sempre que tem algum temporal. Mas aqui tem telefone fixo, se vocês precisarem fazer alguma ligação.

Kayla resmunga alguma coisa baixinho, em seguida bate com o celular na mesa de centro. Mas se recupera depressa e sorri com doçura para Tim. Agora que não tem mais a distração do celular, volta a focar toda a energia nele.

E pensar isso não me deixa particularmente feliz.

Brandon esfrega as mãos uma na outra.

– Eu vou primeiro. Mas vai ser difícil achar alguma coisa que eu nunca fiz.

Tim cruza olhares comigo por uma fração de segundo e revira os olhos até o teto. Sou obrigada a reprimir uma risadinha. Chelsea acha Brandon um gato, e ele é um dos craques do time de futebol americano, mas a verdade é que eu não o suporto.

– Já sei. – Brandon ergue o copo de papel que contém seu drinque. – Eu nunca... levei um fora. O que posso dizer? As mulheres me adoram.

Ao ouvir isso, tanto Chelsea quanto Kayla tomam um gole. Tim e eu mantemos nossos copos abaixados. Como Shane é meu primeiro namorado de verdade, nunca tive oportunidade de levar um fora. Olho para Shane, e ele também não bebe. Interessante. Essa brincadeira com certeza vai ser uma oportunidade de aprender um pouco mais sobre meu namorado.

Percorremos a roda uma vez, recitando nossas quase confissões. Kayla nunca nadou pelada, mas, para meu horror, Chelsea sim (com Brandon, pelo visto). Shane nunca colou numa prova, e nenhuma outra pessoa tampouco admite essa honra. Confesso nunca ter usado uma identidade falsa, e Brandon bebe alegremente a isso. Shane não, e fico um pouco aliviada; talvez ele não seja tão doido quanto pensei que fosse.

– Já sei. – Chelsea está com um sorriso malicioso nos lábios brilhantes, que já mancharam a borda do copo. – Eu nunca beijei meu vizinho.

Ela diz isso olhando para mim e para Tim, que olha para mim; as sobrancelhas dele se erguem cerca de um milímetro. Balanço a cabeça, também cerca de um milímetro. Nenhum de nós dois bebe.

Chelsea parece muito decepcionada.

– Mentirosos – diz ela baixinho.

Ela tem toda a razão. Estamos mentindo. Tim e eu já nos beijamos uma vez, mas foi há muito tempo. Ele na verdade foi o primeiro menino que eu beijei. Só que não foi um beijo *de verdade*.

Aconteceu no verão, antes de começarmos o ensino médio. Tim e eu estávamos de bobeira no meu quarto, e eu estava me queixando do fato de que iria começar o ensino médio sem nunca ter beijado um menino. Tim confessou que estava no mesmo barco, e aí teve a brilhante ideia:

A gente deveria treinar um com o outro!

Eu pensava nele como um irmão, mas não havia nada nele que constituísse um impeditivo. Ele era *gatinho*. Portanto, sem precisar de muito convencimento, eu disse sim.

Foi bom decidirmos treinar um com o outro, porque o primeiro beijo com certeza foi esquisito. Eu não sabia o que fazer com as mãos. Não tinha certeza se deveria manter os olhos abertos ou fechados, e não sabia exatamente onde meu nariz deveria ficar. E, depois de nossos lábios se encostarem, fiquei confusa em relação ao que fazer com a língua. Era para pôr na boca dele? Seria estranho, não? Mas não seria mais estranho ainda *não* beijar de língua? Foi Tim quem, por fim, com toda a delicadeza, colocou só a pontinha da língua na minha boca. E foi gostoso, depois que me acostumei.

Em vinte minutos, senti que estávamos realmente pegando o jeito. E é claro que foi esse exato momento que minha mãe escolheu para nos pegar de surpresa sem bater na porta. Foi também a última vez que tivemos permissão para ficar sozinhos no meu quarto com a porta fechada, embora eu tenha explicado várias vezes que estávamos só *treinando*.

Mas Tim e eu nunca conversamos sobre esse dia. É como se nunca tivesse acontecido. Afinal, foi *mesmo* só um treino.

Agora que nosso segredinho continua seguro, chega a vez de Tim. Em determinado momento, vi a mão de Kayla se insinuar pela coxa dele, mas não sei o que aconteceu, porque a mão dela não está mais ali. Com os olhos fixos no líquido laranja dentro do seu copo de papel, Tim pensa sobre o que vai confessar. Por fim, diz:

– Eu nunca bati tanto em alguém a ponto de a pessoa ir parar no hospital.

Brandon solta uma gargalhada. Ergue o copo e toma uma golada daquele drinque horroroso. Então incentiva Shane a fazer a mesma coisa.

– Toma um gole aí, Nelson.

Shane se remexe ao meu lado. Enquanto eu o encaro, ele ergue devagar seu copo de papel e bebe.

– Shane? – indago.

Brandon toma outro gole, mesmo sem precisar.

– Não foi nada de mais. Foi só aquele nerd tarado, o Mark. E ele teve o que mereceu.

Tim arqueia uma sobrancelha.

– Ele *teve o que mereceu*?

– A gente ouviu ele falando sobre a mãe do Shane – diz Brandon. – Dizendo para aqueles amigos esquisitos dele que acha ela *gata*. Ele anda comprando um pouco de comida enlatada demais naquela loja onde ela trabalha, se é que vocês me entendem.

Olho para Shane e vejo um clarão de raiva em seus olhos, mas ele não diz nada.

– O cara é muito esquisito – continua Brandon. – Vocês sabem que ele vive tentando espiar dentro do vestiário feminino, não sabem?

Chelsea lhe dá um tapa no braço.

– Vocês homens são mesmo uns babacas, sabia?

Não consigo parar de encarar Shane. O clarão de raiva se dissipou, e ele agora está de cabeça baixa. Eu sabia que ele tinha tido problemas de comportamento no ensino fundamental, mas tinha esperança de que depois de entrar para o time de futebol americano estivesse andando na linha. Mas vai ver Tim tem razão. Vai ver ele é *mesmo* um cara violento.

– Enfim, foi só uma costela quebrada – conclui Brandon. – Ele nem teve que passar a noite no hospital.

– Ah, é? Foi só isso? – rebate Tim. – Só uma costela quebrada?

Os olhos de Brandon se abrasam ao mesmo tempo que um relâmpago confere ao seu rosto um brilho sobrenatural. Ele larga o copo em cima da mesa de centro com tanta força que o líquido laranja espirra para fora.

– Vai querer ser o próximo, Reese?

– Pelo amor de Deus, Brandon, cala essa *boca* – rosna Shane. Ele se vira e me encara. – Foi uma estupidez. Uma estupidez total. A gente tinha perdido um jogo na véspera, e quando ouvi ele falar aquelas coisas sobre a minha mãe… quer dizer, é a minha *mãe*… enfim, eu só… como eu falei, foi uma estupidez da nossa parte.

O olhar de Tim encontra o meu. Posso ver a pergunta estampada na cara dele. *Você tá acreditando nessa baboseira?* Sou obrigada a desviar os olhos.

– Brooke? – diz Shane.

– Só… – Toco meu colar de floco de neve; meus dedos sempre fazem isso quando fico ansiosa. – Não faz de novo.

Afinal de contas, ele está arrependido. Todo mundo faz coisas estúpidas no ensino médio. Não posso esperar que Shane seja perfeito. Eu com certeza não sou.

– Certo. – Shane pigarreia alto. – Minha vez de novo.

Todos nos viramos para encará-lo, com os copos a postos.

– Eu nunca… – começa ele. – … tive um encontro com a Tracy Gifford.

Shane está encarando Tim, e bem nessa hora um trovão sacode a sala. Tim ergue os olhos, e os dois trocam um olhar que não consigo muito bem decifrar. Ficamos todos sentados ali, com as mãos congeladas em volta de nossos copos de papel. Tracy Gifford foi a menina encontrada morta no verão. É claro que nenhum de nós nunca teve um encontro com ela.

Mas Tim então ergue seu copo. E bebe.

TREZE

Dias de hoje

Não estou acreditando que depois de todos esses anos vou ter um encontro com Tim Reese.
 Não, corrigindo: não é um encontro. Vamos só sair para beber alguma coisa. Como amigos. Até onde eu sei, Tim tem namorada. Afinal, ele é bonito, simpático e tem um emprego decente. É um partidão. Parece quase impossível ainda estar solteiro.
 Só que tenho a sensação de que está.
 Eu quis ir em carros separados, mas Tim observou que, como vamos sair mais ou menos do mesmo quarteirão, "pelo bem do meio ambiente, seria melhor irmos no mesmo carro". Não tive argumentos contra essa lógica. E não contestei quando ele se ofereceu para dirigir.
 Então é por isso que estou parada na frente de casa esperando Tim chegar, vestida com meu jeans preto skinny e uma blusa que me favorece. No ensino médio, eu não tinha o hábito de usar muita maquiagem, e não é agora que vou começar. Só um delineador leve e um pouquinho de batom. Não quero que pareça que estou me esforçando demais.
 Um Lincoln Continental branco encosta em frente à casa e, antes de eu ter a chance de me espantar com o fato de esse ser o carro de Tim, percebo que ao volante está uma mulher de cabelos brancos. Ao descer do carro, ela ajeita os óculos extragrandes e o terninho cor-de-rosa.

– Brooke? – Ela estende os braços como se eu fosse correr para eles e dar um abraço nela. – Brooke! Não acredito que é você!

Fico encarando a mulher sem entender.

– Olá...?

– Eu sou a Estelle! – Ela sorri para mim com lábios muitos vermelhos. Não foi tão sutil ao se maquiar quanto eu. – Estelle Greenberg! Nós nos falamos pelo telefone.

Faço um movimento de recuo, e minha vontade é entrar de novo em casa. Estelle Greenberg é a principal corretora de imóveis de Raker. No testamento dos meus pais, eles separaram um dinheiro para Estelle vender a casa e me repassar os lucros. Ela me ligou quando eu ainda estava morando em Nova York e me garantiu que cuidaria da venda e que eu nunca sequer precisaria pisar em Raker se não quisesse. Ficou um tanto chocada quando eu disse que não só não queria que ela vendesse a casa, mas também que ia *morar* nela.

– Ah, Brooke – diz ela com um suspiro. – Me lembro de você quando você era *deste* tamanhinho!

Ela leva uma das mãos mais ou menos até o meio do quadril para indicar a minha altura na lembrança que tem de mim. Reprimo o impulso de revirar os olhos.

– Brooke, preciso te dizer que o mercado imobiliário atualmente tá uma loucura – continua ela. – Você nem imagina o preço que eu poderia conseguir por esta casa. O suficiente pra você comprar o apartamento dos seus sonhos em Nova York. Até em Manhattan você poderia morar, se quisesse.

Uma veia pulsa na minha têmpora.

– Agradeço, mas não estou interessada.

– A bolha do mercado imobiliário não vai durar pra sempre, sabia? Você deveria ficar esperta em relação a isso.

– Tô bem assim – digo, tensa. – De verdade.

– Mas, afinal, o que você quer com essa casa velha e empoeirada?

Estelle crava em mim os olhos castanhos enquanto espera uma resposta. Não é uma pergunta de todo injusta. Afinal minhas lembranças mais recentes dessa cidade não estão entre as minhas preferidas. Mas houve um tempo em que fui feliz aqui, *sim*. Em determinados aspectos, passei os anos mais felizes da minha vida nesta casa. Quando ainda era jovem e despreocupada.

Ou talvez parte de mim ainda seja uma adolescente rebelde, que só quis voltar para cá porque meus pais nunca me deixaram fazer isso depois que engravidei.

– Que droga, Estelle, essa casa é *minha* – respondo em voz baixa. – E posso fazer o que quiser com ela sem te dar satisfação.

Os cílios falsos de Estelle se agitam, como se ela estivesse chocada ao me ouvir falar assim. Eu com certeza não teria dito algo desse tipo na época em que era *deste* tamanhinho.

– Seus pais ficariam muito decepcionados por você desobedecer à vontade eles, sabia? – insiste ela.

A bem da verdade, fico chocada com o simples fato de meus pais terem me deixado a casa. Depois que comecei a devolver os cheques mensais deles pelo correio sem descontá-los, imaginei que fosse ser excluída do testamento. Só que eles não tinham mais ninguém para quem deixar o patrimônio. Então fiquei com tudo automaticamente.

Cruzo os braços.

– Por favor, Estelle, não me incomode mais.

Os lábios muito vermelhos dela se entreabrem, e por alguns instantes tenho certeza de que vai bater boca comigo. Mas, não: ela gira nos calcanhares e volta para dentro do carro, que some de vista no exato momento em que o Prius de Tim encosta em frente à minha casa. Inspiro fundo para tentar dissipar a tensão do confronto com a corretora. Dá certo... em parte.

– Uau – diz Tim quando me sento no banco do carona. – Faz tempo que eu não te via arrumada.

Eu me remexo, pouco à vontade, enquanto afivelo o cinto.

– Não tô arrumada.

– Tá. Nem eu.

Embora ele pareça, sim, um pouco arrumado. Está usando uma camisa social azul-clara e colocou até uma gravata. Quando éramos mais novos, eu nunca o vi usando nada a não ser camiseta e calça jeans, mas essa roupa lhe cai bem.

Não o convido para entrar, e ele não parece levar isso a mal. Não sei o que Josh vai pensar de eu levar um homem para casa, principalmente o vice-diretor da escola dele. Isso poderia no mínimo dar origem a boatos desconfortáveis.

– Aonde vamos? – pergunto a ele.

– É um bar que abriu tem poucos anos... o Trevo. É bem tranquilo, a comida é razoável. Ou podemos tomar uma cervejinha, se for só isso que você quiser.

Assinto, pensando comigo mesma que na última vez que vi Tim nenhum de nós tinha idade suficiente para beber legalmente. Agora essa data já passou faz tempo.

– Então, o que o Josh tá achando da escola? – pergunta Tim.

– Tá tudo bem – respondo. – Ele tá fazendo uns amigos.

– Que ótimo. O jardim de infância é uma transição bem difícil, mas tenho certeza de que vai correr tudo muito bem pra ele.

Congelo. Tinha imaginado que, ao pesquisar meu nome no registro da escola, Tim fosse ter se dado conta de que Josh está no quinto ano. Pelo visto, não. Ele continua pensando que meu filho tem 5 anos. Ou seja, ainda não sabe que Josh é filho de Shane.

E eu não quero mesmo lhe contar, de verdade. Não ainda. Não com ele olhando para mim em todo sinal vermelho e sorrindo desse jeito.

O Trevo fica a apenas cinco minutos de carro. Tim para no estacionamento em frente ao bar e corre até o outro lado para abrir a porta para mim, mesmo que eu já a tenha aberto sozinha. Apesar de isso não ser um encontro, ele está sendo um cavalheiro, o que é muito gentil. Os homens em Nova York não são assim. Pelo visto, para encontrar boas maneiras é preciso ir até o norte do estado.

O interior do bar é mais ou menos o que eu esperava que fosse. Escuro, com um leve cheiro de defumado no ar e muitas mesas grudentas espalhadas pelo recinto. Escolhemos uma nos fundos, e dessa vez não fico nem um pouco surpresa quando Tim puxa a cadeira para mim.

– Quando foi que você virou um cavalheiro assim? – provoco.

– E antes eu não era?

– Até parece! – digo, bufando. – Eu tinha sorte se você não puxasse a minha cadeira.

– Brooke! – Ele leva as mãos ao peito, fingindo horror. – Eu jamais teria feito isso. A menos que você merecesse, claro.

– Só tô dizendo que... – Encaro seus olhos azuis brilhantes do outro lado da mesa. – Não precisa agir desse jeito tão formal comigo. Eu te conheço desde que a gente usava fraldas. A gente se conhece muito bem.

Ele arqueia uma das sobrancelhas.

– Antigamente, sim. Agora... nem tanto.

Antes de eu conseguir pensar em como responder a isso, uma garçonete pequenininha usando uma camiseta que exibe um par de peitos impressionante para sua estatura surge para pegar nosso pedido. Ela parece vagamente conhecida, como acontece com muitas das pessoas desta cidade... acho que talvez a gente tenha feito o ensino médio juntas. Deixo os cabelos cobrirem o rosto enquanto faço meu pedido, torcendo para estar diferente o suficiente para ela não me reconhecer.

Antes de ir embora, ela apoia uma das mãos de unhas vermelhas no ombro de Tim.

– Já volto, Timmy.

– Obrigado, Kelli – diz ele.

Kelli. A lembrança me vem num clarão: ela fazia parte da equipe de líderes de torcida comigo e com Chelsea, só que era dois anos mais nova. Tem quase a mesma aparência que tinha no ensino médio: os mesmos cabelos loiros e o mesmo rosto em formato de coração, só que com peitos bem maiores. Por sorte, não está olhando para mim e não parece me reconhecer.

Na verdade, ela só tem olhos para Tim. Lança um olhar inconfundível para ele, e fico surpresa com a onda de ciúme que sinto. Não vejo Tim há séculos. Não tenho o menor direito de ser possessiva em relação a ele.

– Eu tentei te achar, sabia? – diz ele depois que Kelli se afasta com nossos pedidos de bebidas.

Tento não reagir a essa revelação.

– Foi mesmo?

– Só que você é bem difícil de encontrar. – Ele me encara do outro lado da mesa. – Não tem redes sociais, é?

Como eu era menor de idade, meus pais se esforçaram ao máximo para manter meu nome fora do noticiário quando tudo aconteceu. E enquanto eu ainda estava estudando, eles também me pagaram uma pequena mesada, um cheque que, somado todo mês ao salário do meu emprego de garçonete, mal conseguia cobrir minhas despesas, e a única condição era que eu não podia ter nenhuma rede social. Nem Facebook, nem Twitter, nem Instagram. Foi fácil concordar, porque eu também não queria estar nas redes. A última coisa que eu queria era retomar contato com meus antigos colegas de escola. *Ei, Brooke, lembra quando seu namorado tentou te matar? Nossa, bons tempos aqueles.*

– Desculpa – respondo. – Eu estava sendo cautelosa.

– Eu sei. Mas sou *eu*, Brooke. Só queria saber se você tava bem. Você poderia ter entrado em contato.

Quando estava grávida de nove meses, prestes a dar à luz o filho de um assassino condenado, eu não tinha o menor interesse em falar com velhos amigos. Nem mesmo com Tim. Mas não tenho como explicar isso para ele.

– Eu sinto muito – repito. – Precisei de tempo para me recuperar.

Ele passa alguns instantes calado, refletindo sobre minha resposta.

– Nada mais justo.

A garçonete/ex-líder de torcida Kelli reaparece com nossas bebidas. Coloca com cuidado o copo de Tim na frente dele e larga o meu em cima da mesa com menos cerimônia. Volta a atenção mais uma vez para ele.

– Vai querer comer alguma coisa hoje, Timmy?

Ele ergue os olhos para ela e sorri.

– Agora não.

– Uns anéis de cebola, talvez?

Tim faz que não com a cabeça.

– Asinhas de frango apimentadas?

– Não...

– Batatas fritas espiraladas?

Meu Deus, essa garçonete por acaso vai lhe oferecer cada item do cardápio um atrás do outro? Mas, felizmente, depois de ele recusar as fritas, ela enfim se afasta em direção a outra mesa.

– A gente fez o ensino médio com ela, não fez? – pergunto.

Tim olha na direção de Kelli, que está batendo o pé no chão com impaciência enquanto aguarda duas mulheres decidirem o que vão pedir.

– Isso. Você tem boa memória.

– Acho que ela tava dando em cima de você.

– Na verdade... – Ele abaixa um tiquinho a voz. – A gente saiu algumas vezes.

Minhas sobrancelhas se erguem depressa.

– Sério?

Ele dá de ombros.

– Não foi nada de mais. Foi bem casual.

– Vocês se beijaram?

O jeito como o rosto dele fica levemente corado na penumbra do bar me faz rir. As sardas podem ter sumido, mas ele continua tendo a pele clara, de um tom que faz suas emoções transpareceram com demasiada facilidade.

– Ela e o namorado estavam meio que *terminados* – explica ele. – A gente saiu duas vezes, depois eles voltaram.

– Ela te largou?

– Ela não me largou. Foram *dois* encontros. – Ele olha para trás de si, onde Kelli está anotando o pedido de outro cliente. – E mesmo se ela não tivesse voltado com o namorado, não acho que teria havido um terceiro. A gente não combinou.

– Ah, entendi. Não sabia que você era tão exigente, Reese.

– Não sou! – Ele toma um gole de cerveja e lambe a espuma do lábio superior. – Estou só esperando a pessoa certa. E a Kelli era bem legal, mas não era essa pessoa. É tão horrível dizer isso?

– Não, não é.

Ele traça com o dedo um desenho na condensação do seu copo.

– Mas e você? Já foi casada?

– Não.

– Ah. – Ele assente. – Então o pai do Josh...

– Não faz parte da nossa vida – digo depressa. – *Mesmo*.

E além do mais está cumprindo pena de prisão perpétua por assassinato. Tem isso também.

Estou acostumada a receber um olhar de empatia quando digo às pessoas que estou criando meu filho sozinha, mas esse não é o jeito como Tim me olha. Tem algo diferente ali. Não consigo identificar muito bem o quê.

– Parece difícil – comenta ele por fim.

– Tá tudo bem com a gente.

– Eu não disse que não estava.

– Olha... – Tomo um gole da minha própria bebida para reunir coragem. – Só quero deixar claro que a minha vida tá meio complicada no momento e que não tô em busca de... você sabe, de *nada*. A não ser amizade.

– Ah, ótimo. – Ele se recosta na cadeira, que geme sob seu peso. – Porque é exatamente isso que estou buscando. Amizade.

– Ótimo, então.

– Perfeito.

Fico estudando Tim do outro lado da mesa enquanto ele sorri para mim. Tim é um cara legal, sempre foi, e acho que se eu lhe disser que quero apenas amizade, não vai forçar mais nada. Vai respeitar meus desejos.

Afinal, dez anos atrás, ele salvou minha vida.

CATORZE

É triste não ter nada para fazer num sábado a não ser compras. A ida ao mercado é literalmente o ponto alto do meu fim de semana.

Foi Josh quem me convenceu a ir. Primeiro ele descobriu que o cereal com marshmallows tinha acabado em casa e anotou isso em letras maiúsculas na lista de compras que deixo pregada na geladeira. Ontem à noite, comentou que não tinha mais. Então, hoje de manhã, pareceu especialmente cabisbaixo ao se servir de uma tigela de outro cereal, mencionando várias vezes que queria marshmallows coloridos. Então incluiu o tal cereal na lista de compras uma segunda vez.

Ele também comentou que eu poderia sair para fazer compras sem precisar chamar uma babá. Josh tem me pressionado para ter um pouco mais de liberdade e, para ser sincera, ele já tem idade suficiente para passar uma hora sozinho enquanto vou ao supermercado. Então, aqui estou eu, comprando cereal com marshmallows e também ovos, queijo, pão e algumas outras coisas de que estamos precisando.

Quando estou inspecionando uma alface na seção de hortifrúti, tenho a nítida sensação de estar sendo observada. Olho por cima do ombro e me retraio ao ver um rosto conhecido. É Kelli, a tal menina que nos atendeu na outra noite no Trevo. Aquela que era da equipe de líderes de torcida junto comigo antes de minha vida inteira ir por água abaixo.

Nossos olhares se cruzam. Como a esta altura seria pior ignorá-la, dou um aceno hesitante.

– Oi...

Ela parece lançar punhais com os olhos na minha direção.

– Eu te conheço.

Congelo, sem saber ao certo como reagir. Será que ela quer dizer que me conhece de quando eu saí com Tim? Ou está me reconhecendo de anos atrás? Torço para ser a primeira opção.

– Você é aquela que estava bebendo com o Tim na outra noite – diz ela.

Deixo escapar um suspiro de alívio.

– Ahn, sou eu, sim.

Os lábios dela se franzem de repulsa.

– Então você é o quê... *namorada* dele?

– Não – respondo depressa. Não que deva alguma explicação para essa mulher, mas gostaria de sair deste supermercado sem ela arrancar meus olhos com aquelas unhas vermelhas compridas. – O Tim e eu somos só velhos amigos.

– Não foi o que me pareceu.

– É verdade. – Olho por cima do ombro dela, tentando fazer contato visual com algum segurança. – Se quiser o Tim, ele é todo seu. Mas ele me falou que você tinha namorado.

O rosto dela é tomado pela raiva.

– Ele falou *de mim* pra você?

Ai, meu Deus.

– Não. De jeito nenhum. Só comentou que vocês tinham saído, mas que agora você estava namorando. Só isso.

Kelli parece furiosa. Posso entender por que Tim não quis voltar a sair com ela se foi assim que ela se comportou. Perto dele, claro, ela pareceu muito simpática. Tenho certeza de que se os dois começassem a sair, ela manteria esse lado escondido dele pelo máximo de tempo que conseguisse.

– O Tim leva um monte de garotas no Trevo, sabia? – diz Kelli. – Não fica se achando assim tão especial.

Leva mesmo? Não sei por que, mas essa revelação me entristece. Talvez eu tivesse, *sim*, esperanças de que a outra noite fosse mais do que alguns drinques com um velho amigo.

– Como eu disse, não foi um encontro nem nada.
Kelli estreita os olhos para mim. Seus lábios se arqueiam para baixo.
– A gente se conhece de algum outro lugar? Você parece familiar.
Tento manter o rosto inexpressivo.
– Não, acho que não. Acabei de me mudar pra cá.
Esse seria um bom momento para fazer uma saída elegante, antes de Kelli se dar conta de quem eu sou. Mas então seus olhos se arregalam até ficar do tamanho de dois pires, e percebo que é tarde para isso.
– Você é aquela garota! – Ela estala os dedos. – A tal de... Bridget Alguma Coisa. Aquela que mandou o Shane Nelson pra prisão.
É claro que ela erraria o meu nome, mas se lembraria perfeitamente do nome do *quarterback* bonitão, craque do time. Por um instante, cogito negar tudo, mas é inútil. Ela sabe que sou eu.
– Já faz muito tempo.
– Foi uma palhaçada total aquilo. – Kelli praticamente cospe as palavras. – Eu *conhecia* o Shane. Ele era um cara legal. Nunca teria feito aquelas coisas.
Não assinalo que o alvo do flerte dela, Tim Reese, teve um papel ainda mais decisivo em mandar Shane para a prisão do que eu. Mas a transgressão de Tim foi mais perdoável do que a minha porque ele é gato.
Enfim, não me surpreende ela defender o Shane. Isso não é nenhuma novidade: muitas outras pessoas, em especial as que o conheciam bem, ficaram revoltadas comigo por ter deposto contra ele. Shane era um craque do futebol americano, amado por todos. Eu era namorada dele, e as pessoas acharam que o estivesse traindo. Mesmo que eu não tivesse precisado sair de Raker por outros motivos, jamais poderia ter ficado na cidade depois do que fiz com ele.
Mas eu precisei depor. Tive que contar a verdade sobre aquela noite e mandar aquele monstro para trás das grades para sempre.
– Você não estava lá naquela noite – digo baixinho.
– Nem precisava – rebate ela. – Você entendeu tudo errado. O Shane era inocente.
– Não era, não – insisto. – Acredita em mim.
Antes de ela poder dizer qualquer coisa, viro meu carrinho e saio apressada em direção a outro corredor. Depois de tudo por que passei, a última

coisa de que preciso é uma maluca qualquer me importunando, além de todos os meus outros problemas. Percorro os corredores o mais depressa que consigo e vou juntando os itens da lista, a maioria de cabeça.

Só quando entro no carro me dou conta de que esqueci o cereal com marshmallows.

QUINZE

Onze anos atrás

– Você saiu com a Tracy Gifford?

A voz de Kayla sai tão esganiçada que, se ficasse mais aguda, só os cachorros conseguiriam escutar. Mas não posso culpá-la, pois estou me sentindo da mesma forma. Tim teve um *encontro* com *Tracy Gifford*? Como isso aconteceu? Em que universo meu vizinho saiu com uma garota que morreu?

– Foram dois encontros. – Tim parece querer desaparecer dentro das dobras do sofá. – Só isso. Não foi nada de mais.

– Nada de mais! – exclama Kayla. Reparo que sua coxa não está mais encostada na dele. – Foi mal, mas tem *tudo* de mais.

Tim se remexe.

– Na verdade, não.

Os traços bem-definidos de Brandon estão retorcidos; ele está achando isso engraçado. Sempre o achei parecido com o cara rico boa-pinta de todos os filmes de John Hughes.

– Eu subestimei você, Reese. Boa. Traçou ela?

– Não! – O rosto de Tim está ficando vermelho. – Eu já disse, foram só dois encontros.

– Então – diz Brandon.

– Meu Deus. – Tim passa uma das mãos pelos cabelos curtos, que agora estão um pouco arrepiados. – Estou dizendo, não foi nada. *Nada*. A gente se conheceu na biblioteca, começou a conversar, daí saiu duas vezes. Aí ela parou de atender minhas ligações.

– Porque ela morreu? – contribui Chelsea.

Todos os outros estão cobrindo Tim de perguntas, mas estou inteiramente sem palavras. Jamais poderia ter imaginado isso, nem em um milhão de anos. E como *Shane* sabia? Ele devia saber, pois quando fez a pergunta estava olhando em cheio para Tim. Olho para Shane agora, e ele está assistindo a tudo se desenrolar com uma expressão bem-humorada.

– A polícia te interrogou? – pergunta Kayla.

– *Não*.

– Eles sabiam que você tinha saído com ela? – insiste ela.

– Não faço ideia. – Ele se remexe no sofá. – Se sabiam ou não, não foi nada de mais. Quer dizer, foram dois encontros, e foi tipo um mês antes de ela morrer.

– Antes de ela ser *assassinada*, você quer dizer – diz Chelsea.

Tim me lança um olhar consternado, mas sou obrigada a desviar os olhos. Pensei que o conhecesse melhor do que qualquer outra pessoa no mundo, mas disso eu não sabia. Estou abalada pelo choque. Não consigo aceitar esse fato.

– Você devia procurar a polícia – diz Kayla. – Contar o que sabe.

Tim faz uma careta.

– Eu não sei de nada. Não tenho nada a dizer pra eles.

Com essas palavras, ele se levanta do sofá com um pulo e segue a passos largos na direção da cozinha. Abre a porta com um empurrão e desaparece lá dentro.

– Uau – diz Kayla num sussurro. – Isso prova que nunca se sabe...

Não consigo ficar sentada nem mais um segundo enquanto eles especulam sobre o que Tim pode ter feito. Eu me levanto da namoradeira e vou até a cozinha atrás dele. Posso sentir os olhos de Shane nas minhas costas, mas não me viro.

Na cozinha escura, Tim está debruçado na bancada, com a cabeça abaixada acima da pia enferrujada. Parece estar tentando recobrar o controle. Já o vi assim antes. Ele ficou com a mesma expressão quando Ferrugem, seu cachorro de 12 anos, teve tumores pelo corpo todo e precisou ser sacrificado.

– Ei – digo.

Tim se vira para olhar para mim, e nessa hora um relâmpago ilumina seu rosto.

– Ei.

– Tudo bem?

O trovão que sacode a cozinha é quase ensurdecedor.

– Foi mal não ter te contado que saí com a Tracy.

– Por que não contou?

Ele esfrega as mãos no rosto.

– Eu surtei. A gente saiu no começo do verão, aí um mês depois encontraram ela morta. Fiquei pensando que eu talvez tivesse sido o último cara com quem ela saiu. E pensei... pensei que isso não ia parecer nada bom pra mim. Além do mais, eu não sabia nada que pudesse ajudar.

Faz sentido, mas ao mesmo tempo isso me deixa um pouco incomodada. Se ele é totalmente inocente, por que não iria querer dizer à polícia o que sabe? Por que esconder?

– Fiquei péssimo quando descobri. – Ele baixa os olhos. – As coisas não deram certo entre mim e a Tracy, mas ela não merecia morrer. Era uma boa pessoa. Fiquei muito dividido.

– É – digo num sussurro. – Com certeza...

– Não sei como o Shane sabia. – Sua expressão se fecha. – Não consigo acreditar que ele ficou guardando isso, à espera do momento perfeito pra me deixar constrangido.

Franzo a testa.

– Não acho que tenha sido essa a intenção dele.

– Ah, não acha? – diz Tim, com deboche. – Brooke, eu posso ter tido um encontro ou dois com uma garota, mas ele realmente espancou aquele garoto. Sem *motivo nenhum*. Mandou ele pra porcaria do *hospital*. Ele é mesmo uma pessoa com quem você quer estar?

As palavras fazem com que eu me retraia.

– Ele disse que estava arrependido.

– Porra nenhuma! – A voz de Tim sai alta o suficiente para eu ficar receosa de que os outros a tenham escutado através da porta. – Shane Nelson é um cara violento e um merda. Ele só lamenta você ter ficado sabendo porque quer te levar pra cama.

Sinto o rosto arder. Tim odeia Shane, mas não consigo acreditar que está me dizendo isso.

– Isso não é verdade, mesmo. E você não tem o direito de dizer isso.

Passamos alguns instantes nos encarando. Um músculo se contrai abaixo do meu olho. Tim é o primeiro a piscar.

– Desculpa. – Ele solta uma expiração. – Desculpa mesmo, Brooke. Você tem razão. Eu não deveria ter dito isso.

– Não mesmo.

– É que eu tô preocupado com você. – O temor em seus olhos é real. Eu o conheço bem o suficiente para ver isso. – Tô preocupado de você estar com o Shane. Não acho seguro.

– Não acha seguro? – Achei que ele estivesse só com receio de que Shane fosse partir meu coração. – Que história é essa?

– Brooke, me ouve. – Ele baixa a voz. – O Shane é…

Antes de Tim poder dizer o que quer, a porta da cozinha se abre. Shane está ali parado, ainda mais sexy do que de costume, de um jeito de enlouquecer, com os cabelos pretos levemente despenteados e um sorriso enviesado no rosto.

– Ei, Brooke – diz ele. – Vai voltar pra sala?

– Vou. – Olho para Tim. – Você vem?

Tim contrai o rosto. Parecia ter alguma coisa importante a me dizer antes de Shane irromper cozinha adentro, mas agora não tem mais como falar. E a verdade é que não quero ouvir. Tim e Shane têm alguma rivalidadezinha besta, mas isso não é problema meu. Tim precisa superar essa história.

– Tá – diz Tim, finalmente. – Vamos lá.

DEZESSEIS

Dias de hoje

Hoje é o dia em que supostamente devo tirar os pontos da testa de Shane Nelson.

Passei a noite inteira me revirando na cama pensando nisso. Sonhei que estava de novo naquele sítio. No meu sonho, o colar se apertava em volta da minha garganta e o cheiro de sândalo enchia minhas narinas. Aí eu escutava um trovão e algum outro ruído de fundo que não conseguia identificar, e então...

Então eu acordava.

Depois da terceira vez que acordei suando frio, desisti de tentar dormir. Eu me levantei e fui fazer um café. Isso foi às quatro da manhã, e agora estou sem energia nenhuma. Na verdade, isso é bom. Se estiver exausta, vou sentir menos pânico quando Shane aparecer.

Por volta das duas da tarde, o agente Hunt traz Shane pelo corredor comprido até a área de espera em frente ao consultório. Ele se senta, mais uma vez de algemas e tornozeleiras, e aguarda sua vez depois de outros dois homens que estão na sua frente. Depois de vê-lo sentado lá fora, é claro que não consigo mais raciocinar direito. Preciso ficar pedindo aos detentos para repetirem o que acabaram de dizer cinco segundos antes.

Quando chega a vez de Shane entrar, Hunt o agarra pelo braço e o puxa da cadeira. Como está com os pulsos e tornozelos presos, ele precisa de alguma ajuda para se levantar, mas Hunt é bem mais brusco do que o necessário. E por que as algemas e tornozeleiras toda vez? Antes, achei que fosse porque ele tinha brigado, mas agora continua algemado.

Será que eles o consideram mesmo tão perigoso assim? O único cara além dele que vi acorrentado desse jeito nos últimos dias exibia um esgar raivoso e tinha símbolos de ódio tatuados pelo rosto inteiro.

Mas o que estou dizendo? *É claro* que Shane é perigoso. Sei disso melhor do que ninguém.

Só que ele não parece perigoso ao adentrar o consultório arrastando os pés e se esforçar para subir na maca com uma expressão de dor. Quando escorrega, ele se desculpa comigo.

– Desculpa estar tão lento. É que é difícil fazer qualquer coisa acorrentado assim.

Você merece. As palavras estão na ponta da língua, mas não as digo. Seria pouco profissional. Em vez disso, balbucio:

– Vamos acabar logo com isso.

Ele está lutando para se equilibrar em cima da maca, e mais uma vez preciso estender a mão para ajudá-lo. Ele me lança um sorriso de gratidão, e isso remete tanto ao antigo Shane que minhas bochechas ardem e preciso desviar os olhos.

– Obrigada, Brooke – diz ele. – Fico agradecido.

– Aham – resmungo.

– Tá bom. Vamos acabar logo com isso.

Eu o observo tentar coçar o nariz com as mãos algemadas. Por fim, faço a pergunta que não me sai da cabeça desde a semana anterior:

– Por que eles fazem isso com você?

Shane arqueia as sobrancelhas.

– Isso o quê?

Meneio a cabeça para as algemas ao redor de seus pulsos.

– Praticamente nenhum dos outros entra acorrentado assim. E imagino que eles sejam todos tão ruins quanto você.

Ele abre um sorriso de lado.

– Ah, eu sou *o pior*.

Eu o encaro.

– É isso que você acha, não é? – As pontas de seus dedos se enterram no tecido cáqui do macacão de presidiário. – Que eu sou um monstro? Que mereço isso tudo?

Os olhos castanhos dele sustentam os meus, e dessa vez me recuso a desviar o olhar.

– Tá… não precisa responder. É um direito seu.

Imaginava que Shane fosse me dar alguma resposta atravessada, mas, em vez disso, seus ombros desabam. Ele indica com a cabeça a porta fechada que nos separa do guarda.

– Quer saber por que eu fico sempre algemado e de tornozeleira? Porque ele me odeia.

– Ele quem?

– O Hunt. Ele detesta a minha fuça.

– Mas por quê?

Ele ergue um dos ombros.

– Vai saber… Vai ver eu faço ele lembrar de alguém. Às vezes, as pessoas não vão com a cara umas das outras. Mas é um saco quando você é detento e o cara que não gosta de você é um dos agentes penitenciários. Sua vida inteira vira um inferno na Terra. Quer dizer, ele tem o poder de tornar as coisas realmente ruins pra mim.

Tomara que torne mesmo. Cogito dizer essas palavras, mas de que adiantaria? Houve um tempo em que teria querido cuspir no rosto dele, mas os anos me tiraram parte da energia para lutar. Afinal, Shane está preso. Está cumprindo pena pelas coisas terríveis que fez. Tudo que aconteceu pertence ao passado.

Eu queria que Shane sofresse depois do que fez, e meu desejo virou realidade. Ele está preso aqui, dia após dia, à mercê de um bando de guardas que o consideram a escória da humanidade. Sendo espancado sem nem poder reagir ou da próxima vez vai ser pior. Dormindo todas as noites numa cela.

A vida dele é um inferno.

– Então, como você tá? – pergunta Shane enquanto abro o kit para remover os pontos.

– Tudo bem.

Não entre numa conversa com esse homem.

– Gostando de trabalhar aqui?

– Sim. – É a verdade. Embora eu ainda tenha um pouco de medo dos detentos e sinta falta dos meus sapatos de salto, acho o trabalho recompensador. E quero que Shane saiba que a presença dele aqui não me intimida.

– Os detentos são simpáticos.

– É. Com *você*.

Chego o mais perto que me atrevo de Shane. Não é minha primeira opção, mas para tirar pontos é preciso chegar bem perto da pessoa.

– Com você eles não são?

– Tá vendo esses pontos na minha testa?

Seguro o primeiro ponto com a pinça e o solto com um puxão.

– Achei que você tivesse trombado numa cerca.

– É, bom.

Puxo o segundo ponto.

– Meu filho sofreu muito bullying ano passado. Foi bem difícil. Os outros meninos chegaram a deixar o olho dele roxo.

Shane pisca os olhos para mim.

– Deixaram o olho dele roxo no *jardim de infância*?

Fico sem palavras por alguns instantes. Não sei por que lhe contei nada disso. Cinco minutos atrás, jurei para mim mesma que não compartilharia mais informações pessoais com esse homem. Principalmente sobre meu filho.

Nosso filho.

O que Shane diria se soubesse a verdade? Se soubesse que, poucas semanas depois daquela noite horrorosa, eu comecei a vomitar na privada. Torci para ser uma virose, mas, quando não passou, dei o braço a torcer e comprei um teste de gravidez. E quando vi as duas linhas azuis no bastão do teste, meu mundo inteiro se estilhaçou.

Tive que contar para meus pais. Eles me pressionaram muito para abortar, mas eu não quis. A única coisa em relação à qual concordamos, porém, foi que Shane nunca poderia saber. Escolhemos com cuidado a roupa que eu usaria no julgamento de Shane para ninguém ver minha barriga de gestante já crescida. E, depois de terminado o julgamento, eu fui embora de Raker e nunca mais voltei.

Até agora.

Shane está me olhando com uma expressão curiosa. Preciso dizer alguma coisa para consertar essa situação. Então sorrio e dou de ombros.

– As crianças estão mais violentas do que antigamente.

– Imagino.

Puxo os pontos seguintes sem dizer nada. Quando me inclino para retirar o último, reparo que ele baixa os olhos. Olho para baixo para ver o que ele está olhando e...

Ai, Deus.

Minha camisa está entreaberta o suficiente para lhe proporcionar uma visão fantástica do meu decote. E, cara, ele está mesmo aproveitando. Pigarreio bem alto.

Shane desvia bruscamente os olhos dos meus peitos.

– Merda. Desculpa.

Ele não é o primeiro detento a me olhar assim, mas é o primeiro a se desculpar.

– Não deixa isso acontecer nunca mais – digo, ríspida.

– É que... – Ele coça o pescoço, que está ficando vermelho. – É que não tem muitas, ahn, você sabe, muitas *mulheres* por aqui. E eu nunca...

O último ponto se solta, e endireito as costas. Entendo o que ele está dizendo. Ele nunca mais vai ficar com mulher nenhuma. Nunca. Pelo resto da vida.

– Desculpa mesmo – repete ele. – Foi muito grosseiro isso e... eu deveria ter me controlado.

Não, ele deveria ter se controlado onze anos atrás. Nesse caso, talvez não estivesse aqui agora. Ignoro seu segundo pedido de desculpas enquanto passo os dedos enluvados por cima da laceração.

– Parece bem direitinho. Vai ficar uma cicatriz, mas com sorte não uma muito ruim.

– Não ligo pra isso, mas obrigado. – Ele hesita. – E desculpa pelo que eu falei da última vez. Sobre aquela noite...

Levo as mãos aos quadris.

– Então você admite o que fez.

– Não, eu não matei ninguém. Mas entendo você não querer ouvir que entendeu errado.

Que conversa mole. Ele não está se desculpando por sentir muito. Está se desculpando porque quer falar mais sobre o assunto. Eu me lembro da palavra sublinhada por Elise no prontuário dele:

Manipulador.

– Shane, eu *estava lá*. – Jogo no lixo a bandeja com os pontos e ponho a tesoura e a pinça no recipiente dos instrumentos afiados. – Eu sei o que aconteceu.

– Pelo visto, não. Você mesma disse que não conseguia ver nada.

Retiro as luvas com um estalo alto.

– Se não foi você, então quem foi?

– Você sabe quem foi, Brooke.

Balanço a cabeça.

– Foi o Reese. – Agora que conseguiu atrair minha atenção, os olhos de Shane parecem dois pires. – Só pode ter sido. Ele é o único que...

Não é a primeira vez que ele acusa Tim. Essa foi a base de sua defesa anos atrás. Mas ele não conseguiu convencer o júri, e com certeza não vai me convencer agora. Por acaso ele acha que sou burra?

– Shane, para com isso – digo, trincando os dentes.

– Não, Brooke, por favor. Você precisa acreditar que eu...

– Para!

Ao ouvir minha voz exaltada, o agente Hunt irrompe sala adentro, pronto para agir. Fica parado ao meu lado, muito alto, com o rosto contraído. Em suas axilas há semicírculos de suor.

– O que está acontecendo aqui? Algum problema?

Shane fecha os lábios com força. Balanço a cabeça. Não quero que Hunt saiba sobre o passado que Shane e eu compartilhamos.

– Não, tá tudo bem.

Hunt estreita os olhos para Shane.

– Já acabou aqui?

– Sim, já acabamos – respondo, tensa. – Pode levar.

Hunt aquiesce com um movimento abrupto.

– Ótimo, vamos.

Entendo o que vai acontecer bem antes. Hunt segura Shane pelo braço para fazê-lo sair da maca, mas como é preciso descer um degrau e ele está com as pernas presas pela tornozeleira, Shane não consegue manter o equilíbrio. Ele despenca da maca e bate a cabeça na lateral da minha mesa, produzindo um baque nauseante.

Começo a agir na mesma hora e me abaixo ao lado de Shane, agora caído no chão. Ele geme, com os olhos entreabertos, mas está grogue e já posso ver um galo surgindo na testa logo abaixo do cabelo.

Isso aconteceu uma vez no campo de futebol americano durante um treino. Eu estava na beira do campo com minha amiga Chelsea quando Shane foi derrubado por um *tackle* violento. Assim como agora, ouviu-se um estalo nauseante quando seu corpo bateu no chão. Entrei correndo no campo para me certificar de que ele estava bem, com o coração aos pulos dentro do peito. Fiquei com muito medo de ele ter se machucado feio e ainda me lembro da onda de alívio que senti ao pôr a mão dentro da dele, quando seus olhos se abriram trêmulos e ele a apertou. Foi a primeira vez que percebi que estava me apaixonando por Shane Nelson.

– Qual é o problema com você, droga? – disparo para Hunt.

Ele não parece nem um pouco perturbado por ter acabado de provocar uma concussão num dos detentos.

– Relaxa. Foi um acidente.

Olho para o rosto de Shane; as pálpebras dele estremecem do mesmo jeito que anos atrás, quando foi derrubado em campo.

– Shane, tudo bem com você?

– Eu tô bem – balbucia ele.

– O Nelson é duro na queda – intervém Hunt. – Ele vai ficar bem.

Quando penso que a situação não tem como ficar mais desconfortável, ouço passos vindo pelo corredor. Um segundo depois, Dorothy enfia a cabeça dentro da sala. Ainda está usando aqueles óculos em formato de meia-lua e olha para a gente por cima da borda com um ar de acusação.

– Que confusão toda é essa? – exige saber.

Shane está se esforçando para se levantar, mas está com dificuldade, tanto devido à pancada na cabeça quanto às algemas e tornozeleiras. Eu me levanto para encarar Dorothy.

– O agente Hunt fez o Sr. Nelson cair, e em consequência disso ele sofreu uma forte pancada na cabeça. Com certeza, teve uma concussão. Eu gostaria de interná-lo num dos leitos da enfermaria para deixá-lo em observação durante a noite.

Pela primeira vez, Hunt parece se importar com o que acabou de acontecer.

– Dorothy, isso não é verdade, de jeito nenhum. Eu estava só ajudando o detento a se levantar, e ele tropeçou. Foi totalmente sem querer.

Os olhos azuis astutos de Dorothy observam Hunt de cima a baixo, em seguida percorrem o restante do recinto para avaliar a situação como um todo. Prendo a respiração; a mulher não é conhecida por defender os detentos.

– Marcus – diz ela num tom ríspido. – Por que diabos Nelson está de algemas e tornozeleiras para uma consulta médica? Ele não representa risco.

– Eu acho que representa, sim – diz Hunt.

– Baseado em *quê*? – retruca ela.

Ele não tem resposta para isso, o que é um certo alívio. Dorothy cruza os braços grossos e olha de cara feia para nós dois, embora eu não tenha feito nada de errado.

– Marcus, quero que você tire essas algemas e tornozeleiras do detento agora mesmo – dispara ela. – Brooke, interne-o na enfermaria pra passar a noite. Vocês conseguem dar conta disso sozinhos, ou vou ter que ficar de babá?

Hunt e eu nos entreolhamos. A julgar pela sua expressão, a vontade dele é me derrubar no chão bem ao lado de Shane. Para minha sorte, não sou detenta da Penitenciária de Raker.

– A gente dá conta – grunhe ele.

– Ótimo.

Ajudo Shane a se sentar, e Hunt pega a chave para destrancar as algemas e tornozeleiras que ele está usando. Hesita por uma fração de segundo e lança um olhar na minha direção. Eu o observo encaixar a chave na fechadura, e meus dedos voam até meu pescoço. Na última vez que fiquei sozinha com Shane, ele tentou me estrangular. De repente, não me sinto mais tão animada assim com o fato de suas mãos estarem soltas.

Só que nada acontece. Quando as algemas e tornozeleiras são removidas, Shane esfrega os pulsos com um ar aliviado por estar finalmente livre. Não tenta me esganar. Nem tenta se levantar do chão na hora. Mal parece estar conseguindo se manter consciente.

– Você consegue andar? – pergunto para ele.

Ele esfrega a cabeça.

– Acho que sim. Tô só tonto.

Hunt me ajuda a amparar Shane pelo corredor até a enfermaria, e nós o acomodamos num leito. A pancada em sua cabeça está inchando, e ele precisa parar duas vezes no caminho até lá por estar tonto demais para prosseguir. Isso me faz pensar na noite em que alguém tentou me matar. Nessa noite, Shane levou uma pancada na cabeça igual à de hoje: os paramédicos que foram ao local encontraram o galo onde aconteceu o golpe para provar isso. Ele alega ter sido golpeado e ter perdido os sentidos antes mesmo de alguma coisa acontecer comigo.

E, pela primeira vez em dez anos, parte de mim considera se ele poderia estar dizendo a verdade.

Só que ele não tem como estar dizendo a verdade. Porque, se estiver, o homem que tentou me estrangular tantos anos atrás continua solto.

DEZESSETE

Onze anos atrás

Após mais algumas rodadas de Eu Nunca, nós seis ficamos suficientemente embriagados. O encontro de Tim com a garota assassinada foi esquecido, e Kayla está se atirando de novo em cima dele. No começo ele a afastava com delicadeza, mas agora está deixando rolar. Já Brandon e Chelsea estão praticamente transando no sofá.

– Ei. – Shane dá um soquinho no ombro do amigo. – Vão lá pra cima. No meu sofá, não.

Brandon dá uma risadinha.

– Melhor no quarto da sua mãe?

Shane dá de ombros, mas eu apenas me sinto aliviada com o fato de nós dois não irmos para o quarto da Sra. Nelson. Apesar de a cama dela ser melhor, acho que eu não ia gostar de saber que estava na cama da mãe de Shane.

Ele se vira para mim, com as pálpebras levemente caídas.

– Quer subir?

Sinto o estômago embrulhado, o que talvez seja por causa da vodca que ingeri, mas não só isso. Afinal de contas, eu nem terminei um único drinque. (Brandon conseguiu tomar seis.) De repente, fico com vontade de ter bebido um pouco mais, porque nesse caso talvez não fosse estar tão nervosa assim.

– Claro – respondo.

Shane estende a mão para segurar a minha. A palma dele está quentinha, seca e reconfortante. Deixo que me conduza para fora da sala e me leve pelo lance de escada até o andar de cima. Sinto a madeira dos degraus levemente deformada sob os pés; qualquer dia desses, vou subir essa escada e ela vai vir abaixo com tudo. Mas, pelo visto, não hoje.

Enquanto subo, tenho novamente aquela sensação de que há alguém me observando. Um formigamento na nuca. Viro a cabeça esperando ver Tim olhando para mim, mas não; ele está no sofá ficando com Kayla. Bom, legal para ele.

Quando entramos no quarto de Shane e ele fecha a porta, minha ansiedade sobe mais um nível. O cômodo é um quarto típico de um garoto adolescente. Uma cama de solteiro com a estrutura de madeira rachada e um cobertor listrado preto e branco jogado por cima do colchão, sem qualquer tentativa de manter a cama arrumada. Num dos cantos do quarto, há uma pilha de roupa suja, o que desconfio ter sido sua tentativa de "arrumar o quarto" para mim. Há alguns cartazes de bandas pregados com tachinhas nas paredes de tinta descascada, e em cima da cômoda estão enfileirados vários troféus dourados, que reluzem por um instante quando um relâmpago ilumina o quarto.

Shane estende a mão para acender a luz, mas um segundo depois a lâmpada pisca e se apaga. Ele solta um palavrão por entre os dentes.

– A energia deve ter caído.

– Ah. – Pressiono as palmas das mãos suadas uma contra a outra. Já fiquei sozinha com Shane nesse quarto, mas sempre com a mãe dele no quarto ao lado ou prestes a chegar em casa. Nunca ficamos tão sozinhos quanto agora. – Será que a gente...?

– Tá tudo bem. – Mal consigo detectar o sobe e desce dos ombros largos de Shane. – Todo mundo tá indo pra cama, mesmo. A energia provavelmente vai voltar de manhã.

– É. – Puxo a correntinha do meu colar de floco de neve. – Verdade.

Shane torna a estender a mão para segurar a minha. Ele me puxa para a cama, mas não me empurra para me fazer deitar. Eu me sento na bordinha, e ele se acomoda ao meu lado. Estende a mão e corre o dedo com delicadeza pelo meu queixo.

– Eu te ambo, Brooke – diz ele.

Estremeço de leve, nervosa, mas também muito excitada.

– Eu também te ambo.

Um sorriso aparece nos lábios dele.

– Que bom.

– Eu, ahn... – Dou um pigarro. – Foi mal, Shane. É que eu tô supernervosa porque... bom, você sabe, eu nunca...

– Pois é – diz ele. – Nem eu.

Olho para ele absolutamente estarrecida. Ele está mesmo me dizendo que...?

– Você nunca transou? – pergunto depressa.

– Não... – Ele franze o cenho. – Nunca.

– Mas você...

Não estou entendendo nada. Shane já namorou outras meninas. Pode até não ter ficado com ninguém por muito tempo, mas saiu com várias garotas que não eram exatamente exigentes, se é que estou me fazendo entender. E Shane é um *gato*. Seu melhor amigo Brandon, segundo Chelsea, já transou com pelo menos cinco ou seis meninas só desde que os dois *estão namorando*.

– Sei lá. – A expressão dele de repente é tomada pela incerteza. – Eu não queria uma ficada qualquer de uma noite só. Queria que fosse com alguém de quem eu gostasse de verdade. Isso é tão absurdo assim?

– Não. – Aperto seu joelho. Continuo nervosa, mas me sinto bem melhor depois da confissão dele. É uma situação assustadora, mas vamos passar por ela juntos. – Nem um pouco absurdo.

Ele aperta minha mão dentro da dele.

– Eu te amo, Brooke.

Levo um segundo para me dar conta do que ele acabou de dizer. Ele não disse que me "amba" como costuma falar. Ele disse que me ama. Ele me *ama*.

– Eu também te amo – digo num sussurro.

Ele se inclina mais para perto.

– E vou te mostrar exatamente o quanto.

E ele mostra.

DEZOITO

Dias de hoje

Antes de encerrar meu dia de trabalho, vou à enfermaria dar uma olhada em Shane.

O lugar está relativamente vazio nesse dia. De manhã havia dois pacientes lá, mas à tarde ambos já estavam bem o bastante para voltar para as respectivas celas, de modo que agora o único ocupante dos seis leitos é Shane. As outras camas de hospital enfileiradas rente à parede estão vazias.

O presídio tem uma enfermeira que faz plantão à noite, mas, como ela ainda não chegou, a única pessoa presente é um guarda que reconheço por alto, sentado do lado de fora lendo um grosso romance em edição de bolso. Ele meneia a cabeça para mim quando entro, mas então volta para seu livro. Dou uma espiada no título: *Moby Dick*.

A iluminação está fraca na enfermaria, e como o sol já se pôs, o recinto está na penumbra. Da porta, consigo a duras penas distinguir Shane deitado no segundo leito a partir dos fundos. Ao chegar mais perto, vejo os traços de seu belo rosto: sob a luz fraca, está parecido à beça com o Shane de antigamente. O cara por quem me apaixonei tantos anos atrás.

Seus olhos estão fechados, e por um instante um estremecimento de medo me atravessa o peito. Faz mais de duas horas que não venho vê-lo; e se ele estiver com um hematoma se formando no cérebro e tiver perdido a consciência no tempo que passou deitado? Parecia estável do ponto de vista neurológico quando o deixei, mas muita coisa pode acontecer em duas horas. E como fui a última profissional a ter estado com ele, a responsabilidade seria toda minha. Afinal, fui eu quem decidiu mantê-lo em observação em vez de mandá-lo fazer uma tomografia da cabeça fora do presídio. Se ele morresse, a culpa seria minha.

Vou até seu leito a passos rápidos. Ele não se mexe quando paro ao seu lado.

– Shane – chamo.

Será que as pálpebras dele estremeceram? Não sei dizer. Ah, meu Deus, faça com que ele esteja só dormindo e não desacordado.

– Shane – repito, e dessa vez o sacudo pelos ombros.

Minhas pernas quase fraquejam de alívio quando as pálpebras dele se entreabrem. Ele está bem.

– Ah – diz ele. – Oi, Brooke.

Está acordado *e* me reconheceu.

– Ei – digo. – Eu fiquei... fiquei com medo de você estar inconsciente ou coisa assim.

– Não, tava só dormindo. – Ele aperta um botão na lateral da cama que suspende seu corpo até uma posição sentada. – Ficou preocupada comigo?

– Não – respondo, depressa demais. – Quer dizer, sim. Fiquei com medo de você precisar de uma tomografia.

Mas, na mesma hora em que digo essas palavras, me dou conta de que isso não é totalmente verdade. Sim, eu estava com medo de ter me enganado e tomado a decisão errada. Estava preocupada com ele da mesma forma que me preocupo com todos os meus pacientes. Mas esse não foi o único motivo que me fez surtar. Ele tem razão: eu estava preocupada *com ele*.

E não entendo exatamente por quê.

Por muito tempo, senti apenas uma emoção por esse homem. *Ódio*. Eu o odiei pelo que ele tentou fazer comigo. Pelo que fez com meus amigos. Por ter me engravidado e me deixado sozinha para lidar com as consequências. Por nem sequer ter a coragem de reconhecer o que fez e por ter me obrigado a sentar no banco das testemunhas durante um julgamento extenuante para reviver cada momento.

Mas, ao vê-lo aqui agora, deitado em um leito de hospital, com um hematoma já se formando na testa por causa da queda que sofreu e com os olhos castanhos me encarando...

Eu...

Eu não...

– Preciso fazer um exame neurológico. – Pigarreio. – Tenho que me certificar de que você está bem.

– Pode ficar à vontade.

Faço o exame, certificando-me de que suas pupilas estejam do mesmo tamanho, de que ele não tenha ficado fraco de um dos lados do corpo, e o faço responder a algumas perguntas básicas para garantir que sua cognição esteja intacta. Então me ocorre que é a primeira vez que interajo com ele sem nenhum tipo de algema ou tornozeleira. Se ele quisesse, poderia estender a mão, envolver meu pescoço com os dedos e apertar com a maior força de que fosse capaz... bem, pelo menos até o guarda nos escutar e vir correndo. Mas, por algum motivo, não estou com medo de que ele vá fazer isso. Nem mesmo um pouco.

– Eu passei? – pergunta ele quando me afasto.

– Passou – confirmo.

– Ótimo. – Ele meneia a cabeça para o relógio na parede. – Queria sair daqui antes do jantar. Hoje é noite de tacos.

Não consigo me impedir de abrir um sorriso.

– Terça de tacos?

– É isso aí. – Ele ajusta sua posição na cama. – Não quero perder a noite de tacos. Eu *amo* tacos.

Sinto a respiração ficar presa na garganta. *Eu ambo tacos.* Quando foi a última vez que Shane e eu brincamos sobre nos *ambar*? Isso era uma coisa *só nossa*. Eu me lembro da última vez que lhe disse essas palavras: *eu te ambo*. Mesmo a contragosto, sinto uma súbita onda de afeto.

Sim, Shane Nelson fez coisas indizíveis. Mas, antes de ele fazer essas coisas, eu o *ambava*.

Não, eu o *amava*.

Desvio o olhar antes de ele conseguir ver a expressão no meu rosto.

– Não se preocupa. Vou garantir que eles te tragam uma bandeja de comida.

– Ótimo. Muito obrigado, Brooke. Mesmo.

– É...

Ele estende a mão até atrás da cabeça para o travesseiro no qual está deitado, quase tão achatado quanto uma panqueca. Está tentando ajeitá-lo para ficar mais confortável nesse colchão duro de leito de hospital. Passo alguns instantes observando-o se esforçar, então chego mais perto e arrumo o travesseiro para ele.

Meu rosto se aproxima do dele quando ajeito o travesseiro... mais perto do que ficou quando dei os pontos na sua testa. Eu me preparo para o perfume de sândalo, mas o único cheiro que sinto é de sabonete e creme de barbear. A última vez que fiquei tão perto assim dele faz mais de uma década. Na noite em que perdi a virgindade com ele. E ele comigo.

Quando acabamos de transar, fiquei me sentindo tão bem. Estava muito feliz por ter sido ele o garoto a quem eu tinha me entregado. Estava apaixonadíssima.

Durante uma fração de segundo, nossos olhares se cruzam. E me ocorre que somos as duas únicas pessoas no recinto. Há um guarda lá fora, e se houvesse um problema ele chegaria num instante, mas não escutaria algo que não fizesse barulho.

Como por exemplo se Shane chegasse mais perto e me beijasse.

Afasto a cabeça bruscamente, chocada com os pensamentos que estão passando pela minha cabeça. Qual é o *problema* comigo? Shane Nelson tentou me matar. Ele é um *monstro*. Está passando a vida preso por assassinato. Mesmo que eu conseguisse perdoá-lo pelo que fez, eu nunca...

Dou uma tossida alta; o ruído ecoa pela enfermaria escura e vazia.

– Acho que a gente já acabou por aqui.

– Ótimo. Muito obrigado.

– Vou garantir que você receba o jantar – digo com uma voz esganiçada, que mal se parece com a minha.

Um sorriso se esboça nos lábios dele.

– Meus tacos.

– Certo. Tacos.

– Obrigado, Brooke. – Seus olhos permanecem cravados nos meus. – Estou muito agradecido por tudo que você fez por mim.

– De nada.

Dou um jeito de arrancar meus olhos dos dele. Porém, quando estou saindo da sala, com meus sapatos sóbrios sem saltos estalando no piso de linóleo, posso sentir que ele está me observando.

DEZENOVE

Não consigo parar de tremer depois do meu encontro com Shane na enfermaria.

Passei uma década sentindo ódio por ele. Satisfeita por ele estar apodrecendo na prisão, porque era isso que ele merecia. E, mesmo quando o vi na semana passada e confirmei que ele não tinha chifres brotando da cabeça nem um rabo de diabo, ainda penso nele como o homem que tentou me matar.

Hoje foi a primeira vez desde aquela noite que pensei nele como o garoto que eu amava.

Depois de caminhar até meu carro no estacionamento do presídio, tudo que mais quero é ir para casa, comer um dos deliciosos jantares de Margie e me enfiar na cama. Aaah, e quem sabe tomar um banho quente de banheira. Quando Josh era pequeno, tomar banho de banheira era impossível, porque eu não podia deixá-lo sozinho esse tempo todo e não havia um segundo adulto para ficar com ele. Agora que está mais independente, porém, fiquei viciada em banho de banheira.

Quando estou a pouco menos de um metro do meu carro, sinto a mão grandalhona de alguém se fechar ao redor do meu braço. Entro na mesma hora num estado de alerta total e me viro para confrontar quem quer que tenha me segurado. Ao me virar, me vejo cara a cara com o agente penitenciário Marcus Hunt.

Do lado de fora dos muros do presídio, ele parece ainda mais imponente. É muito mais alto do que eu, com os lábios curvados num eterno sorrisinho cruel e os bíceps mais ou menos da mesma grossura das minhas coxas. Não está portando arma nenhuma no momento, mas nem precisa; conseguiria me esmagar usando só a mão.

E somos as duas únicas pessoas no estacionamento.

– Brooke – diz ele. – Preciso falar com você.

– Eu não tenho nada pra te dizer – sibilo para ele.

– Deixa disso...

Estou com a bolsa pendurada no ombro. Tenho um spray de pimenta lá dentro, mas não tenho certeza se vou conseguir pegar com ele me segurando.

– Você precisa me soltar.

– Brooke...

– Me solta senão eu grito!

Os olhos de Hunt se arregalam quando ele enfim compreende que precisa me soltar. Tira a mão do meu braço e ergue as duas mãos no ar.

– Desculpa. Não quis te assustar. Só quero conversar.

Não quis me *assustar*? Por acaso ele tem *ideia* do quanto é assustador? Não consigo imaginar como é para Shane lidar com esse cara todos os dias.

– Por favor, Brooke. – Ele dá um passo para trás, ainda com as mãos erguidas. – Eu só preciso falar com você.

Não quero falar com Hunt. Quero ir para casa, jantar e tomar o tal banho de banheira. Mas preciso trabalhar com esse cara... não posso ser sua inimiga. E reconheço estar curiosa em relação ao que ele tem a dizer.

– Tudo bem. O que foi?

– Brooke. – Ele franze a testa. – Olha, sinto muito pelo que aconteceu com o Nelson hoje. Não foi minha intenção machucar ele.

– Ah, tá.

– Não foi. – Ele balança a cabeça raspada. – Mas você sabe que, mesmo que fosse, ele merece. Faz alguma ideia do que aquele cara fez pra vir parar aqui?

Eu faço, sim, alguma ideia.

– Todos os homens aqui cometeram crimes...

– É diferente. O Nelson é diferente. Ele é... muito manipulador.

É a mesma coisa que Elise escreveu no prontuário de Shane. E ela sublinhou a palavra.

– Não vi ele agir assim.

– Pois é, porque ele tá te manipulando. Tá fazendo você confiar nele, mas você não deveria.

Espicho o pescoço para encarar o rosto de Hunt. Independentemente do que mais eu possa dizer, não acho que ele esteja inventando isso. Parece realmente acreditar no que está dizendo. Mas a pergunta é: e eu, acredito?

– Não vou deixar ele me manipular – respondo.

– Foi o que a Elise falou. Agora ela própria provavelmente vai presa. Ou pelo menos perder o registro de enfermeira.

Do que ele está falando? Está dizendo que Shane enganou Elise e que foi por isso que ela se encrencou? Acho difícil de acreditar, principalmente depois do que ela escreveu no prontuário dele. E Shane não me manipulou. Eu cheguei a lhe oferecer um remédio para dor na semana passada, e ele recusou.

– Não precisa se preocupar com isso.

– Eu me preocupo, *sim*. – Ele olha por cima do meu ombro para o meu Toyota. – Olha, não quero falar sobre isso no estacionamento. Por que não vamos beber alguma coisa, aí a gente pode, sabe, conversar mais sobre o assunto?

Ah, tá. Agora entendi.

– Não, obrigada. – Ajeito a alça da bolsa no ombro. – Preciso ir pra casa. A babá tá esperando.

– Outra noite, então?

A preocupação em seu rosto desapareceu, e ele agora exibe uma expressão esperançosa. Então é esse o jogo dele. Está torturando Shane para me impressionar e conseguir um encontro. É desprezível, mas não quero humilhá-lo diretamente. Preciso trabalhar com ele e também estou contando com ele para me proteger se algum dia me vir numa situação perigosa.

– Quem sabe em algum momento do mês que vem – respondo, vaga. – É que ando muito ocupada no momento. E a babá não pode ficar até tarde.

– Ah, tá, claro. – Hunt esfrega a cabeça raspada. – É, também tô com o mês cheio. Vai ter que ser no outro. Ou depois. Tanto faz. Tudo bem.

– É... – Levo a mão à bolsa para pegar minhas chaves. – Enfim, vou indo. Até amanhã, então.

– Claro. – Ele assente. – E Brooke?

– Sim?

– Toma cuidado.

VINTE

Não estou conseguindo dormir.

Aqui é bem mais tranquilo do que quando eu morava no Queens. Nosso quarteirão tinha muito tráfego à noite, e pelo menos uma vez por semana era garantido eu ser acordada pela buzina de um carro, ou pior, por um alarme que passava quase uma hora tocando sem parar. Mas, neste quarteirão tranquilo da nossa pequena cidade, a única coisa que se pode ouvir à noite são alguns grilos cantando.

Então não sei por que tenho dormido tão mal desde que me mudei para cá.

Em parte, talvez seja por ser tão estranho dormir no quarto dos meus pais. No início, relutei em usar a suíte principal por esse exato motivo. Só que esse era de longe o maior dos quartos do andar de cima da casa, e o único com cama queen size. Então tentei redecorá-lo para transformá-lo em meu. Tirei da parede a marina que meus pais sempre mantinham pendurada acima da cama, troquei a colcha pelo meu próprio edredom azul royal e substituí quase todos os porta-retratos em cima da cômoda.

Não ajudou. Ainda continua sendo o quarto dos meus pais. Chega a ter o *cheiro* deles. O perfume da minha mãe continua pairando no ar, por mais que eu esfregue os pisos e móveis.

Queria que as coisas não tivessem acontecido como na última década.

Não que algum dia eu tenha sido próxima dos meus pais. Minha mãe era severa e meu pai vivia viajando a trabalho. E, a tirar pelos boatos, ele a traía bastante. Mesmo assim, eu não esperava o tratamento que eles me dispensaram quando decidi ter o bebê que crescia na minha barriga.

Você está cometendo um erro horroroso, Brooke, dizia minha mãe praticamente todas as vezes que conversávamos.

Eu quis lhes fazer frente, mas mal estava conseguindo manter a sanidade. Tudo que sabia era que queria ter o bebê. E me dispus a fazer qualquer coisa pelo meu filho ou filha ainda por nascer, inclusive ir morar com um parente em Nova York e aceitar os cheques mensais dos meus pais para me manter e me formar. Não queria fazer isso, mas tampouco queria que meu filho sofresse por causa do meu orgulho.

Aceitei inclusive não poder voltar a Raker. Nem para visitar.

Mas, quando terminei a faculdade de enfermagem e finalmente comecei a ganhar um salário decente que me permitiria me sustentar sem a ajuda dos meus pais, eu os enfrentei. Disse que não iria mais aceitar o dinheiro deles. E queria o direito de voltar a Raker para visitá-los com Josh, caso contrário não teríamos nenhuma relação. Estava cansada de ser o segredinho sujo dos dois.

Achei mesmo que eles fossem aceitar. Eu era a única filha deles, e Josh o único neto. Acreditei que o amor deles por nós devesse ser maior do que a vergonha de ter uma filha que havia engravidado no ensino médio.

Eu estava errada.

Poucos meses depois de eu começar a devolver os cheques, meu pai pegou o carro até o Queens e me fez uma surpresa quando eu estava chegando em casa do trabalho. Sempre pensei no meu pai como um homem bonito em comparação com os pais dos meus amigos; as mulheres costumavam parar na rua para olhar para ele. Mas, pela primeira vez, reparei no quanto estava envelhecido. Tinha bolsas debaixo dos olhos e uma barriga saliente que forçava os botões da camisa. Os cabelos sempre foram grisalhos e brilhantes, mas agora tinham apenas a coloração de um cinza opaco.

Não faz isso, Brooke, implorou ele. *Sua mãe e eu te amamos. Você sabe disso.*

Dei um muxoxo. *Se me amassem, não teriam vergonha de mim.*

Nós não temos vergonha de você. Só não achamos uma boa ideia você ir a Raker.

Mas por quê?

O vinco que sempre existiu entre as sobrancelhas do meu pai se aprofundou. *Não pode confiar na gente só dessa vez, Brooke? Estamos fazendo isso para o seu próprio bem.*

Não fiquei nem um pouco surpresa com o fato de meu pai não me dar um motivo lógico para eu não poder visitar a casa da minha infância com meu filho. Então eu o mandei embora e continuei a devolver os cheques sem descontá-los. Depois de um ano eles entenderam o recado e os cheques pararam de chegar.

Agora aqui estou eu, poucos meses depois da morte dos dois, de volta à minha cidade natal. Apesar do jeito horrível como as coisas aconteceram, tive uma infância feliz até aquela noite. Esse é o tipo de cidade onde se quer que os filhos cresçam.

Mas não posso deixar de sentir que o quarto está assombrado pela presença dos meus pais. Ou a casa inteira, na verdade.

Saio da cama e vou até a cômoda do outro lado do quarto. Quando cheguei aqui após receber a notícia sobre o acidente de carro, encontrei essa cômoda repleta de fotografias minhas e de Josh. As fotos paravam cinco anos antes, quando cortei relações com eles, mas havia dezenas delas espalhadas pela casa inteira cobrindo minha vida toda, desde o dia em que nasci até aquele em que mandei meu pai embora porque eles não eram capazes de aceitar minhas escolhas de vida. Tirei a maioria, mas deixei algumas. Como por exemplo uma foto sobre a cômoda de quando eu tinha mais ou menos a idade que Josh tem hoje, posando com meus pais para um cartão de Natal.

Pego a foto agora e encaro meu rosto sorridente e sem rugas. Meus pais estão cada um com uma mão no meu ombro, radiantes de orgulho da nossa pequena família. Eu nem me lembro de eles um dia terem se sentido assim.

Apesar de tudo, acredito que os dois tenham me amado. Posso ver esse amor nos olhos deles nas fotografias. Mas seu orgulho besta atrapalhou nossa relação. Eles preferiram cortar totalmente os laços comigo a serem humilhados por precisarem me exibir para os amigos com meu filho sem pai.

Só que agora, ao olhar para a foto, relembro o dia em que meu pai foi me procurar no Queens. Ele passou no mínimo cinco horas dirigindo direto para chegar até mim, de tão importante que isso era para ele. Pela primeira vez, fico pensando se a motivação dele não teria sido inteiramente egoísta.

Não pode confiar na gente só dessa vez, Brooke? Estamos fazendo isso para o seu próprio bem.

Ele parecia quase...

Com medo.

Mas que bobagem. Não havia nada a temer. Shane àquela altura já estava atrás das grades para o resto da vida. Ele não tinha como chegar até mim. Eu estava a salvo daquele homem.

E até hoje estou.

VINTE E UM

Onze anos atrás

Depois de transar com o namorado pela primeira vez, a última coisa no mundo que alguém quer é ouvi-lo dizer: "Merda". Bom, talvez "tenho herpes" venha antes na lista, por pouco, mas o que ele diz também não é nada bom.

– Que foi? – pergunto. – O que houve?

Shane sai de cima de mim, suado e afogueado. Eu estava com muito medo antes, mas não havia nada a temer. Ele foi carinhoso e atento, sempre se certificando de que eu estivesse bem e de que tudo fosse bom para mim... ou pelo menos não *ruim*. Não sei se eu diria que o sexo foi sensacional, mas foi bem bom para minha primeira vez. E agora essa é a parte em que ele deveria estar abraçado comigo me dizendo o quanto me ama e ainda me respeita, mas, em vez disso, ele decididamente parece abalado.

– O que foi? – insisto.

– Acho... – Ele franze o cenho. – Acho que a camisinha saiu.

– *O quê?*

– Não sei direito – diz ele depressa. – Mas... bom, está fora agora. E não fui eu que tirei. Então meio que tô pensando quando foi que ela saiu e...

– Merda – digo.

Minha cabeça está girando. Eu tenho 17 anos. Não posso ficar grávida aos 17 anos. Tenho planos para os próximos anos da minha vida, nenhum dos quais inclui um bebê se esgoelando. Quero fazer faculdade. Pós-graduação. Quero conhecer o mundo. Ai, meu Deus, isso é ruim.

– Não surta, Brooke – diz Shane. – Vai ficar tudo bem.

Minha sensação é de que mal consigo respirar.

– Vai ficar tudo bem como, exatamente?

– Olha. – Ele segura meu braço, que está tremendo. – Foi só uma vez. Eu nem sei se saiu mesmo. Tenho certeza de que vai ficar tudo bem.

– Você tá de brincadeira comigo. Meninas engravidam o tempo todo depois de "só uma vez".

– Tá bem – diz ele com uma calma enlouquecedora. – Então a gente dá um jeito.

– *Como?*

– Não sei – admite ele. – Mas seja qual for sua decisão, eu te apoio.

Fico um pouco boquiaberta. Eu o encaro e percebo que está sendo sincero. Shane também tem planos para o futuro. Espera conseguir uma bolsa jogando futebol americano para cursar a faculdade e assim poder ter uma vida melhor do que a que teve quando criança. Essas palavras têm o poder de destruir seus planos. *Seja qual for sua decisão, eu te apoio.* Mas ele as disse mesmo assim.

Nesse momento, sei que escolhi o cara certo com quem perder minha virgindade.

– Eu te amo – digo depressa.

Ele passa o dedo pela minha bochecha.

– Também te amo.

Embora continue surtada por causa do que aconteceu, eu me forço a me acalmar. Shane tem razão. Foi só uma vez, e as chances de eu ter engravidado são baixas. E se por acaso isso tiver acontecido, ele vai me apoiar. Seja qual for minha decisão.

Apesar dos trovões lá fora e da minha cabeça a mil, adormeço nos braços de Shane. E só torno a acordar quando ouço os gritos.

VINTE E DOIS

Dias de hoje

Josh está felicíssimo mastigando uma das almôndegas de Margie durante o jantar que comemos juntos em volta da mesa da cozinha.

– Mãe – diz ele. – Essas são as melhores almôndegas que eu já comi.

– Ah, é?

– Sabe como a Margie fez? – Sem esperar a resposta, ele responde à própria pergunta. – Ela pôs carne, mas também ovos, farinha de rosca e queijo parmesão. Disse que o queijo era o ingrediente secreto.

– Estão uma delícia mesmo.

Josh abocanha outro pedaço de almôndega do garfo e fica mastigando com um ar pensativo.

– Como é que você faz almôndega, mãe?

Bom, eu abro o pacote de almôndegas congeladas, coloco algumas num refratário e levo ao micro-ondas por sessenta segundos. Se elas não descongelarem, deixo por mais trinta.

– Meio que do mesmo jeito, só que sem o queijo.

– Da próxima vez que você for fazer, eu te ajudo – diz ele. – A Margie me ensinou direitinho.

É bacana Margie ser tão legal com ele, mas fico triste por minha mãe nunca ter criado um vínculo com Josh em vida. Ela jamais teria feito almôndegas com ele. Nem se importou muito quando parei de falar com ela.

A campainha toca e Josh se levanta num pulo, com uma energia surpreendente para um menino que acabou de comer umas trinta almôndegas. Mas ele adora atender à porta. É uma das suas coisas preferidas no mundo, acredite se quiser. Só que não sei direito por que, já que quase sempre é só um cara entregando uma encomenda.

Ouço o barulho da porta da frente sendo destrancada, seguido pelo som de uma conversa. Que estranho. Por que Josh está conversando com o entregador?

A menos que não seja um entregador.

Faço um esforço para me levantar, o que não é fácil, levando em conta que comi umas 29 almôndegas. (Estavam boas mesmo. Deve ter sido o queijo parmesão.) Caminho arrastando os pés até a porta da frente e minha boca se escancara quando vejo ninguém menos que Tim Reese parado ali fora, conversando com Josh. Congelo a uns 3 metros da porta, sem conseguir me mexer.

– Mãe! – chama Josh. – Olha só quem tá aqui! É o Sr. Reese... ele é o vice-diretor lá da escola!

Olho para Tim, que exibe um sorriso tenso nos lábios.

– Isso mesmo. Eu, ahn... Eu moro logo ali no final do quarteirão, e minha mãe mandou estes biscoitos da Flórida, e tive a ideia de...

Ele teve a ideia de me trazer uns biscoitos. Só que acabou não sendo só isso.

– Biscoitos? – indaga Josh num tom esperançoso.

O dia em que meu filho estiver velho demais para ficar animado com biscoitos vai ser um dia triste. Embora, para ser bem sincera, até *eu* ainda fique um pouco animada com biscoitos. Mas no momento estou com dificuldade para desencavar qualquer entusiasmo.

– Posso comer alguns, mãe? – pede ele.

– Claro – respondo numa voz monótona.

Tim baixa os olhos para a caixa branca em sua mão, como se tivesse esquecido por completo que a segurava. Coloca a caixa nos braços de Josh sem tirar os olhos de mim.

– São todos seus – diz.

– Mãe. – Josh puxa meu braço. – Quantos eu posso comer?

– Ahn, um...

– Um? *Só* um?

– Tá bom, ahn... dois, acho.

– Mas e se forem pequenos?

Ai, meu Deus, eu o deixaria comer a caixa inteira se ele simplesmente saísse daqui nesse exato momento.

– Se forem pequenos, podem ser três.

– Oba!

Josh se afasta pelo corredor com a caixa de biscoitos. Eu e Tim ficamos nos encarando no hall de entrada. Tim balança a cabeça.

– É esse o seu filho? Esse é o Josh?

– É...

A incompreensão em seu rosto quase me faz querer estender as mãos e dar um abraço nele.

– Você me disse que ele estava no jardim de infância.

– Eu nunca te disse isso.

– Mas você... – Ele olha por cima do meu ombro. – Dá pra gente conversar lá fora um instante?

Eu preferiria *mesmo* que não, mas tenho a sensação de que não me resta escolha. Essa é uma conversa que precisamos ter, por mais que eu esteja apreensiva em relação a ela. Não quero falar sobre o assunto onde meu filho possa me escutar, e Tim sabe disso.

Saímos para minha varanda da frente, e fecho a porta. Estou a menos de meio metro de Tim e quase posso distinguir os resquícios das sardas que ele tinha. Antes eu conhecia seu rosto muito bem, melhor até do que o meu próprio.

Éramos inseparáveis quando crianças. E achávamos que seria assim para sempre, principalmente Tim. Quando estávamos com 6 ou 7 anos, ele costumava falar sobre o futuro de um jeito que sempre me incluía. Dizia coisas como: *Quando a gente se casar, podia arrumar uma casa grande com cinco quartos*. Às vezes tenho a sensação de que nunca parou de pensar assim... só parou de dizer em voz alta.

– Brooke, quantos anos o Josh tem? – pergunta ele baixinho.

Fecho os olhos por um instante, torcendo para, quem sabe, quando os abrir, isso na verdade ser um sonho realmente esquisito. Então volto a abri-los.

Não. Não é um sonho.

– Ele tem 10 anos – respondo.

– *Dez*? – A mão de Tim está tremendo quando ele a passa pelos cabelos. – Ele tem 10 anos?

– Isso.

– Quer dizer então que o Shane é...?

Ele não precisa concluir a pergunta. Ambos sabemos o que está pensando. Melhor dizer logo a verdade. Ele merece.

– É – digo. – É, sim.

– Ai, meu *Deus*. – Tim parece estar prestes a passar mal. – Eu não fazia ideia de que você...

– Bom, agora você sabe por que eu saí da cidade.

– Tá, mas... – Ele encara a porta da minha casa. – O Josh sabe quem é o pai dele?

– Não. E eu gostaria que continuasse assim.

– O *Shane* sabe?

Balanço a cabeça vigorosamente.

– Não. De jeito nenhum.

Tim olha de novo para a porta da minha casa, e sua expressão vai ficando mais atordoada a cada segundo que passa.

– Meu Deus, ele é até *parecido* com o Shane.

– Eu sei. – Mordo o lábio. – É parecido, mas não tem nada em comum com o Shane. Ele é um bom menino, de verdade.

– Meu *Deus*.

A reação dele é mais ou menos a que eu esperava. Tim nunca gostou de Shane, mesmo antes das coisas terríveis que ele fez. Eu deveria ter sabido que reagiria dessa forma. Mesmo assim, é difícil de assistir. Às vezes as pessoas fazem exatamente o que a gente acha que vão fazer, e mesmo assim conseguem decepcionar.

– Olha... – Tim dá um passo para trás. – Acho que talvez seja melhor eu ir embora. Foi... foi uma má ideia.

Ele não está mais pensando que quando formos casados vamos construir uma casinha de cachorro gigante de dois andares no quintal. E tudo bem. Uma casinha de cachorro grande assim não seria mesmo muito prática.

Tim está prestes a ir embora quando Josh irrompe correndo da casa. Parece ligeiramente ofegante e está com os lábios cobertos de migalhas de biscoito.

– Mãe? – diz ele. – A pia da cozinha quebrou.

Ah, que ótimo. A noite está ficando cada vez melhor.

– Tem certeza?

Josh faz que sim com um ar solene.

– Tenho. Quando eu abro a torneira, a água só sai muito devagar ou superdepressa, e eu fiquei todo molhado!

Sinto falta do meu antigo apartamento no Queens. Lá tínhamos um proprietário e um zelador, e, se alguma coisa quebrasse, tudo que eu precisava fazer era ligar para eles. Acho que vou ter que arrumar um jeito de consertar sozinha essa pia.

– Tim? – Melhor lhe fazer a pergunta antes de ele sair correndo. – Você não conhece nenhum encanador que eu possa chamar, conhece?

Ele olha para a casa e franze a testa de leve.

– Se você quiser, eu posso dar uma olhada.

– Você sabe consertar uma pia?

– Talvez. Fiquei bem bom em consertar as coisas lá em casa.

Não sou eu que vou lhe dizer não. Encanadores cobram caro, e embora tenham me deixado a casa, meus pais não me deixaram muito dinheiro depois que foram deduzidos os impostos.

– Tá bom, obrigada.

Tim entra na casa atrás de mim. É estranho, porque ele já entrou nessa casa centenas, quem sabe milhares de vezes, mas faz muito tempo que não vem aqui, e jamais desde que nós dois ficamos adultos. Não cheguei a trocar a maioria dos móveis que eram dos meus pais, mas não são os mesmos de quando éramos crianças. A casa está diferente, mas igual. Mais ou menos do mesmo jeito que o próprio Tim.

– Você tem caixa de ferramentas?

Penso por alguns instantes.

– Meu pai tinha uma na garagem.

– Eu vou pegar! – diz Josh.

Tim e eu ficamos parados pouco à vontade enquanto Josh corre até a garagem. Felizmente, ele não demora muito. Volta um minuto depois arrastando uma caixa de ferramentas preta que parece pesar mais do que ele.

– Certo – diz Tim. – Vamos lá. – Ele olha para Josh, que o encara com os olhos arregalados. – Não sei se consigo sozinho. Que tal me ajudar?

– Eba, sim!

Meu filho parece ainda mais animado para consertar a pia do que ficou com os biscoitos.

• • •

Passo os primeiros cinco minutos observando Tim e Josh, nervosa, mas então me dou conta de como é chato ficar olhando duas pessoas consertarem uma pia e vou para a sala ler. Ouço várias pancadas altas e um barulho intermitente de água correndo, e em determinado momento posso jurar ter ouvido os dois rindo.

Cerca de uma hora mais tarde, Tim sai da cozinha enxugando as mãos na calça jeans. Josh aparece um segundo depois.

– A gente consertou, mãe! O Sr. Reese consertou a pia!

O rosto de Tim se abre num sorriso.

– Na verdade, quem fez a maior parte do trabalho foi o Josh. Eu só meio que fiquei olhando.

– E me ajudou a apertar aquele parafuso.

– Verdade. Isso eu fiz mesmo.

Josh encara Tim, radiante.

– Agora pode consertar a maçaneta lá de cima que vive caindo. E eu ajudo.

O sorriso de Tim titubeia.

– Ahn, bom...

Eu me levanto do sofá.

– Josh, o Sr. Reese é ocupado demais pra consertar tudo na nossa casa. E tá ficando tarde.

A expressão de Josh se desfaz. Ele parece alguém que acabou de ficar sabendo que seu cachorro morreu.

– Ah.

– Mas eu posso passar aqui amanhã – acrescenta Tim. – Quer dizer, se a sua mãe achar que tudo bem.

– Por mim, tudo bem. – Meu olhar encontra o de Tim. – Se estiver tudo bem pra você.

– Por mim, tudo bem.

Josh olha alternadamente para nós dois, com o rosto contraído.

– Então... a gente vai consertar a maçaneta?

– Claro – diz Tim. – Amanhã, tá?

Despacho Josh para se preparar para dormir enquanto acompanho Tim até a porta. Para falar a verdade, não acho que vá tornar a vê-lo depois da conversa que tivemos. Mas ela parece quase esquecida nesse momento. Embora eu tenha certeza de que Tim não a esqueceu.

Paramos quando ele sai da casa.

– Obrigada por ter feito isso.

– Não há de quê. – Ele passa alguns instantes me encarando, refletindo sobre o que dizer. – Você tinha razão, Brooke.

– Razão? Em relação a quê?

– Ele é *mesmo* um bom menino.

E com essas palavras, Tim vira as costas e começa a se afastar pelo caminho de volta para a própria casa.

VINTE E TRÊS

Onze anos atrás

Acordo sobressaltada. Meus olhos se abrem de supetão, e levo um segundo para lembrar onde estou. Na casa do Shane, e ele está deitado ao meu lado, ainda respirando profundamente. Mas escutei alguma coisa. Um grito. Tenho certeza.

Baixo os olhos para meu relógio de pulso. São três horas da manhã.

– Shane. – Sacudo seu ombro nu até os olhos dele se entreabrirem. – Ouvi uma coisa.

– Ahn? – Ele esfrega os olhos com as costas da mão. – O que houve?

– Alguém deu um...

E então escutamos de novo. Um grito de gelar o sangue, só que dessa vez consigo distinguir uma palavra sendo gritada:

– *Brooke!*

Shane se senta ereto na cama, de repente tão desperto quanto eu. Passa as pernas pela borda da cama e veste correndo a calça jeans larga. Enfia uma camiseta pela cabeça enquanto luto para entrar na minha calça skinny. Ainda está de meias quando estende a mão para a maçaneta.

– Aonde você vai? – pergunto, aflita.

Seu olhar se move para a maçaneta.

– Alguém gritou lá embaixo. Preciso ir ver o que é.

– Não sem mim.

De jeito nenhum ele vai me deixar sozinha neste quarto. Abotoo minha calça e visto depressa um suéter.

– Melhor você ficar aqui – diz Shane. – Talvez não seja seguro.

– Eu quero ir.

Shane abre a boca para protestar outra vez, mas as palavras são abafadas por outro grito.

– Brooke!

Saímos os dois do quarto e esbarramos com Kayla e Tim no alto da escada. Ambos parecem ter se vestido com tanta pressa quanto nós. Fico imaginando o que eles estavam fazendo. Torço para terem apenas dormido.

– Vocês ouviram isso? – pergunta Tim.

Kayla está agarrada no braço dele.

Shane assente com um ar solene. Olhamos todos lá para baixo e, mesmo do primeiro andar, podemos ver que a porta da frente está escancarada. Gotículas de chuva estão molhando o tapete do lado de dentro.

– Chelsea – murmuro.

Deve ter sido Chelsea quem gritou. Porque, como não foi Kayla nem fui eu, Chelsea é a única que sobrou. Mas por que ela gritaria meu nome? Por que não gritar por Brandon se alguma coisa estivesse errada? A menos que...

Se Brandon tiver feito alguma coisa para machucar minha amiga, vou matar esse cara.

Shane desce a escada na frente, saltando os degraus de dois em dois. Tim vai em seguida, e eu em terceiro. Kayla fica para trás num distante quarto lugar. Não a culpo. Ela não é amiga íntima de nenhum de nós, e, se estiver havendo algum problema, provavelmente não quer se envolver.

Shane é o primeiro a chegar à porta da frente. Ele se segura no batente e se debruça para a pequena varanda lá fora. Então vê algo que faz seus olhos se arregalarem e dá um passo para trás.

É então que ouço alguém soluçar.

Tim sai para a varanda em segundo. Ele reage mais ou menos da mesma forma que Shane. A essa altura, já estou louca para saber o que está acontecendo. Quase tropeço nos meus próprios pés para chegar à porta. E então, ao sair para a varanda...

Ah. Ai, meu Deus...

Chelsea está ajoelhada ao lado de Brandon, que está caído de barriga para cima na varanda com o peito todo empapado de sangue vermelho-escuro. A mesma substância vermelho-escura escorre da boca dele, e os olhos abertos encaram o nada. Chelsea está segurando sua mão e soluçando descontroladamente enquanto a chuva molha os dois.

– O que houve? – consigo perguntar.

– Ai, Brooke! – Chelsea se levanta cambaleando e me envolve num abraço; ela se agarra em mim, e mancha minha roupa inteira de sangue e chuva. – Eu desci porque o Brandon não tava na cama. Vi que a porta tava aberta, então olhei pra fora e...

– Ele tá morto? – guincha Kayla, que parece prestes a vomitar.

Tim se ajoelha ao lado do corpo. Leva os dedos ao pescoço de Brandon em busca de pulsação. Balança a cabeça.

– Morto.

Chelsea irrompe em soluços ainda mais altos. Continua agarrada em mim, e sinto que sou praticamente eu quem a está sustentando. Daqui a pouco, nós duas vamos desabar no chão.

– Leva ela pra dentro – diz Shane para mim. – A gente cuida disso aqui.

Kayla e eu levamos Chelsea de volta para dentro de casa e fazemos com que ela se sente no sofá. Ela enterra o rosto nas mãos, sem conseguir parar de chorar. Fico esfregando suas costas enquanto Kayla pega o celular que tinha abandonado em cima da mesa de centro ao descobrir que não havia sinal. Ela baixa os olhos para a tela.

– Ainda sem serviço – geme. Ergue os olhos para a porta e fala mais alto. – Shane, você disse que aqui tinha fixo, né? Onde fica? A gente precisa chamar a polícia.

– Fica do lado da estante! – grita ele de volta.

Rápida como um foguete, Kayla vai até a estante. Pega o telefone sem fio. Pressiona um botão no aparelho e o leva à orelha. Franze o cenho, afasta o fone do ouvido e pressiona outro botão.

– Shane! – Sua voz agora tem um quê de histeria. – O telefone não tá funcionando!

Um trovão sacode a casa, embora seja mais fraco do que os do começo da noite.

– Shane! – grita Kayla.

Depois de uns poucos segundos, Shane entra na casa e bate a porta de tela. Tem o rosto levemente afogueado e os cabelos e a camiseta úmidos. Ele caminha a passos largos até onde Kayla está parada segurando o telefone sem fio e o arranca da mão dela. Kayla o observa, torcendo as mãos.

– Tá mudo – declara ele. – O temporal deve ter estragado as linhas telefônicas.

Kayla corre os olhos depressa pela sala.

– Quer dizer que não tem como chamar a polícia?

– Não.

Ela balança a cabeça.

– Então vou dar o fora daqui. Chelsea, cadê a chave do seu carro?

Shane pressiona os lábios um no outro.

– Kayla, dá pra você se acalmar um instante?

Um relâmpago estoura, iluminando o rosto pequeno de Kayla e lhe conferindo um aspecto quase demoníaco.

– Não, não vai dar pra me acalmar, não. Uma pessoa acabou de ser *assassinada* dentro desta casa, e agora a energia e o telefone pararam de funcionar. Vou dar o fora daqui *agora*. Se vocês não quiserem vir, eu mando um carro da polícia quando chegar na cidade.

Shane faz uma careta.

– Kayla.

Ela o encara.

– A gente precisa sair daqui, Shane. Por que você não quer que a gente vá?

É uma boa pergunta. Não queremos abandonar uma cena de crime, mas precisamos entrar em contato com a polícia. E, se os telefones não estão funcionando, precisamos pegar o carro e ir até a delegacia. Meus pais vão acabar comigo quando descobrirem o que estávamos fazendo hoje à noite, mas não posso pensar nisso. Uma pessoa morreu.

E existe uma chance muito real de alguém neste recinto ser o responsável.

Chelsea se levanta, com os olhos ainda marejados.

– A Kayla tem razão. A gente precisa sair daqui. Não sei quem fez isso... – Ela ergue os olhos para encarar Shane, em seguida Tim, parado junto à porta. – Mas é óbvio que a gente tá correndo algum tipo de perigo. Precisamos sair daqui.

Eu concordo.

Chelsea e Kayla colocam seus sapatos e casacos completamente inadequados e saem marchando da casa, sem ligar para a chuva que segue caindo com força. Calço meus tênis, mas eles não são páreo para o que parece um rio gelado se formando em frente à porta de entrada. Meus tênis se enchem de lama e água muito fria. Mal posso esperar para chegar em casa e me afastar desse show de horrores.

Logo antes de conseguirmos nos amontoar dentro do Fusca de Chelsea e voltar para casa, porém, ela estaca. Ouço o forte arquejo de sua inspiração um segundo antes de entender para o que ela está olhando.

Todos os quatro pneus do carro foram cortados.

– Que porcaria é essa? – pergunta ela com um arquejo.

Damos a volta no carro dela até o Chevy de Shane, e a situação é a mesma. Pneus completamente destroçados.

– Que porcaria é essa? – Shane está uma fera enquanto examina o estrago em seus próprios pneus. – Quem iria fazer isso?

Kayla está andando para trás e abraçando o próprio peito enquanto balança a cabeça.

– Alguém não quer que a gente consiga sair daqui.

– Kayla... – Tim estende a mão para o braço dela. – Olha, a gente vai dar um jeito...

– Não! – Kayla se desvencilha dele com um tranco, o olhar subitamente desvairado. – Um de vocês matou ele. Um de vocês fez isso, e agora não quer que a gente vá embora.

– Kayla, que maluquice – diz Chelsea.

– Você acha? – Kayla pisca os olhos para conter as lágrimas.

– Acho! – Chelsea afasta do rosto uma mecha ensopada dos cabelos pretos com as pontas descoloridas. – O Tim e o Shane não são assassinos. *Não são.*

– Vai ver foi *você* – dispara Kayla em resposta.

– *Eu?*

– Claro, por que não? Afinal, todo mundo sabe que o Brandon tava te chifrando. Vai ver vocês dois brigaram, e a briga não acabou bem pra ele.

Os lábios de Chelsea formam um O de espanto.

– Sua piranha...

Uma lágrima escapa do olho direito de Kayla. Ela a enxuga com as costas da mão e borra o rosto de rímel. Seus olhos percorrem depressa nós quatro, e a respiração dela se acelera a cada segundo.

– Eu vou dar o fora daqui... com ou sem carro.

– Kayla, não... – começa a dizer Shane.

Mas é tarde demais. Kayla já girou nos calcanhares e está correndo na direção contrária pela trilha mal pavimentada que sai da casa, com a água da chuva batendo acima dos tornozelos como se estivesse chapinhando por um regato raso. Com certeza ela achou que não fosse passar muito tempo ao ar livre nessa noite, e portanto está calçando um par de sapatos de salto grosso com o que era um estiloso sobretudo de couro antes de a chuva o destruir. Meu casaco e meus tênis não são muito mais adequados, mas mesmo assim me sinto tentada a sair correndo atrás dela.

Ela não consegue correr nem 5 metros. Não sei se prende o pé em alguma coisa, mas logo dá um mergulho de cabeça na água lamacenta do chão. Tim solta um palavrão alto, então sai correndo atrás dela.

– Olha só o Príncipe Encantado – resmunga Chelsea entre os dentes.

Lanço um olhar fulminante para ela.

– Como assim? Você acha que ele não deveria ajudar?

Chelsea não responde, apenas dá uma inspiração entrecortada. Assim como Kayla, sua maquiagem escorreu pelo rosto inteiro, conferindo-lhe um aspecto quase ensandecido. Fico contente por só ter passado um batom, que saiu quase todo de tanto Shane e eu nos beijarmos.

Kayla no início parece que não vai deixar Tim ajudá-la, mas finalmente aceita a mão que ele estende e permite que ele a puxe até ficar novamente em pé. Lança um olhar pesaroso para a estrada atrás de si, que vai ficando mais inundada a cada segundo, então segue Tim de volta até a casa. É difícil dizer se o rosto dela está molhado por causa das lágrimas ou da chuva.

Shane está parado junto à porta da frente e olha Kayla de cima a baixo quando ela sobe de novo na varanda.

– Tudo bem com você?

Ela o encara furiosa, mas não diz nada.

– Vamos entrar – diz Tim. – Pelo menos lá dentro vai estar seco.

Quando ele declara isso, não consigo não notar no quanto ficou encharcado ao resgatar Kayla. Na verdade, estamos todos encharcados.

Parecemos um bando de ratazanas afogadas. Mas quem ficou pior foi Kayla, por ter escorregado na lama. Seus cabelos escuros estão emplastrados no couro cabeludo, e o sobretudo parece que vai precisar ser descolado da pele dela. O rosto está todo salpicado de lama misturada à maquiagem que escorreu.

– Você bem que ia gostar disso, né? – sibila Kayla para ele. – Me encurralar dentro da casa, sem ter como sair...

– Ei... – Tim ergue as mãos. – Só tô dizendo... a gente não vai querer pegar uma gripe aqui fora...

– Gripe! – Ela lança um olhar horrorizado para o corpo de Brandon, ainda estendido na varanda. – Uma pessoa morreu! E um *de vocês* fez isso! Só pode ter sido...

– Kayla... – Tim dá um passo cauteloso na direção dela. – Você tem que se acalmar...

– Não vou me acalmar! – Ela dá um passo para trás e quase tropeça nos próprios saltos. – Não confio em nenhum de vocês. Então, até a energia voltar, me deixem sozinha, droga.

E dizendo isso, ela volta a entrar correndo na casa. O barulho de seus passos desaparece escada acima, e o som de uma das portas dos quartos batendo ecoa pelo lugar.

VINTE E QUATRO

Dias de hoje

Na manhã seguinte, antes de começar a atender, vou à enfermaria ver como Shane está.

Enquanto estou percorrendo mais um corredor comprido de luzes piscantes, uma voz atrás de mim chama meu nome. Paro e me viro a tempo de ver Marcus Hunt trotando pelo corredor na minha direção.

Que ótimo. O que foi agora?

Tomara que ele não comece a me importunar me chamando para sair. Não vou conseguir lidar com mais isso além de todo o resto. Mas uma coisa que posso afirmar é que, quando estiver andando até o carro, vou começar a carregar meu frasco de spray de pimenta na mão em vez de deixá-lo na bolsa. Uma boa borrifada e ele vai entender de uma vez por todas que precisa me deixar em paz.

– Brooke. – Ele se detém derrapando na minha frente. – Oi.

– Olá. – Evito cruzar olhares com ele. – Em que posso ajudar, agente Hunt?

Ele puxa o colarinho do uniforme azul de agente penitenciário.

– Pode me chamar de Marcus.

Não digo nada em resposta a isso.

– Do que você precisa?

Ele retira algumas folhas de papel guardadas no bolso da calça e as entrega para mim; estão preenchidas com sua caligrafia irregular. O nome na primeira folha é Malcolm Carpenter.

– Sei que você estava tentando arrumar aquele colchão pro Carpenter – diz ele. – A gente arrumou um pra outra pessoa uns anos atrás, e lembrei que eram esses os formulários que precisavam ser preenchidos. Tentei preencher o máximo possível pra você.

Baixo os olhos para os papéis que tenho nas mãos, atônita. Venho lutando com pouco sucesso para conseguir esse colchão para Malcolm Carpenter, e Dorothy tem se desdobrado para tentar me impedir de consegui-lo. Cheguei a tentar ligar para o Dr. Wittenberg, que ao que parece é o médico que me supervisiona, embora eu nunca tenha encontrado o sujeito, mas tampouco consegui contato com ele.

– Uau – digo. – Muito obrigada.

– De nada. – Ele dá uma piscadela para mim. – Ei, a gente tá no mesmo time, né?

– É... – Espero que ele emende me chamando de novo para um drinque, mas ele não faz isso. – Enfim, melhor eu passar na enfermaria. Vou liberar o Nelson se ele parecer bem.

Quanto Hunt me ouve mencionar o nome de Shane, seu olhar se anuvia. Ele gira a cabeça em direção à porta da enfermaria com uma expressão enfurecida. O cara odeia Shane, e não está claro por que motivo. Segundo Dorothy, Shane não fez nada de particularmente terrível durante o tempo que passou na prisão.

– Sinto muito se você tem um problema com Shane Nelson – digo. – Mas comigo ele foi totalmente correto.

Bom, a não ser por ter tentado me matar daquela vez.

– Aposto mesmo que ele foi legal com você – resmunga Hunt.

– E se eu tiver qualquer preocupação em relação à minha segurança, você vai ser o primeiro a saber. – Olho em seus olhos. – Prometo.

Ele reflete sobre o que acabei de dizer.

– Só toma muito cuidado.

– Vou tomar.

Ele balança a cabeça como se não achasse que vou mesmo tomar cuidado e tem razão. Seja qual for a maldade que Shane tentou fazer comigo tantos anos atrás, não acho que vá tentar nada agora, cercado por guardas capazes de abatê-lo a tiros se for preciso. E a verdade é que, quando olho para ele agora, é difícil imaginar que algum dia tenha sido capaz de fazer uma coisa dessas. Mesmo quando estávamos no tribunal, com a lembrança ainda fresca na mente do ar sendo interrompido na minha traqueia, era difícil olhar para Shane e imaginá-lo tentando me matar. Ele parecia ser apenas Shane, o garoto por quem eu tinha me apaixonado no campo de futebol.

Ainda não consigo entender direito o que o levou a fazer todas aquelas coisas horrorosas. Dupla personalidade? Um momento de loucura? Mas pouco importa. Seja como for, ele está pagando o preço.

A enfermaria da penitenciária de Raker é uma pequena unidade com seis leitos onde podemos ministrar tratamentos médicos básicos. Podemos dar antibióticos por via intravenosa, administrar soro aos pacientes e monitorar aqueles que estão doentes demais para ficar com os outros detentos, mas não tão doentes que precisem ficar internados. Tenho passado lá todos os dias assim que chego pela manhã para dar uma olhada nos pacientes, depois dou uma segunda passada antes de ir para casa.

No momento, Shane é o único ocupando um leito. Está deitado estirado num dos colchões, com os olhos fechados e o hematoma na testa bem mais escuro do que no dia anterior. Mesmo que Dorothy tenha dito que ele não precisava de algemas nem de tornozeleiras, está com uma das pernas acorrentada à grade da cama.

Uma jovem auxiliar de enfermagem com rosto de menina chamada Charlene está sentada diante da mesa da enfermaria. Vou até ela e meneio a cabeça em direção aos leitos.

– Nelson passou bem a noite?

– Sim, sem problemas.

Não consigo me segurar e pergunto:

– Por que ele está preso na cama?

Charlene dá de ombros.

– O Hunt passou aqui ontem antes de ir pra casa e pôs essa algema nele. Não sei por quê. Ele passou quase o tempo todo dormindo. Só acordou pra tomar café. Dei um Tylenol pra ele por causa da dor de cabeça, e ele foi muito simpático. Muito educado.

– Que bom – digo.

– E é gatinho também, né? – Ela dá uma risadinha, então fica com o rosto vermelho. – Eu preciso sair mais, né?

– Pois é...

Ela olha para o terceiro leito, onde Shane ainda parece estar dormindo.

– Fico pensando o que será que ele fez pra vir parar aqui.

Mesmo sendo da região de Raker, Charlene é jovem o suficiente para não se lembrar da comoção gerada pelo julgamento de Shane. Mas não sou eu quem vai lhe contar.

– Eu... não sei.

– Antes eu pesquisava todos eles no Google – prossegue ela. – Vários desses caras fizeram coisas ruins o suficiente para terem saído na imprensa. Mas era sempre muito ruim ficar sabendo. Prefiro não saber.

– Pois é. Sei como é.

Deixo Charlene cuidando da papelada dela e vou até a cama onde Shane continua dormindo. Passo alguns instantes observando-o enquanto ele sopra o ar suavemente por entre os lábios entreabertos. Estava torcendo para minha proximidade da cama acordá-lo, mas não. Então estendo a mão e toco seu ombro.

As pálpebras de Shane estremecem, e ele estende as mãos e esfrega os olhos com as bases das palmas. Ao retirá-las, pisca para mim. Seus olhos se arregalam, e ele inspira com um arquejo.

– Brooke...

– Shane?

Ele pisca de novo.

– Ah, desculpa, é que... é que foi estranho acordar e te ver. Foi meio que, você sabe, meio que um pouco déjà-vu.

– É, eu entendo. – Faço uma careta. – Como tá se sentindo?

Ele boceja enquanto aciona o botão para erguer a cabeceira da cama.

– Meio como se a minha testa tivesse sido arremessada contra uma mesa. – Ele me abre um sorriso débil. – Tô bem. Só com dor de cabeça.

– Quanto, numa escala de um a dez?

– Sei lá. Quatro, talvez. Cinco?

– Náusea? Tontura? Confusão mental?

– Não, tô legal. – Ele se esforça para ajeitar a posição na cama, um pouco torta por causa da algema presa ao seu tornozelo. – Só a dor de cabeça. Só isso.

Baixo os olhos para a corrente em seu tornozelo.

– Posso falar pro agente Hunt tirar isso.

– Deixa. – Ele dá um aceno. – Pra falar a verdade, a essa altura já tô acostumado. Não é nada de mais. E se você insistir, ele só vai me odiar ainda mais.

– Tudo bem. Se você diz...

Faço um exame neurológico para verificar se não há nada preocupante que me exija mandar Shane sair do presídio para fazer uma tomografia do crânio. Mas ele parece bem, como falou. Só está com o hematoma na cabeça. No entanto, reparo em como se retrai quando miro a luz da minha lanterna de bolso em seus olhos. Está com mais dor de cabeça do que admite estar.

– Quer alguma coisa mais forte pra dor de cabeça?

Ele massageia as têmporas com os dedos.

– Não, tudo bem. Eu tomei um Tylenol. Tá bem assim.

Não faço ideia de por que Elise escreveu "tentando obter drogas" no prontuário dele. O cara está claramente com dor e não quer nem pedir nada.

– Você parece estar bem desconfortável. Posso te dar um paracetamol com barbitúrico e cafeína, se quiser.

Ele assente, agradecido.

– Tá, tudo bem, vou tomar um desses.

– Sem problemas.

– Além disso... – Seus olhos castanhos me encaram. – Prometo nunca mais mencionar aquilo sobre o que a gente falou ontem.

Meu maxilar se retesa.

– Que bom.

– Sei o que você pensa de mim – diz ele. – E sei que não vai levar a sério o que quer que eu te diga...

– Shane...

– Mas tem só uma coisa que preciso te falar... – As palavras dele saem depressa, como se estivesse com medo de eu ir embora antes de ele terminar, o que é uma possibilidade real. – Eu nunca me perdoaria se não dissesse...

– Por favor, Shane, não faz isso...

– Você precisa ficar longe do Reese. – Seus olhos levemente vermelhos estão imensos, me encarando. – Só faz isso por mim. Tá bom?

– Shane...

– Não ligo se você achar que eu sou um... assassino – diz ele com a voz engasgada. – É que... você precisa ficar longe do Tim Reese. Ele é perigoso. *Por favor*, Brooke.

Eu o encaro e vejo medo de verdade nos olhos dele. Sinto um frio me gelar a espinha. Não sei como ele poderia achar Tim perigoso. É óbvio que Tim não é perigoso. Eu jamais poderia acreditar nisso em relação a ele. Shane deve estar inventando.

Só pode estar.

– Tá – digo.

– Mesmo?

– *Sim*.

Ele se recosta na cama, e os traços do seu rosto relaxam.

– Obrigado, Brooke.

Não vai ser a primeira vez que minto para ele.

VINTE E CINCO

Onze anos atrás

Chelsea está ajoelhada junto ao corpo de Brandon, soluçando baixinho. Ela estende uma das mãos e a passa pelo seu maxilar sem vida. O restante de nós fica parado na varanda, os meninos se remexendo, desconfortáveis. Shane também deve estar arrasado com o que aconteceu, levando em conta que Brandon era seu melhor amigo, mas não disse grande coisa desde que descobrimos o corpo. Não que eu espere que um cara adolescente vá chorar como Chelsea está chorando.

Ela ergue o rosto riscado de lágrimas para nos olhar.
– O que a gente vai fazer com o corpo?
Shane e Tim se entreolham.
– Deixar ele aqui – diz Shane.
– Deixar ele aqui e pronto? – exclama Chelsea, ficando de pé. – No frio?
Não digo o que o resto de nós está pensando, que Brandon não vai se incomodar com o frio. Não mais.
– Eu tenho uns cobertores sobressalentes no armário de roupa de cama – sugere Shane. – Se você quiser.

Chelsea hesita por um segundo, então assente. Shane entra de novo na casa enquanto nós três ficamos esperando na varanda. Tim está parado a poucos centímetros de mim, tão perto que quase consigo sentir o calor do seu corpo. Ele estende a mão e toca a minha, me dando um aperto reconfortante que dura uma fração de segundo antes de a porta se abrir de novo com um estalo e Shane reaparecer com o cobertor.

O cobertor de lã é azul-celeste e tem cara de que pinica, só que, novamente, Brandon não vai se importar. Chelsea o estende delicadamente em cima da parte inferior do corpo dele e faz uma pausa, como se não tivesse certeza se deveria cobrir ou não a cabeça. Por fim, acaba cobrindo o rosto também, transformando o namorado em nada mais do que uma massa cada vez mais escura na varanda em frente à casa.

Ela pressiona as pontas dos dedos nos lábios, em seguida os estende na direção dele.

– Eu te amo, gato.

Mas ela amava? Será que amava mesmo? No dia anterior, estávamos falando ao telefone e ela disse: *Eu odeio aquele babaca galinha.*

Ela volta a olhar para o restante de nós como se esperasse que fizéssemos coro às suas palavras. Eu mal conhecia Brandon, e o que conheci dele não me agradou muito. Mas, como não quero deixar Chelsea no vácuo, murmuro:

– Você vai fazer falta, Brandon.

– Vai fazer falta – entoa Tim um segundo depois, embora Brandon lhe desagradasse tanto quanto a mim.

Chelsea olha para Shane, cujo olhar se tornou vidrado.

– Cara, a gente vai descobrir quem fez isso com você – diz ele. – E vamos fazer essa pessoa pagar.

...

Agora que nos despedimos de Brandon, Chelsea aceita voltar para a casa e tentar pensar em alternativas para nosso próximo passo. Infelizmente, essas alternativas são limitadas. As linhas telefônicas não estão funcionando, seja por causa da chuva ou de algo mais sinistro. Os pneus dos nossos dois carros foram cortados. E o temporal lá fora continua tão forte quanto antes.

– A Kayla não deu muita sorte tentando voltar a pé pra estrada principal. – Chelsea está parada no meio da sala, torcendo os cabelos compridos para tirar a água. – Mas aposto que um dos meninos conseguiria. Não fica tão longe assim, fica? Tipo, um quilômetro e meio?

– Dois. – Shane faz uma careta. – E vocês viram como a estrada de terra tá escorregadia, então é uma caminhada difícil. Mas o que me preocupa mais é que com essa ventania toda pode ser que tenha caído algum poste. Basta um passo em falso para ser eletrocutado.

Ótimo. Então nossas alternativas são ficar aqui com um assassino à espreita ou correr o risco de nos afogar ou ser eletrocutados.

– Acho melhor a gente ficar aqui até o temporal diminuir – sugere Shane. – Quem sabe o telefone volte a funcionar, pelo menos. E as estradas vão secar.

Olho para Tim com as sobrancelhas arqueadas. Ele solta um longo suspiro.

– Eu concordo. Lá fora não é seguro agora.

Ambos os meninos parecem bastante a favor de ficar aqui. Olho para Chelsea, que está totalmente ensopada. Seu rímel se dissolveu em riscos que descem pelas bochechas, apesar de ela sempre usar rímel à prova d'água. Acho que rímel à prova d'água não é páreo para um temporal desses.

– Brooke, posso falar com você? – pede ela, então olha para os meninos. – *Sozinha*.

Ela não espera resposta; me agarra pelo braço e me puxa para fora da sala, deixando Shane e Tim encarando a gente. Só para quando chegamos à porta dos fundos, que abre, então me puxa para o lado de fora e bate a porta com força depois.

– Chelsea, tá frio aqui fora! – Abraço o peito. – Dá pra gente entrar?

– Não. – Chelsea olha de relance para a porta dos fundos com uma expressão quase acusadora. – Tô assustada de verdade, Brooke. Alguém fez aquilo com o Brandon. Alguém... ele foi esfaqueado. Alguém matou ele a facadas! Ele tá morto!

– Eu sei...

Ela enxuga os olhos com as costas da mão.

– A gente não tá segura aqui. Você sabe disso, não sabe? A gente precisa sair daqui.

– Você viu o que aconteceu com a Kayla quando ela tentou ir embora correndo...

O rímel borrado faz seus olhos parecerem desvairados.

– A Kayla era a pior líder de torcida do time... mal conseguia aguentar um ensaio inteiro. Mas você e eu... aposto que a gente conseguiria. E, se a gente não der conta, com certeza os meninos dão.

– Mas você ouviu o que o Shane disse sobre os postes...

– Ou vai ver ele não quer que a gente vá embora. Já pensou nisso?

Sim, já pensei nisso. Mas mesmo assim faz sentido. Não estou muito animada de pensar em me aventurar naquela confusão lá fora, especialmente sem o calçado certo. Não é assim que as pessoas ficam com gangrena?

– O Shane não é nenhum assassino – digo com firmeza. – Deve ter sido algum andarilho vagando por aqui. Não tem como ter sido um de nós.

Chelsea está arfando ao tentar inspirar. Parece estar a segundos de ter um ataque de pânico.

– Chel? – Franzo as sobrancelhas. – Chelsea, você precisa respirar. Respira fundo algumas vezes, tá?

– Eu tô bem. – Ela fecha os olhos e se concentra na própria respiração. – Vou ficar bem.

Não sei direito o que fazer. Não dizem que nessa situação se deve pôr a cabeça entre as pernas? Mas Chelsea parece ter conseguido se controlar. Fica se apoiando em mim e inspirando fundo até os ombros relaxarem. Espero com ela, apesar de estar bem frio. Embora, agora que a energia caiu, esteja bem frio dentro da casa também, mas pelo menos o vento não estaria soprando gotículas de água em nós.

– Tudo bem agora? – pergunto quando ela finalmente abre os olhos.

Chelsea faz que sim.

– A gente precisa voltar lá pra dentro. – Não formulo a frase como uma pergunta. Se ela não me acompanhar, mesmo assim vou entrar. – Não dá pra gente ficar aqui fora.

Ela passa alguns instantes me encarando, então assente. Giro a maçaneta da porta dos fundos e a abro com um empurrão, me sentindo até envergonhada por estar tão agradecida pelo ar seco da cozinha. Ali dentro está escuro, e nós duas nos sobressaltamos ao ouvir a porta do cômodo se abrir.

– Brooke?

É a voz de Tim; fico aliviada. Embora saiba que Shane não é um assassino, não há ninguém em que eu confie mais do que Tim Reese.

– É você? – pergunta ele.

Assinto, mas então me dou conta de que ele provavelmente não consegue me ver. A cozinha está um breu total.

– Sim, a gente voltou. Cadê o Shane?

– Foi lá fora ver se conseguia pegar um sinal de celular.

Chelsea me puxa pelo braço.

– Brooke, eu preciso me sentar.

Como ela parece realmente trêmula outra vez, eu a ajudo a atravessar a cozinha e ir até a sala. Tim me ajuda a ampará-la, e juntos a levamos até o sofá. Ela acaba deitada, com a mão cobrindo o rosto. O que quer que aconteça depois dessa noite, Chelsea nunca mais será a mesma. Encontrar o namorado assassinado foi demais para ela.

– Ei. – Tim me dá um tapinha no ombro. – Posso falar com você um instante na cozinha?

Estreito os olhos para Chelsea no escuro. Ela parece estar bem, por ora.

– Tudo bem. Mas não quero ficar longe dela por muito tempo.

Tim me conduz até a cozinha. Quando desaparecemos atrás da porta, me passa pela cabeça o pensamento de que nenhum de nós deveria ficar sozinho agora. Deveríamos ficar todos juntos. Mesmo assim, estamos deixando Chelsea sozinha na sala, e Shane está zanzando lá fora.

E se tiver acontecido alguma coisa com ele? E se ele estiver caído no chão, morto feito Brandon?

– Então, dei outra olhada debaixo do cobertor. – Tim se retrai ao dizer essas palavras. – Pelo visto, o Brandon morreu esfaqueado.

– Foi... foi mesmo?

O rosto de Tim está tão próximo do meu que posso distinguir todos os traços dele no escuro. Mas não vejo as sardas que em geral ficam ligeiramente evidentes quando estou perto dele.

– Só que não tinha faca nenhuma ao lado dele. Eu não consegui encontrar, pelo menos.

– Ah...

Tim indica a bancada da cozinha com a cabeça.

– Fiquei com medo de quem quer que tenha feito isso voltar, então fui pegar uma faca na cozinha. E adivinha? Todas sumiram.

Eu o encaro.

– Como é que é?

– Né? Bem esquisito. Tem um suporte de facas em cima da bancada, mas tá vazio.

Estremeço e abraço o próprio corpo.

– Então, o que isso quer dizer?

– Eu diria que quem quer que tenha feito isso planejou tudo com antecedência e se livrou das outras armas da casa.

– Tim. – Tenho a sensação de estar sufocando. – O que você tá querendo dizer?

– Acho que você sabe exatamente o que eu tô querendo dizer, Brooke.

VINTE E SEIS

Dias de hoje

Faz um mês desde a volta às aulas, e Tim Reese se tornou um visitante frequente na nossa casa.

Após consertar a pia e a maçaneta, ele e Josh embarcaram numa lista infindável de projetos a serem realizados na casa. Afinal, por ser uma construção bem antiga, havia muita coisa precisando de conserto. E quando terminaram de consertar tudo ainda tiveram a ideia de construir uma estante para o quarto de Josh. Vão pintá-la nesse fim de semana. (De verde neon, pelo visto.)

Embora eu estivesse ansiosa em relação a me mudar para cá, todas as minhas reservas se dissiparam. Trabalhar no presídio tem altos e baixos (não vi Shane uma vez sequer no último mês, embora ele continue muito *presente*), mas nunca vi Josh mais feliz do que aqui em Raker. Ele está adorando a escola e o mais importante: criou um vínculo com Tim de um jeito que realmente me surpreendeu.

Ao chegar em casa nessa noite, sinto um aroma delicioso de alho e manteiga. Tenho quase certeza de que esses são os dois ingredientes preferidos de Margie no mundo inteiro. E não existe cheiro mais gostoso com o qual ser recebida em casa.

Eu a encontro na cozinha, arrumando uma travessa de camarões na manteiga de alho. Minha vontade é ficar apenas sentindo o perfume deles, de tão bonitos que estão.

– Eu fiz a mais, pois suponho que aquele moço simpático, Tim, vai vir jantar – diz ela.

Começo a protestar, mas então me dou conta de que Tim jantou na nossa casa pelo menos meia dúzia de vezes nas duas últimas semanas. E nos convidou três vezes para ir à casa dele.

– É, ele disse que provavelmente viria – resmungo.

Margie ri.

– Não precisa ficar com vergonha de ter um namorado, Brooke.

– Ele não é meu namorado. – Margie me lança um olhar sugestivo e balanço a cabeça. – *Não é*. A gente é só amigo.

É a verdade. Tim passou bastante tempo aqui em casa no último mês, mas nada aconteceu entre nós. Ele não tentou me beijar. Quando assistimos a um filme poucos dias atrás, não bocejou e tentou passar o braço em volta do meu ombro. Somos amigos, como sempre fomos. O fato de ele ter descoberto que Shane e eu temos um filho juntos destruiu qualquer sentimento que tivesse por mim.

– Nesse caso, eu deveria te avisar que o Josh anda fazendo umas perguntas bem interessantes sobre ele – diz Margie.

Ai, não. E *isso*, quer dizer o quê?

Depois de Margie terminar e ir embora, vou até a sala, onde Josh está jogando seu Nintendo. Está totalmente entretido no jogo, com a língua um pouco para fora, tamanha a concentração. Sua expressão é estranhamente conhecida, e levo um segundo para me dar conta, com um choque, de que Shane costumava fazer essa mesma cara quando estava concentrado em alguma coisa.

– Ei, Josh. – Eu me sento ao lado dele no sofá. – Como foi a escola hoje?

Ele não tira os olhos do jogo.

– Foi legal. O Tim vai vir jantar aqui?

Na escola, Josh precisa chamá-lo de Sr. Reese, o que o faz dar risadinhas, mas em casa ele é simplesmente Tim.

– Josh... – Deslizo alguns centímetros mais para perto dele. – A Margie me falou que você andou fazendo umas perguntas sobre o Tim.

Josh pausa o jogo e larga o controle de lado. Não sei o que está pensando. Deve achar que Tim é meu namorado, assim como Margie acha. Vou precisar desfazer esse mal-entendido. Não sei ao certo se a verdade vai decepcioná-lo ou se ele vai ficar aliviado.

– Bom – diz ele. – Eu andei pensando...

– No quê?

Ele inspira fundo.

– O Tim é meu pai?

Minha sensação é de ter levado um soco na barriga. Não fazia a menor ideia de que ele estava pensando nisso.

– Josh...

– Porque você conhecia ele antes de se mudar daqui – observa Josh. – E vocês eram superpróximos. E, além disso, ele é bem legal...

Seus olhos estão erguidos para mim com uma expressão esperançosa. Desejo mais do que tudo no mundo poder lhe dizer que Tim é o pai dele. Eu *queria* que Tim fosse o pai dele. Ou que o pai dele fosse um ser humano decente com quem eu tivesse alguma chance de acabar ficando... ou pelo menos deixar meu filho passar alguns minutos na sua companhia.

– Sinto muito, meu amor. O Tim não é seu pai.

Josh parece arrasado. Fica tão triste que uma partezinha de mim deseja ter simplesmente mentido e lidado com as consequências depois. Mas é claro que eu não poderia fazer isso. Precisava contar a verdade.

Começo a pôr o braço em volta de Josh, mas a campainha toca e ecoa pela casa. Ao escutá-la, ele pega de novo seu controle do Nintendo e volta a jogar.

– Quero só passar essa fase antes do jantar – diz ele.

– Josh, eu quero conversar mais com você sobre esse assunto – insisto. – Sei que está decepcionado...

– Não tô, não. – Seus olhos já retornaram à tela da tevê. – Não quero falar nisso.

Tudo bem. Como não tenho a menor chance de competir com o Nintendo, o melhor é ir atender à porta. Quase com certeza é Tim chegando para jantar, claro. Eu deveria lhe dar uma chave. Não como se estivéssemos tendo um relacionamento, mas do jeito que se deixa uma chave extra com um vizinho. Tipo, no caso de eu me trancar fora de casa ou algo assim. Afinal, a única outra pessoa que tem a chave é Margie, e ela mora longe, na cidade vizinha.

Tim está parado em frente à porta usando a mesma calça cáqui e a mesma camisa social com que foi trabalhar, só que sem gravata. Ele me estende os braços, porque toda vez que vem à nossa casa a gente se abraça na porta. É assim que amigos fazem, não é? Não é nenhum beijão na boca nem nada assim.

– Ei, Brooke – diz ele. – Que cheiro bom aí dentro.

– Obrigada – respondo, muito embora não tenha sido eu quem preparou os camarões.

Mas a casa inteira está com um cheiro bom. Continuei sentindo ao atravessar o hall. E é só quando estou nos braços de Tim que reparo em outro cheiro. Algo bem conhecido, mas não tão agradável quanto manteiga de alho.

É *sândalo*.

Eu me afasto dele bruscamente, com o nariz franzido de nojo.

– Ai, meu Deus do céu, que negócio é esse que você tá usando?

Os olhos de Tim se arregalam depressa, e ele segura a gola da camisa.

– Ué? É só uma camisa social de algodão.

– Não! Eu quis dizer o perfume.

– Perfume? – Ele passa uma das mãos pelo maxilar recém-barbeado. – Eu até fiz a barba antes de vir e passei uma loção depois. Mas...

O cheiro de sândalo se entranhou nas minhas narinas. Toda vez que inspiro, sinto os elos da corrente daquele colar se apertando em volta da minha garganta. Dou um passo para longe dele.

– Vai lavar isso, por favor. Já.

– Mas...

– Já. *Por favor*.

Tim se afasta, obediente, em direção ao banheiro. Ouço água correndo, e ele passa vários minutos lá dentro, o que interpreto como um bom sinal de que está se esforçando bastante para remover toda a loção. Quando sai do banheiro, sua pele está levemente rosada.

– Tá – diz ele. – Acho que saiu.

Dou uma fungada para testar. Não consigo mais sentir o cheiro. Graças a Deus.

– Obrigada.

– Imagina. – Ele está com um vinco fundo entre as sobrancelhas. – Não tem problema nenhum...

Bom, agora ele acha que eu fiquei maluca. Preciso me explicar. Ao contrário de outros caras, ele vai entender.

– Quando o Shane tentou... você sabe... ele estava usando uma loção pós-barba de sândalo. O cheiro agora me deixa enjoada.

– Ah! – Tim esfrega o maxilar. – Caramba, Brooke, desculpa. Eu não fazia ideia. Ganhei essa loção de presente, mas vou jogar fora.

– Não precisa...

– É claro que precisa. – Ele abre um sorriso meio torto. – Tá tudo bem. Eu detesto loção pós-barba mesmo.

Retribuo seu sorriso.

– Então por que tava usando?

– Sei lá. Eu devia estar querendo impressionar o Josh.

Ficamos ali parados no hall por alguns instantes, nos encarando, e uma corrente elétrica repentina surge entre a gente. Fico observando seu rosto e imaginando se ele também sentiu. Mesmo considerando que Tim pertence decididamente à categoria amigo, fico me perguntando se existe a possibilidade de eu estar enganada.

Contanto que ele nunca mais use essa loção de sândalo.

VINTE E SETE

Depois do jantar, e de Josh levar seu prato até a pia, ele se vira para Tim:

– A gente pode ir jogar bola no quintal?

Fico aliviada por Josh ainda parecer gostar de Tim, mesmo ele não sendo seu pai. Mas, por mais que eu queira que os dois criem um vínculo, preciso intervir.

– Já fez seu dever de casa?

Josh desvia o olhar.

– Não...

– Bom, então você já sabe a resposta.

Josh dá um grunhido, mas Tim confirma meu veredito; adoro ter outro adulto do meu lado.

– Vai fazer seu dever, e amanhã a gente pode ir ao parque com seu taco – diz Tim. – Lá dá pra treinar *de verdade*, sem quebrar nenhuma janela.

Josh assente, animado, e sobe depressa a escada até o quarto. Tim já o levou ao parque algumas vezes, nos intervalos dos projetos de melhorias dos dois na casa. Fico um pouco culpada de a minha família estar ocupando toda a vida social de Tim. Quer dizer, ele *é* um cara solteiro, afinal. Não estamos em um relacionamento. Ele não deveria passar todos os fins de semana colado na gente, consertando coisas na minha casa e levando meu filho ao parque.

– Você não precisa fazer isso – digo para ele depois que Josh bate a porta.

Mas, se ele disser que não vai levá-lo ao parque amanhã, eu seria capaz de chorar. Já fui ao parque para Josh treinar suas rebatidas e sou um fracasso total. Não conseguiria pegar a bola nem se minha vida dependesse disso, então passo a maior parte da tarde ou me abaixando para não levar uma bolada na cabeça, ou então correndo atrás da bola enquanto Josh fica parado.

– É divertido pra mim também. – Ele ergue um dos ombros. – Ele rebate *muito bem*, sabia? Consegue isolar a bola mais longe do que eu.

– Ele foi quem mais fez *home runs* no time da liga infantil ano passado – digo, orgulhosa.

– Eu acredito. Ele é um atleta nato.

Embora isso seja um elogio, o comentário de Tim me cai pesado. Porque Shane também era um atleta nato. Um craque *quarterback* e tal. Se Josh algum dia pedir para entrar no time de futebol americano, vou tentar ao máximo convencê-lo a desistir.

Tim recolhe a louça que sobrou na mesa e leva até a pia. Abre a água quente e pega o frasco de detergente.

– Deixa que eu faço isso – insisto. – Tem só uns pratos.

– Eu quero ajudar. – Ele tira das minhas mãos a frigideira usada no fogão e a mergulha na pia cheia de água com detergente. – Sério, que tipo de babaca eu seria se viesse aqui, jantasse de graça e depois metesse o pé?

– Vamos ser justos: os consertos que você fez aqui teriam custado na casa de seis dígitos.

O vapor emana da pia enquanto Tim esfrega a frigideira.

– Que nada. Devem ter sido *no máximo* cinco dígitos.

Dou um tapinha brincalhão no braço dele. Ou começo a dar, mas então minha mão se demora no seu bíceps. Ele deve... sabe, malhar. Tim olha para mim, com as sobrancelhas praticamente na linha dos cabelos. Por alguns instantes, ficamos apenas parados, sem tirar os olhos um do outro. Ele então estende a mão e fecha a torneira da pia. Depois seca as mãos num pano de prato.

Em seguida me agarra e me dá um beijo.

Eu deixo. Tá, mais do que isso. É mais, tipo, eu o seguro pela gola da camisa e o puxo para mais perto de mim como se não beijasse um cara há uma década, o que está assustadoramente perto da realidade. A gente passa uns bons sessenta segundos se pegando na cozinha como se não houvesse amanhã. É o tempo que levo para me lembrar de que meu filho está no andar de cima da mesma casa e afastar Tim com um empurrão delicado.

Ele tem o rosto afogueado e me olha como se estivesse disposto a subir direto para o meu quarto, seria só eu sugerir.

– Caramba, Brooke – diz ele.

Preciso de um segundo para recuperar o fôlego.

– Achei que você estivesse querendo só ser meu amigo.

– É, bom, isso era mentira e você sabia.

– Não sabia, não.

Ele me encara.

– Até parece. Você sabe que eu sou apaixonado por você desde que a gente tinha 4 anos de idade.

Sinto o coração dar um pinote dentro do peito. É, em algum nível eu sabia que Tim sentia isso por mim. Embora ele tenha namorado outras meninas, nunca olhava para elas do mesmo jeito que olhava para mim. Mas nunca senti isso por ele. Não até recentemente.

– É que... – Olho de relance para o alto da escada e torço para a porta de Josh estar fechada. – É legal o que tá rolando aqui. O Josh te adora. E você é meu melhor amigo. Eu sinto que... tenho medo de estragar isso, entende?

– Concordo, o que tá rolando é legal. – Ele estende a mão para segurar a minha, e novamente eu permito. – Mas acho que poderia rolar uma coisa *melhor*.

Ele tem razão, claro. Por mais maravilhosa que tenha sido a presença dele no último mês, seria melhor se estivesse mais presente. Se a nossa amizade fosse algo mais. Tim e eu... nós poderíamos ter o pacote completo.

– É que tenho a vida muito ocupada, com o trabalho e o Josh – comento. – Talvez fosse melhor você arrumar alguém mais descomplicado. Ainda poderia sair com aquela garçonete do Trevo. Kelli, né?

Kelli é meio maluquinha, mas com certeza gosta muito dele, e com toda a certeza não tem um filho de 10 anos com um ex-namorado presidiário.

– Brooke, escuta. – Tim aperta minha mão enquanto me encara bem no fundo dos olhos. – Eu não te via há dez anos. Nesse tempo, namorei várias mulheres. Só que nunca deu certo... nem podia dar. E era porque eu não conseguia parar de pensar em você. Não seria justo com qualquer outra pessoa que eu namorasse. – Ele engole em seco. – Nunca vou sentir por mais ninguém o que sinto por você.

Eu seria capaz de cair no choro. Essa é a coisa mais legal que alguém já me disse na vida. Tim é um amor, um gostoso, e é ótimo com meu filho. Eu deveria é estar me jogando nos braços dele e simplesmente agradecendo à minha estrela-guia.

Mas, por algum motivo, não consigo desligar a voz de Shane Nelson dentro da minha cabeça.

Fica longe do Tim Reese. Ele é perigoso.

Por favor, Brooke.

É ridículo, claro. Eu sabia que era na hora em que ele disse e sei agora. Mas não consigo me livrar da sensação de que isso tudo correu um pouco bem demais. De que Tim é um pouco perfeito demais. Principalmente para alguém como eu.

– Brooke! – Tim está com a testa toda franzida. – Olha, não quero te pressionar. Se você não quiser isso, a gente pode fingir que nunca aconteceu. Se você só quiser ser minha amiga, tudo bem. Quer dizer, tudo bem *não*. Seria uma droga. Mas...

– Cala a boca – digo. Não sei se estou dizendo isso para Tim ou para a voz de Shane dentro da minha cabeça. Mas não importa. – Você tem razão.

Um sorriso se insinua no rosto dele.

– Tenho? Em relação a quê?

– A gente não ficar junto seria *mesmo* uma droga.

Eu o agarro pela camisa e aproximo seus lábios dos meus. Ele retribui meu beijo com a mesma intensidade. E, durante esse tempo todo, ignoro o levíssimo resquício de sândalo que ainda consigo sentir no colarinho da camisa dele.

VINTE E OITO

Onze anos atrás

Tim odeia Shane. Acha que eu deveria terminar com ele. Mas a acusação que está fazendo a Shane vai um passo além. Ele está acusando meu namorado de assassinato.

– Tim – sussurro. – Você tá dizendo que acha que o Shane...?

Os olhos de Tim brilham quando o recinto é rapidamente iluminado por um raio.

– A casa é dele. Se alguém fosse planejar...

– Mas por que ele faria uma coisa dessas?

– Por que ele espancaria um garoto inocente? Porque ele é uma pessoa horrorosa. É isso que venho tentando te dizer, Brooke.

Minhas pernas parecem feitas de borracha. Shane não é uma pessoa horrorosa. Tim não o conhece como eu. Se tivesse estado lá no quarto e visto como Shane foi doce, cuidadoso e *carinhoso* comigo, não estaria dizendo isso. Shane jamais machucaria alguém.

– Por que ele iria matar o Brandon? O Brandon era o melhor amigo dele.

– Melhor amigo? – Tim balança a cabeça. – Não acho que nenhum desses dois babacas tenha a capacidade para esse tipo de lealdade. Eles são amigos, mas se detestam.

– Não acredito nisso.

– Acredita no que quiser.

– Me diz uma coisa – Estreito os olhos para ele. – Quando você e o Shane estavam de segredinho na sala mais cedo, sobre o que vocês estavam falando?

Ele passa alguns instantes calado.

– Como é que é?

– Assim que a gente entrou, vocês dois conversaram. O que você falou pra ele?

Mesmo na cozinha escura, posso ver seu maxilar se contrair.

– Eu só falei pra ele te tratar bem.

– Entendi.

– Escuta. – Seus dedos se fecham ao redor do meu pulso. – Isso não é brincadeira. O Shane é perigoso. E enquanto você tava lá fora, eu vasculhei a casa em busca de alguma coisa que pudesse usar como arma.

É então que reparo no objeto que Tim está segurando na outra mão, algo que não largou desde que Chelsea e eu entramos de novo na casa. Estreito os olhos na escuridão.

É um taco de beisebol.

– É mais comprido do que uma faca – diz ele. – Se ele tentar partir pra cima de mim, eu dou uma tacada bem na cabeça dele.

– Tudo bem.

Se Tim causar uma concussão em Shane, isso não vai ser a pior coisa que terá acontecido aqui nessa noite.

Ele me encara com um olhar demorado.

– Vamos garantir que a gente fique junto, tá? Não vou deixar nada te acontecer.

Acredito nele.

Quando voltamos para a sala, Chelsea continua deitada no sofá, mas, pelo lado bom, o peito dela não parece estar coberto de sangue e facadas. Shane também está ali, sacudindo a água das roupas e dos cabelos. Posso distingui-lo o suficiente para perceber que ficou encharcado lá fora.

– Alguma sorte pra conseguir um sinal? – indago.

– Não, sinto muito. – Ele bate com os tênis no chão para tentar remover parte da água e da lama. – Acho que a gente tá preso aqui até de manhã.

Chelsea consegue se sentar com dificuldade no sofá.

– Tomara que a Kayla esteja bem lá em cima.

Dou um puxão no floco de neve do meu colar.

– Talvez a gente devesse ir lá ver como ela tá, né?

– Pra quê? – pergunta Shane. – Ela não parecia querer nenhum de nós por perto.

– Eu sei, mas ela tava fora de si – argumenta Chelsea. – Já deve ter se acalmado. Melhor nenhum de nós ficar sozinho, né?

Faz-se um silêncio demorado enquanto ponderamos a sugestão de Chelsea. Kayla parecia histérica mais cedo e não estou com muita vontade de vê-la no momento, quando eu mesma já estou um pouco histérica. Por outro lado, porém, também estou preocupada com ela. Quando alguém está tão abalado assim, pode fazer alguma burrice.

– Vamos só bater na porta – sugere Tim. – Se ela disser pra gente ir embora, a gente vai.

Ninguém quer ficar aqui na sala, então subimos todos a escada até os quartos. Ela está escura, e me seguro no corrimão para não cair. Embora seja difícil enxergar, posso sentir a presença de Tim bem ao meu lado, pairando acima de mim segurando aquele taco de beisebol com firmeza na mão direita.

Kayla voltou para o quarto onde ela e Tim estavam ferrados no sono quando os gritos de Chelsea acordaram todos nós. Pelo menos é o que consigo deduzir com base no fato de essa ser a única porta fechada. Chelsea vai na frente e avança com cuidado pelo corredor até chegar a ela. Após hesitar, bate na porta com o punho fechado.

Não há resposta.

– Kayla? – chama Chelsea. – Tudo bem com você?

Mais uma vez, não há resposta.

– A gente não vai tentar entrar. Só queremos que você diga que tá tudo bem. – Ela faz uma pausa. – Kayla?

Graças ao pouco de claridade que entra pelas janelas do primeiro andar, consigo ver Tim olhando para mim. Meu olhar cruza com o dele, e Tim balança a cabeça. Ouço o taco mudar de posição na mão dele.

Chelsea se vira para nós.

– Ela não tá respondendo. O que a gente faz?

– A porta não tem tranca – diz Shane.

– Eu... – A voz de Chelsea sai trêmula. – Eu não consigo fazer isso.

Antes de poder haver mais qualquer debate, Shane a empurra de lado e passa. Ouve-se um rangido quando a maçaneta gira e, um segundo depois, a porta do quarto se abre.

Embora esteja escuro lá dentro, está mais claro do que no corredor, então nossos olhos já estão acostumados. Ou seja, consigo distinguir detalhes que de outro modo não conseguiria. Como por exemplo a estante no canto. Ou a cama no meio do quarto.

Ou Kayla deitada na cama, com o peito coberto de sangue e os olhos pregados no teto.

VINTE E NOVE

Dias de hoje

O Sr. Fanning está com o dedo quebrado.
Não sei como aconteceu isso. Perguntei antes de mandá-lo ao setor de radiologia para fazer um raio-X, mas ele foi arisco e não me deu os detalhes. O exame revelou uma fratura na falange média do mindinho, e liguei para o departamento de radiologia do hospital da região que fornece os laudos oficiais dos nossos raios-X para confirmar que a fratura não atingiu nenhuma articulação e que não houve desalinhamento do osso. Pelo visto, é uma fratura simples, do tipo que pode ser facilmente tratado com imobilização.
Após encerrar a ligação com a radiologia, saio do consultório e encontro o Sr. Fanning sentado numa das cadeiras de plástico do corredor, fazendo piada com o agente Hunt. Como Hunt é francamente hostil com a maioria dos detentos, fico surpresa ao vê-lo se dando bem com o homem.
– Sr. Fanning – digo. – Pode entrar.
Ele emite um leve grunhido ao se levantar da cadeira. Está no começo da casa dos 50 e tem uma grande barriga que estica seu macacão cáqui. Ele exibe aquela gordura abdominal que me faz pensar que está a cinco anos de um enfarte fatal. Com sorte, quando começar a sentir dores fortíssimas no peito, eu já vou ter trocado de emprego para um melhor.
Suponho que Hunt não considere Fanning um risco de segurança, pois

fecha quase a porta toda. Fanning sobe na maca segurando a mão direita. Não é uma fratura séria, mas, para sua falta de sorte, foi na mão dominante.

– Então tá quebrado? – As bolsas sob os olhos de Fanning parecem se aprofundar. – Tá quebrado, né?

– Tá – confirmo. – Mas não é uma fratura grave. Podemos tratar aqui mesmo.

Fanning encara a mão direita com um ar de dúvida. Seu mindinho está quase roxo, e o anular tampouco está com bom aspecto, mas pelo menos esse dedo não quebrou. Ele teve sorte de não estar usando nenhum anel, pois é provável que fosse precisar serrar.

– Vai sarar sem problemas – garanto. – Prometo. Só precisamos imobilizar.

– Tá bom, Brooke – diz ele. – Se você diz.

Fico aliviada por ele aceitar o plano. Não é exatamente fácil para um detento procurar uma segunda opinião, sobretudo sendo que eu, pelo visto, não tenho um médico para me apoiar. Os detentos têm direitos, e se ele arrumasse um advogado, estaríamos encrencados. Mas a maioria nem sequer sabe que tem essa possibilidade, ou então não liga. De toda forma, procuro lhes dispensar o melhor tratamento médico de que sou capaz.

Pego um rolo de fita micropore numa gaveta para poder imobilizar o quarto e o quinto dedos juntos. Fanning fica me observando com uma expressão cada vez mais preocupada.

– É só isso que você vai fazer?

Enrolo o esparadrapo nos dedos dele.

– É o tratamento padrão. Foi uma fratura simples... só precisamos imobilizar.

– E vai sarar?

– Com certeza.

Fanning faz uma careta de dor quando estico seus dedos para enrolar bem a fita.

– Maldito Nelson.

Ergo a cabeça bruscamente.

– O quê?

– Nada – diz Fanning, com os olhos subitamente arregalados de pavor. – Deixa pra lá.

– Sr. Fanning. – Enrolo mais uma camada de fita nos dedos dele. – Pode por favor me contar como isso aconteceu?

– Eu já disse. – Ele desvia os olhos. – Uma porta fechou na minha mão. Juro.

Ele poderia estar falando a verdade, claro. Pode ser que uma porta tenha fechado na sua mão e que tenha sido assim que ele quebrou o dedo. Mas a pergunta então seria: será que alguém estava segurando a mão dele na porta quando ela se fechou? Se sim, essa pessoa queria fazer um estrago. Sua intenção era estraçalhar os dedos da mão dominante do Sr. Fanning.

E por que ele disse o nome *Nelson*?

Mas, afinal, Nelson não deixa de ser um sobrenome comum. Não, não me lembro de ter visto alguma outra pasta com o sobrenome Nelson ao examinar os arquivos. Mas Nelson poderia ser o *primeiro* nome de alguém. Não poderia?

Eu me certifico de que a fita imobilizou os dedos dele, impedindo-o de dobrá-los, e o Sr. Fanning está pronto para ir. Ele ergue a mão, ainda parecendo duvidar que um rolo de fita micropore vá ser capaz de curar sua fratura, mas aceita.

– Volte daqui a uma semana – instruo. – Aí nós vemos como está sarando.

Ele aquiesce.

– Obrigado, Brooke. Muito agradecido.

– Só não imprense mais a mão em nenhuma outra porta, entendeu?

Ele faz uma careta.

– Tá. Vou tentar... pode acreditar.

Fanning desce da maca, e deixo Hunt entrar de novo na sala para acompanhá-lo até a cela. Fico olhando os dois desaparecerem no corredor e continuo sem conseguir parar de imaginar como será que ele sofreu aquela fratura.

Maldito Nelson.

Ele não podia estar se referindo a Shane. Shane podia ser perigoso lá fora, mas não aqui. Pelo contrário: aqui no presídio ele tem sido um alvo. Certamente não sai por aí quebrando os dedos das pessoas.

Mas a verdade é que não sei direito do que ele é capaz.

TRINTA

Tim vem aqui no fim de semana construir uma casa de passarinho com Josh.

Pelo menos foi isso que Josh já me disse umas mil vezes ao longo da última hora. Sério, pensei que as crianças ficassem *menos* pentelhas conforme fossem crescendo. Mas é bonitinho ele estar tão animado. Achei que Josh pudesse ficar menos animado com Tim após descobrir que ele não era seu pai secreto, mas não foi nada disso que aconteceu. Na verdade, eles ficaram mais próximos nas duas últimas semanas.

Tim e eu também.

Por volta das onze da manhã de sábado, Tim toca a campainha. Nós nos demos as chaves de nossas respectivas casas *por motivos de segurança*, já que ele é meu vizinho, mas ele em geral toca. Isso me agrada. Precisamos manter alguns limites. Quer dizer, a gente se conhece tão bem que seria muito fácil ele simplesmente vir morar conosco. Mas estamos indo devagar de propósito.

Quando abro a porta, vejo Tim parado segurando no braço direito algumas tábuas e no outro um livro grosso de capa dura. Ele olha por cima do meu ombro.

– O Josh tá lá em cima?

– Tá.

Ele assente e se inclina para me dar um beijo. Temos nos esforçado para não deixar Josh perceber que somos mais do que apenas amigos. Vamos precisar contar em algum momento, mas pensar nisso me deixa nervosa. Nunca tive um relacionamento importante o suficiente para informar meu filho. É um passo grande.

Felizmente, Tim entende. Por ele, tudo bem esperar.

Ele se afasta de mim assim que ouvimos os passos de Josh na escada. Um segundo depois, meu filho aparece.

– A gente vai fazer uma casa de passarinho!

– Com certeza! – Tim larga as tábuas no chão, então ergue o livro que tem na outra mão. – Mas, primeiro, tenho uma surpresa pra você...

Dou uma boa olhada no livro que Tim está segurando. Ao ver a capa, sinto um peso na barriga.

É o álbum do nosso último ano de escola.

Por que raios Tim traria isso aqui? Nem sei que fim levou o meu; acho que nem cheguei a vê-lo, já que me mudei antes do final do ano letivo e passei o restante do ano estudando em casa. Mas o álbum do nosso último ano de escola é a última coisa que eu quero ver. E a última coisa que quero que Josh veja.

Ai, meu Deus, e se ele vir uma foto do Shane e reparar na semelhança?

– É o álbum do nosso último ano de escola – diz Tim para Josh. – Quer ver como sua mãe e eu tínhamos cara de bobões quando éramos crianças?

Sinto meu pânico aumentar.

– Tim...

– Não se preocupa – murmura ele no meu ouvido. – Ele não tá no álbum.

Ah. Bom, acho que faz sentido deixarem o aluno responsável por múltiplos assassinatos de fora do álbum. Essa parte pelo menos é um alívio.

Josh está estranhamente ansioso para percorrer as páginas do livro. Ficamos sentados à mesa da cozinha enquanto ele o folheia direto até a minha foto, tirada cerca de um mês antes de a minha vida mudar para sempre. Não é uma foto ruim. Não estou com nenhum penteado retrô constrangedor, e a camisa branca que minha mãe me fez usar no dia da foto parece bem passada e profissional. Há uma suavidade no meu rosto que não vejo mais quando me olho no espelho. Não desde aquela noite.

– Olha! É o Tim! – exclama Josh. Ele suspende o livro até perto do rosto de Tim. – Você tá superdiferente! Como era magrelo!

– É, pois é...

Consigo abrir um sorriso.

– Você era uma graça na época.

– Ah, é? – Tim aperta minha mão debaixo da mesa. – Não sabia que você achava isso.

Ele era *mesmo* uma graça. Mas não era *gato* da mesma forma que Shane. Entre os dois, era evidente por quem as meninas enlouqueciam.

Josh continua folheando as páginas e estudando as fotos com uma intensidade surpreendente. Quando chega à letra N, prendo a respiração. Mas Tim tem razão. Eles tiraram Shane do álbum.

Olho por cima do ombro de Josh para todos aqueles rostos antigos. Ele folheia no sentido contrário e passa por Brandon Jensen, e sinto um aperto no peito ao ler as palavras "In Memoriam" escritas abaixo do nome. Isso nunca deveria ter acontecido.

– Peraí – digo. – Para.

Josh congela na página dos sobrenomes em H. Afasto o álbum dele e examino a página da direita. Fico encarando a foto no canto inferior direito. O nome abaixo dela está escrito em maiúsculas e em negrito.

Marcus Hunt.

Ai, meu Deus do céu: é o agente Hunt.

Eu nunca o teria reconhecido se não soubesse que era ele. Na época, ele tinha cabelo, um cabelo fino e dourado como a penugem de um pintinho. Eu o reconheço vagamente, e me lembro dele como um menino alto e magro que usava óculos de lentes grossas.

Por que Hunt não me disse que tínhamos feito o ensino médio juntos?

Bato na foto com o indicador.

– Tim, você se lembra desse cara?

– Lembro. Mark Hunt. Me lembro dele, sim.

Balanço a cabeça.

– Não tô conseguindo situar direito quem ele era.

– Era um garoto meio esquisito. – Tim baixa um pouco a voz. – Uns jogadores de futebol americano que talvez você conheça uma vez deram uma surra nele que chegou a mandar o cara pro hospital.

E de repente tudo faz sentido. Por que Hunt odeia tanto Shane. Por que tomou para si a missão de torturá-lo.

Aquele babaca mentiu para mim. E vou me certificar de que saiba que entendi seu jogo.

TRINTA E UM

Onze anos atrás

Kayla está morta.

Está na cara; percebo isso na hora. Percebo antes de Tim tentar sentir a pulsação dela com a mão trêmula, segurando o taco com força na outra mão. Percebo antes de Chelsea desabar e se ajoelhar com o rosto a poucos centímetros do chão. Minha vontade é fazer a mesma coisa.

Cabeça fria. Você precisa manter a cabeça fria, Brooke.

Tim recua para longe do corpo de Kayla. Parece ainda mais abalado do que ficou ao encontrar Brandon. Afinal, ele estava beijando a menina apenas horas antes. Não tem como não ser um choque.

E isso é diferente. Quando Brandon foi encontrado morto fora da casa, parecia plausível que algum delinquente aleatório estivesse vagando por ali e talvez Brandon tivesse se metido numa briga com ele, porque era isso que Brandon fazia. Mas isso aqui é diferente. Kayla estava *dentro da casa*. Ou seja: quem quer que tenha feito isso com ela estava aqui dentro.

E provavelmente continua aqui.

– Você! – Shane aponta um dedo para Tim. – Foi você quem fez isso.

– Eu? – Tim leva as mãos ao peito. – Ficou maluco?

– Você ficou aqui sozinho enquanto as meninas estavam lá fora nos fundos e eu tinha saído pra procurar sinal. – A voz de Shane está rouca. – Você foi o *único* que teve a oportunidade de fazer isso. Foi você.

O que ele diz faz total sentido. Tim foi o único a ter oportunidade. Só que não poderia ter sido ele. Não Tim. Nunca. Eu preferiria acreditar que eu mesma matei Kayla.

– Por que eu faria uma coisa dessas? – dispara Tim.

– Sei lá. Porque você é doido? – retruca Shane. – Vai ver ela te rejeitou, e você ficou com raiva.

– Que coisa mais ridícula! – Os olhos de Tim saltam das órbitas. – Você passou esse tempo todo lá fora sozinho. Vai ver foi você quem fez isso! Entrou pela janela e esfaqueou ela enquanto a gente tava lá embaixo.

– Até parece... aqui é o primeiro andar. Eu sou o Homem Aranha, por acaso?

Outro argumento excelente.

Tim dá um passo na direção de Shane e ergue o taco de beisebol.

– Não sei como foi que você fez. Vai ver tinha uma escada... sei lá. Mas eu não fui, nem a Chelsea nem a Brooke. Então com certeza foi você.

– Cuidado, Reese. – A voz de Shane tem um quê de ameaça. – É melhor você não estar pensando em me bater com esse troço.

– Se você me der motivo, eu bato.

Sinto o coração disparar dentro do peito. Olho para Chelsea, que conseguiu se levantar, titubeando. Trocamos olhares na escuridão. Não sei o que vai acontecer agora, mas é algo ruim. Tento pensar no que poderia dizer para consertar a situação, mas ela já foi longe demais.

– Brooke. – A voz de Tim interrompe meus pensamentos. – Você acredita em mim, não acredita? Eu não iria machucar ninguém. O Shane... É ele quem deve ter feito isso.

Shane move a cabeça depressa na minha direção.

– Brooke, você não pode estar achando mesmo que eu iria matar alguém. Quem estava dentro de casa era o Tim!

Abro a boca, embora sem saber ao certo o que vou dizer. Mas, antes de eu dizer a coisa errada, sinto a mão de alguém segurar meu braço. É Chelsea.

– Vão pro inferno, vocês dois! – grita para ambos. – Vem, Brooke.

Deixo Chelsea me arrastar para fora do quarto enquanto Shane e Tim ficam nos encarando. Ela me puxa até o quarto de Shane e fecha com força a porta atrás de nós. Apoia o peso ali por alguns instantes enquanto fica ofegando.

– Não sei quem matou ela. – Chelsea está piscando para conter as lágrimas. – Mas com certeza foi um deles dois. A gente precisa ficar aqui no quarto até alguém aparecer. Me ajuda a escorar a porta.

Fico encarando a porta, sem saber qual deve ser meu próximo passo. Ela tem razão. Somos as únicas pessoas aqui, ou seja: ou Tim ou Shane devem ter matado Kayla. O que significa que o único jeito de ficarmos seguras é nos mantendo longe deles.

Mas isso quer dizer também que um dos dois *não é* o assassino. E acabamos de deixar essa pessoa sozinha com um.

– Chelsea – digo.

– Brooke! – A voz dela sai engasgada. – Você quer sobreviver a essa noite ou não?

Eu quero sobreviver a essa noite. É claro que sim. Mas Kayla também queria, e ela se fechou num quarto do mesmo jeito. E agora está morta.

Mesmo assim, faço a vontade de Chelsea e aceito o plano. Como a estante de Shane é pesada demais para arrastar, construímos um muro de livros em frente à porta. Na verdade, não fico convencida de que os meninos não consigam entrar facilmente mesmo assim, mas é melhor do que nada.

Alguém bate na porta.

– Brooke? Chelsea?

É a voz de Shane.

– Vai embora! – berra Chelsea. – A gente só sai daqui de manhã!

Não tenho certeza quanto à validade desse plano. Tanto o celular dela quanto o meu estão lá embaixo, então, se um dos meninos estiver querendo nos matar, ainda vai poder fazer isso de manhã, assim que a gente sair do quarto.

– Por favor... que loucura é essa? – grita Shane do outro lado da porta. – Saiam daí. Vamos ficar mais seguros todos juntos.

– Shane, a gente não vai sair. – Chelsea cruza os braços. – Você tá gastando saliva à toa.

Mas parte de mim acha que ele tem razão. Talvez seja mais seguro nós quatro ficarmos juntos. Afinal, o assassino não tem como pegar os quatro. Sua única chance é nos pegar um por um.

– Brooke? – Dessa vez é a voz de Tim. – Você tá bem?

Encosto os dedos na porta.

– Tô, tô bem, sim.

Ele passa alguns instantes calado.

– Acho melhor vocês ficarem aí dentro. As duas.

Algo no jeito como ele diz isso, um tremor na voz, me faz recuar para longe da porta com as mãos tremendo. Tim tem razão. Precisamos passar o resto da noite dentro desse quarto.

É nossa única chance.

TRINTA E DOIS

Dias de hoje

No dia seguinte, no trabalho, Marcus Hunt me recebe com um copo de café.

Isso já se tornou rotina para nós. Antes de trazer o primeiro paciente, Hunt entra no consultório com um copo de café quentinho para mim. Não é nada especial, só um café da cafeteira da sala de descanso dos guardas. Mas é gentil da parte dele fazer isso, e um café quente de manhã cedo é sempre bom.

Minha mãe diria que homens nunca fazem nenhuma gentileza para você se não estiverem esperando algo em troca. Ela não está mais aqui para me dar sermão, claro, mas pode ser que nesse caso tenha um pouco de razão. Eu já vinha pensando num jeito de comentar que estou namorando.

Mas hoje estou brava demais para ser educada e poupar os sentimentos dele.

– Aqui estão seu creme e seu açúcar. – Hunt me estende o café com a mão esquerda e algumas embalagens de creme e açúcar com a direita. – Sei que você mesma gosta de pôr.

Pigarreio.

– Posso falar com você um instante? *A sós.*

Os olhos de Hunt se iluminam.

– Claro, Brooke.

Que ótimo. Ele acha que vou dar uns pegas nele.

Entramos no consultório, e fecho a porta. Uma voz no fundo da minha mente me diz que talvez não seja a melhor ideia do mundo ficar sozinha com esse cara, principalmente agora que estou prestes a confrontá-lo, mas não posso ter essa conversa com ele no corredor. Infelizmente, isso com certeza corrobora a ideia de que estou a fim dele.

– Marcus – começo, falando baixo. – Por que você não me disse que tinha sido da minha turma no ensino médio?

Ele congela, com a boca aberta, mas sem dizer nada.

– Não adianta negar. Eu vi o álbum do nosso ano e vi sua foto. Você era da minha turma. Devia saber quem eu era assim que me viu aqui. – Ele começa a dizer alguma coisa, e eu acrescento: – Não minta.

– Tudo bem. – Os ombros dele desabam. – É, eu te reconheci na hora. Quer dizer, é bem difícil esquecer a garota que quase foi assassinada pelo namorado no último ano da escola.

– Você também nunca comentou que o Shane e os amigos dele tinham te espancado. – Cruzo os braços. – Que eles tinham te mandado pro *hospital*. E que você carrega essa mágoa dele há anos, e agora está fazendo ele pagar pelo que te fez.

– Isso é um exagero – diz ele.

– Ah, é? Me diz se ele te fez alguma coisa aqui na prisão pra justificar como você trata ele.

Uma expressão sombria atravessa o semblante de Hunt.

– Ele não *precisa* fazer nada aqui. Já sei que tipo de pessoa ele é. O tipo de cara capaz de chutar as minhas costelas dando risada. – Ele cerra os punhos. – Você também sabe como ele é, Brooke. Não entendo por que fica defendendo o cara.

É um excelente argumento. Eu deveria odiar Shane. Deveria estar feliz por vê-lo trancafiado aqui, com as mãos e os tornozelos acorrentados. Deveria querer vê-lo sofrer depois daquilo por que ele me fez passar.

No entanto, desde que o vi deitado naquela cama de enfermaria, todos os meus sentimentos de raiva por ele parecem ter evaporado. Talvez pelo fato de ele ser pai do meu filho. Ou vai ver há outro motivo.

Quando depus contra Shane, eu tinha certeza absoluta de que fora ele quem havia apertado aquele colar em volta do meu pescoço para tentar me matar. Quanto mais penso sobre isso, porém, menor minha certeza. Alguma coisa aconteceu naquela noite que estou deixando passar. Um pequeno detalhe que me escapou.

Tenho certeza disso.

Hunt chega mais perto de mim... perto demais.

– Eu poderia fazer ele pagar de verdade pelo que tentou fazer contigo. Ninguém lá fora dá a mínima pra ele. Eu faço qualquer coisa que você me disser pra fazer. Posso deixar ele na solitária por semanas... ou meses. Posso mandar darem uma surra tão grande que ele nunca mais vai conseguir *andar*. É só você falar. – Ele pisca para mim. – O Nelson acha que venho torturando ele, mas não faz ideia do que eu sou capaz.

Sinto um aperto no peito.

– Eu não quero que você faça isso.

– Que parte?

– *Nenhuma*. – Engulo um bolo duro na garganta. – Eu... quero que você deixe o Shane em paz.

– Como é que é?

– Você precisa parar com isso. – Ergo a voz para tentar soar mais segura do que me sinto. – Precisa tratar ele feito um ser humano. *Agora*.

Ele inclina a cabeça.

– Não acho que você esteja em condições de exigir nada. Foi você quem aceitou um emprego aqui, onde um de seus pacientes é um homem que tentou te matar. O que acha que a Dorothy diria se ficasse sabendo?

Uau, mais um argumento excelente. O cara está inspirado.

– Na verdade, se quiser manter este emprego, talvez devesse pensar em arrumar um tempinho pra tomar aquele drinque comigo depois do trabalho – insinua ele.

Empino o queixo.

– Na verdade, estou namorando.

– O Tim Reese, você quer dizer? – Hunt ri ao ver a expressão de choque no meu rosto. – Por favor, o cara vai toda noite na sua casa. Não é preciso ser nenhum Sherlock Holmes.

Não consigo acreditar nos meus próprios ouvidos. De repente, fico muito arrependida de ter começado essa conversa. E mais arrependida ainda de estarmos os dois sozinhos na sala.

– Você anda me espionando?

Ele dá de ombros.

– Passei em frente à sua casa algumas vezes. Reconheci o Tim da escola. Uma escolha sem graça, mas segura. Além do mais... – Ele arreganha os dentes ligeiramente amarelados para mim. – Achei bem interessante você ter um filho no quinto ano. Não é meio nova pra ter um filho dessa idade? Quem era seu namorado dez anos atrás, aliás?

Ah, não. Não, não, não...

– Aposto que o Nelson ficaria *muito* interessado em saber disso – diz Hunt. – Eu meio que gostaria de ver a cara que ele vai fazer, sabia?

– Por favor, não conta pra ele – digo com um arquejo. – Por favor.

Hunt abre um sorriso que me dá vontade de socar seu nariz.

– Não se preocupa, Brooke – diz ele. – Seus segredos estão seguros. Mas é melhor você ser bem mais legal comigo. Pra começar, de agora em diante *você* pode trazer café pra *mim* todo dia de manhã.

– Tudo bem – respondo, ríspida.

Ele me encara com um olhar demorado, e me preparo para mais exigências. Só que elas não vêm. Ele só faz balançar a cabeça para mim.

– Que desperdício, Brooke – resmunga ele. – Tudo por aquele lixo de cara.

E, com essas palavras, Marcus Hunt abre a porta do consultório com um gesto brusco e sai pisando firme.

TRINTA E TRÊS

Meu objetivo de todo dia é fazer o agente penitenciário Steve Benton dar um sorriso.

O agente Benton é sempre minha primeira parada ao entrar no presídio. Não posso dizer que ainda não sinto um pequeno choque de medo ao atravessar o pátio da prisão, com as torres dos guardas margeando a cerca. Nunca vi nenhum dos guardas lá em cima armados com fuzis, mas sei que eles estão lá. Prontos para disparar, se for preciso.

Uma vez lá dentro, porém, é a mesma rotina de sempre. Passo pela área da recepção e, como Jan da mesa da frente a essa altura já conhece meu rosto, ela aperta na hora o botão que abre as barras de segurança e faz um gesto para que eu entre; o barulho agora quase não me sobressalta mais. Minha parada seguinte é o controle de segurança com o agente Benton.

– Bom dia! – entoo ao colocar a bolsa sobre a mesa na frente dele para passar pelo detetor de metais. – Tudo bem?

Benton responde com um grunhido.

– Tudo. E você?

– Ah, tudo na mesma. – Passo pelo detetor de metais e prendo a respiração como sempre faço. Não faz sentido, mas é uma reação automática. – Recebi uma visita do Sr. Barrett ontem... aquele que era professor de inglês lá fora, sabe? Ele é muito paquerador.

Benton ergue o rosto, levemente interessado.

– Ah, é?

Assinto.

– Ele disse que quer se casar comigo quando sair daqui.

– Foi mesmo?

– Foi, mas infelizmente dar mole para alguém não é a mesma coisa que uma chave pra sair daqui.

Que piada péssima. É verdade, até certo ponto: o Sr. Barrett era *mesmo* professor de inglês e de fato dá em cima de mim descaradamente. Mas fiz a piada sem graça especialmente para Barrett, e sou recompensada quando seus lábios estremecem muito de leve. Um *quase* sorriso. Conto isso como uma vitória, e é com o passo um pouco mais vivo do que de costume que adentro o corredor em direção ao consultório/escritório.

Até encontrar Dorothy à minha espera em frente à porta, com os braços gordos cruzados.

Que ótimo. O que foi dessa vez?

– Brooke – diz ela num tom ríspido. – Preciso falar com você.

– Sobre o quê? – Olho para meu relógio de pulso. – Preciso atender daqui a pouco.

Ela faz um gesto me chamando, e eu a sigo até a sala dela sem dizer nada. Poderíamos ter conversado no consultório, onde eu teria tido alguma vantagem. Em vez disso, Dorothy pode se sentar diante da sua mesa enquanto eu me sento na pequena cadeira em frente, me sentindo uma criança prestes a levar uma bronca da diretora da escola. Vasculho meu cérebro à procura do que poderia ter feito para deixá-la chateada. Na verdade, poderia ser qualquer coisa. Não é preciso muito para Dorothy se zangar; venho me esforçando ao máximo para não ter problemas com ela.

Ela se acomoda na sua cadeira de couro ergonômica e crava os olhos em mim.

– Recebemos uma entrega hoje de manhã. Um colchão antiescaras.

Apesar de tudo, sinto um choque de felicidade. Há semanas venho preenchendo os formulários que o agente Hunt me passou, e após alguns telefonemas frustrados tinha começado a perder as esperanças.

– O colchão do Malcolm Carpenter chegou?

– Brooke. – Os lábios dela formam uma linha reta. – Eu já disse pra você que não temos recursos para fornecer um colchão customizado especial a cada paciente. Assim você vai arruinar o presídio.

– Malcolm Carpenter não é qualquer paciente. Ele é paraplégico e está com uma escara no sacro que não melhora. Esse colchão é um tratamento médico.

– Um colchão confortável *não é* um tratamento médico.

Assim que comecei no presídio, eu achava que Dorothy tinha um ar conhecido. E de repente me dou conta de quem ela me lembra: minha *mãe*. Ao encarar seu rosto quadrado do outro lado da mesa, com o queixo queimado de sol levemente erguido, não consigo deixar de pensar em como minha mãe costumava me dar ordens. Ela sempre pensava que sabia mais do que eu e não conseguia suportar que eu discordasse dela: era acatar o que ela dizia ou nada feito.

Não tem como você estar pensando em ter o bebê daquele monstro, Brooke. Não vou permitir.

Mas eu tive meu bebê. Não deixei que ela me pressionasse daquela vez. E não vou deixar Dorothy mandar mais em mim. Estou farta de ser vítima.

– É um colchão antiescaras. – Eu a encaro sem piscar. – Sem esse colchão, ele com certeza vai acabar no hospital e talvez precise ser operado para corrigir a escara.

Dorothy solta o ar pelo nariz.

– Por favor, deixa de ser tão dramática. Quanto tempo tem que você se formou? Cinco minutos? Quando tiver a minha experiência como enfermeira, vai saber do que os pacientes precisam e o que eles apenas *querem*.

– Escuta, Dorothy, talvez eu não seja tão experiente quanto você, mas sei o suficiente para ter certeza de que *esse* paciente está com uma escara grave e que ela só vai piorar se não a tratarmos direito. Eu encomendei a cama, e se você impedir o paciente de receber, vou ligar para o jornal da cidade e avisar que os detentos aqui do presídio estão sendo privados de tratamento médico adequado.

A boca de Dorothy se escancara.

– Você está me *ameaçando*?

– De jeito nenhum. Estou só defendendo que meus pacientes recebam tratamento adequado. Se você não pensa como eu, então quem sabe possa explicar os motivos para a imprensa da cidade.

– Brooke...

– Além do mais, você precisa manter o estoque de lidocaína da farmácia – emendo. – Não vou mais costurar ninguém sem anestesia. É desumano. Da próxima vez que não tiver lidocaína, vou mandar o detento para o pronto-socorro, e você pode arcar com o custo do transporte.

Agora quem parece que quer bater *em mim* é Dorothy. Posso ver seu maxilar se contraindo enquanto ela pondera se vale ou não a pena brigar comigo por isso. Não gosta da ideia de ser pressionada por uma enfermeira de prática avançada de 20 e poucos anos. Mas deve entender que tenho razão. Jamais conseguiria justificar esse comportamento para os jornais, ou pior, num tribunal, no caso de as coisas se complicarem para Malcolm Carpenter.

– O colchão já chegou mesmo – diz ela por fim. – Imagino que tudo bem Carpenter ficar com ele. *Dessa vez.*

Ela está tentando manter a dignidade. Não quer admitir que eu ganhei a discussão, e vou deixá-la ter essa satisfação. Mas vou defender meus pacientes. Eles são seres humanos e merecem ser tratados como tal, apesar do que Dorothy possa pensar.

TRINTA E QUATRO

Hoje é meu aniversário.

Em comparação com o ano passado, tenho muito mais coisas a comemorar. Ano passado eu morava num quarto e sala onde meu filho dormia numa cama de montar na sala, e o proprietário tinha acabado de aumentar o aluguel em 200 dólares por mês. Fazia dois anos que eu não saía com ninguém. Josh chegava em casa aos prantos todos os dias por causa do bullying na escola. Eu tinha uma babá que nunca aparecia na hora e vivia me fazendo chegar atrasada nos meus plantões no pronto-socorro. E embora meus pais estivessem vivos, não nos falávamos havia muitos anos.

Este ano, Josh está feliz na escola. Temos uma casa grande para morar, cada um com seu quarto. E, é claro, há também Tim, que estou namorando há apenas um mês, mas por quem estou começando a achar que estou me apaixonando de verdade.

Nessa noite, passo um tempo maior do que o normal me arrumando. Tim vai me levar para jantar, só nós dois. Meu plano era levar Josh, mas, quando comentei isso com Margie, ela fez uma cara horrorizada. *Você precisa de uma noite entre adultos*, insistiu ela. Por isso, ela vai vir ficar com Josh, assim Tim pode me levar a um bom restaurante.

Quando me olho no espelho de pé do meu quarto, fico satisfeita com o que vejo. Estou usando um vestido preto curto que faz meus peitos parecerem grandes, com sapatos pretos de salto baixo e fino, e meus cabelos escuros estão soltos ao redor dos ombros. E, quando desço a escada e Josh me vê, seus olhos se arregalam até virarem dois pires.

– Mãe, como você tá bonita – diz ele.

A intenção dele é me fazer um elogio, mas o fato de parecer chocado ao dizer isso me leva a me perguntar o que acha da minha aparência no restante do tempo.

– Obrigada.

Ele larga seu Nintendo e me encara com um ar de expectativa.

– A gente vai sair pra jantar?

Eu me sento ao seu lado no sofá, puxando a barra do vestido para baixo.

– Na verdade, a Margie vai vir. Só eu e o Tim vamos sair hoje.

– Ah. – Ele não parece entender. – Então o Tim é seu namorado?

Eu sabia que essa pergunta acabaria chegando. Tim e eu temos tomado cuidado com nosso comportamento um com o outro na presença de Josh, para ele não perceber que somos um casal. Tim dormiu na nossa casa uma ou duas vezes, e pusemos o despertador para tocar às seis da manhã, de modo que ele pudesse ir embora antes de Josh acordar. Mas era inevitável que ele chegasse a essa conclusão. E eu lhe devo a verdade.

– É, ele é, sim – respondo. – Por você, tudo bem?

Josh hesita enquanto pensa sobre o assunto.

– É, tudo bem, sim. O Tim é bacana.

– Que bom que você acha.

– E ele também é vice-diretor da escola, então, se ele for seu namorado, vou poder fazer besteira sem levar bronca.

Dou uma gargalhada. Josh talvez seja o aluno mais bem-comportado que já existiu, e duvido que haja alguma coisa na escola que ele seja capaz de fazer pior do que, sei lá, ficar lendo um livro debaixo da mesa durante a exibição de um filme em sala de aula.

Ao contrário do pai dele.

A campainha toca, e corro para atender. Há cinquenta por cento de chance de ser Margie, mas fico feliz ao ver Tim em pé do outro lado. Ele está usando um blazer cinza-escuro por cima de uma camisa social azul com gravata. Está bonito de doer, e tudo que consigo fazer é encará-lo.

Praticamente não percebo que está olhando para mim do mesmo jeito até ele soltar um assobio baixo.

– Caramba – diz ele. – Assim você me mata do coração, Brooke.

Ele se inclina para me dar um beijo, mas, antes de conseguirmos nos beijar, ouvimos os passos de Josh correndo na nossa direção. Ele se afasta no exato momento em que Josh entra correndo no hall. Meu filho aponta um dedo para ele.

– Você tá namorando a minha mãe – anuncia ele.

Tim me olha com as sobrancelhas arqueadas, e faço que sim com a cabeça.

– Ele perguntou – explico, e acrescento: – Ele te acha bacana.

– Uau, Josh, fico honrado. – Tim leva uma das mãos espalmadas ao peito. – Talvez seja a primeira vez que alguém me chama de bacana em toda a minha vida.

Josh dá uma risadinha. Tim estende a mão e segura a minha. Não sei se vamos querer ser superdemonstrativos na frente de Josh, mas acho que está tudo bem ficar de mãos dadas.

– Então, tô com seu presente de aniversário no bolso – diz Tim. – Quer ganhar agora ou depois?

Dou uma piscadela para ele.

– Gratificação imediata, por favor.

Como Josh não parece interessado num presente que não é para ele, volta a jogar Nintendo enquanto Tim e eu vamos até a mesa da cozinha. Eu me sento ao seu lado, e ele leva a mão ao bolso do blazer e pega uma caixa azul retangular que é claramente uma joia.

– Espero que você não tenha gastado demais – digo depressa.

Talvez não devesse ter dito isso, mas não tem como Tim estar ganhando muito na escola de ensino fundamental. Não quero que ele gaste rios de dinheiro comigo.

– Por você, vale. – Ele pousa a mão por cima da minha e me olha nos olhos. – Mas não, eu não gastei nenhuma fortuna. É uma coisa especial... acho que você vai gostar muito.

– Sei que vou.

Tim costumava ser muito criterioso em relação a dar presentes. Tenho certeza de que o que quer que tenha comprado para mim vai ser maravilhoso. Abro a tampa da caixa com toda a delicadeza; lá dentro, um colar de ouro está aninhado sobre um quadrado de algodão. Pego o colar e o levanto para poder ver o pingente pendurado na correntinha dourada.

É um floco de neve.

Largo o colar como se fosse feito de ácido. Acho que vou passar mal. É o mesmo tipo de colar de floco de neve que eu costumava usar anos atrás. O mesmo tipo de colar de floco de neve com o qual Shane tentou me estrangular uma década atrás.

Eu me levanto da mesa com um pulo tão rápido que a cadeira bambeia. Sinto um aperto na garganta. Esse colar. É muito parecido com o que eu costumava usar.

Tim se levanta com um pulo da própria cadeira.

– Brooke? O que foi?

– Por que você comprou isso pra mim? – pergunto com um guincho.

– Eu... eu não tô entendendo. – Ele franze a testa. – É o mesmo tipo de colar que comprei pra você no seu aniversário de 10 anos. Como não vi você usando, imaginei que tivesse perdido. Aí vi esse na feirinha da cidade mês passado, então...

– O Shane tentou me estrangular com esse colar!

Tim parece estarrecido.

– Foi? Pensei que ele tivesse tentado fazer isso com... com as mãos...

Minha respiração está agitada. Agitada demais.

– Não, ele usou meu colar. *Esse* colar!

– Eu sinto muito mesmo, Brooke. Não sabia que...

Ele estende a mão para passar o braço à minha volta, mas me afasto com um safanão. Em vez de abraçá-lo, saio correndo em direção ao banheiro e, antes que ele consiga me alcançar, bato a porta. E a tranco. Preciso de alguns instantes para me recompor.

Ao ficar sozinha no banheiro, me encaro no espelho acima da pia. Eu me maquiei para nosso jantar de hoje à noite, mas não dá para perceber isso olhando para mim agora. Meu rosto está mais ou menos da mesma cor de uma folha de papel, e os círculos arroxeados abaixo dos meus olhos estão mais visíveis do que nunca.

Como Tim poderia esquecer aquele colar? Eu depus no julgamento de Shane contando como ele tinha tentado me estrangular com aquilo. Tim estava sentado na plateia. Eu me lembro disso porque, toda vez que ficava nervosa durante o depoimento, ele olhava para mim, e eu me sentia menos sozinha. Afinal, ele também estava lá naquela noite.

Como poderia ter esquecido que o colar de floco de neve quase me matou?

Fica longe do Tim Reese. Ele é perigoso.

Tá, preciso me acalmar. Tim ouviu meu depoimento, mas, afinal, ele não passou a última década tendo pesadelos que envolviam um colar de floco de neve. É compreensível que talvez tenha se esquecido desse pequeno detalhe. Com certeza, faz mais sentido do que a alternativa de ele ter comprado o colar de propósito para me fazer surtar.

– Brooke? – Tim bate de leve na porta do banheiro. – Tá tudo bem com você?

Inspiro fundo, então solto o ar devagar. Não posso passar o resto da noite neste banheiro. Preciso sair.

Abro a porta. Tim está em pé na minha frente e parece abalado, com uma cara quase tão ruim quanto estou me sentindo.

– Me desculpa mesmo, Brooke – diz ele. – Que anta que eu sou. Esqueci completamente.

– Tudo bem – respondo, embora não seja verdade.

– Eu compro outro presente pra você – promete ele. – Algo bem melhor.

Ele estende os braços, e com relutância permito que me abrace. Após alguns segundos, eu me desmancho encostada no seu peito.

– Tomara que eu não tenha estragado a noite – murmura ele.

– Não estragou, não.

Não posso deixar isso me incomodar. Ele só estava tentando ser romântico e me comprar um presente que achava que eu fosse amar. Não fazia ideia de que eu iria reagir desse jeito. Preciso tirar isso da cabeça e aproveitar a noite.

TRINTA E CINCO

Onze anos atrás

Só começamos a respirar melhor depois que os passos de Tim e Shane desaparecem na escada. Duas pessoas, pelo som. Ou seja: ambos continuam vivos.

– A gente precisa achar uma arma. – Chelsea vasculha a gaveta da escrivaninha de Shane, sem conseguir ver nada. Não consigo deixar de pensar no taco que Tim estava empunhando. – Porque alguma hora vamos ter que sair deste quarto.

Eu me deixo cair sentada na cama na qual perdi a virgindade com Shane mais cedo nessa noite. Será que foram mesmo apenas poucas horas atrás? É como se fosse outra vida. Quando levo os dedos aos lábios, ainda posso sentir o gosto dele. Ainda posso sentir o cheiro de sândalo da sua loção pós-barba.

Eu deveria ir ajudar Chelsea a procurar uma arma. Ela tem razão; não podemos ficar apenas sentadas aqui sem fazer nada. Mas não consigo evitar. Meus pensamentos não param de disparar em todas as direções.

– Você acha mesmo que um deles poderia ser um assassino? – pergunto depressa.

Chelsea interrompe sua busca. Endireita as costas.

– Ai, Brooke…

Ela se senta ao meu lado na cama e envolve meus ombros com o braço.

E, pela primeira vez nessa noite, eu começo a chorar. É que tudo me atinge ao mesmo tempo. Brandon está morto. Kayla está morta. E um dos dois garotos de quem mais gosto no mundo é o responsável.

E eu nem sei qual deles.

– Eles não poderiam ter feito isso – digo, fungando. – Nenhum dos dois. Não é possível. – Ergo os olhos. – Não é?

– Ai, Brooke... – Ela aperta meus ombros e me puxa mais para perto da sua camiseta úmida e suja de sangue. – Sei que o Shane é seu namorado e que você e o Tim se conhecem faz tempo, mas olha o que aconteceu. Não tem mais ninguém aqui. Só pode ter sido um deles.

Esfrego meu nariz, que está escorrendo.

– Quem... quem você acha que é?

Ela demora a responder.

– Não sei.

– Sabe, sim. Só não quer dizer.

Chelsea solta um longo suspiro.

– Tudo bem. Foi o Tim.

Ergo os olhos, surpresa. Não era o que eu achava que ela fosse dizer.

– O Tim? Mas...

– É o que faz mais sentido, Brooke. – Ela ajeita uma mecha de cabelos molhados atrás da orelha. – O Shane tem razão... o único que teve a oportunidade de subir lá e fazer isso foi o Tim. E foi ele quem passou a noite inteira de chamego com a Kayla. O Shane mal conhecia ela.

– Mas...

Mas não pode ser o Tim. Não meu primeiro melhor amigo. Meu primeiro beijo. O cara que conheço desde pequena, que faria qualquer coisa por mim. Toco o colar de floco de neve, me lembrando da cara satisfeita que ele fez quando abri a caixa.

– E ele saiu com a Tracy Gifford – lembra ela. – Que história foi essa? O cara sai várias vezes com uma menina que aparece assassinada e acha que não precisa contar isso pra ninguém? É suspeito à beça, Brooke.

– Eu sei, mas...

– Além do mais, ele tá *frustrado* – emenda Chelsea. – Porque você tá namorando o Shane, e é claro que ele te quer pra ele.

Giro a cabeça depressa e a encaro.

– Que papo é esse?

Ela deixa escapar um suspiro dramático que dura vários segundos.

– *Qual é*, Brooke. Você tem que ter notado que o Tim é perdidamente apaixonado por você.

Bufo.

– É, nada. A gente é *amigo*.

– Tá certo. Você pensa nele como amigo, e ele é a fim de você. – Ela inclina a cabeça. – Eu tinha certeza de que você sabia. É sério que não percebeu?

Estendo a mão de novo para o pingente do meu colar, com os dedos ligeiramente trêmulos. Será que Chelsea tem razão? Sempre achei que Tim e eu estivéssemos de acordo quanto à nossa relação. Quer dizer, sim, ele costumava falar sobre nos casarmos quando a gente era pequeno. Mas éramos *crianças*.

E sim, ele me beijou daquela vez. Mas foi só uma vez, apesar de ter durado vinte minutos. E nós estávamos *treinando*. Claro que não significou nada…

Ai, meu Deus.

Chelsea tem razão.

Tim está apaixonado por mim.

TRINTA E SEIS

Dias de hoje

– Tá bom – diz Tim. – Vou precisar que classifique esse aniversário em comparação com todos os outros aniversários que você teve na vida.

Nós dois estamos no carro, voltando do restaurante. Depois do meu surto por causa do colar de floco de neve, acabamos tendo uma noite ótima. Foi bom estarmos só nós dois. Podíamos dar todas as demonstrações de afeto que quiséssemos sem nos preocupar em chocar Josh. E Tim é *muito* afetuoso. Principalmente depois de uma taça de vinho.

– Classificar numa escala de um a dez? – pergunto.

É difícil largar o hábito da escola de enfermagem de classificar tudo na escala de dor analógica visual.

– Não. – Ele sorri para mim ao pararmos num sinal vermelho. – Quis dizer como foi em comparação com seus outros aniversários. Tipo, está entre os cinco melhores...?

– Entre os dez – respondo.

– Os dez! – Ele parece ofendido. – Eu *avisei* que você deveria ter pedido a lagosta. Isso com certeza teria entrado nos cinco melhores.

Dou risada.

– Para com isso... o frango tava ótimo.

– É que sinto que... – Ele pousa a mão direita de leve no meu joelho e volta a dirigir. – Quer dizer, você nem se lembra, tipo, dos seus cinco primeiros aniversários. Então na verdade entre os dez melhores não é *tão bom* assim.

– É bastante bom.

– Bom, quem sabe eu ainda possa fazer alguma outra coisa por você hoje capaz de pôr este entre os cinco melhores...

– Quem sabe...

No entanto, o verdadeiro motivo pelo qual não é possível que a noite de hoje esteja entre as cinco melhores não tem nada a ver com o jantar, que foi uma delícia, nem com o que ele vai fazer na cama hoje, que tenho certeza de que vai ser incrível como de costume. Na hora em que ele me deu aquele colar de floco de neve de presente, a noite ficou estragada. Por mais que eu tenha tentado não pensar nisso, não consigo afastar o pensamento por completo.

– Além do mais, eu tenho uma boa notícia – acrescenta ele.

– Qual?

– Arrumei uma chance de um emprego novo pra você. – Ele aperta meu joelho. – Tenho um amigo que trabalha numa clínica de atenção primária a uns quinze minutos daqui, e ele me disse que estão precisando de uma enfermeira de prática avançada. Na verdade, estão desesperados. Querem te conhecer o quanto antes.

– Ah – digo.

– Não é ótimo? Parece perfeito pra você. E aí você não precisaria mais trabalhar naquele presídio.

– É, mas... – Puxo a barra do meu vestido preto. – Meu contrato no presídio é de um ano, então...

– Ah, qual é. Eles não vão te cobrar isso. É só dar um aviso prévio de um mês.

– Não sei, não...

Em outro sinal vermelho, Tim se vira para me olhar. A parte branca de seus olhos reluz de leve à luz da lua.

– Você quer largar esse emprego, não quer? Não quer continuar trabalhando num *presídio masculino*, quer?

Eu me remexo no assento.

– Não é tão ruim quanto você pensa. A maioria dos detentos fica simplesmente feliz por receber atendimento médico.

– E sem falar no fato de Shane Nelson estar preso lá – continua Tim, como se eu não tivesse dito nada. – Não sei nem como você consegue trabalhar sabendo que ele tá por perto. E se precisasse atender ele?

Nós conversamos rapidamente sobre o fato de eu trabalhar no mesmo presídio onde Shane está preso. Tim ficou embasbacado, mas, quando expliquei que aquele tinha sido o único emprego que eu conseguira encontrar, acabou se acalmando. Mas precisei jurar para ele que nunca atendi Shane.

Ou seja: eu menti.

– Se tivesse que atender ele, eu conseguiria – afirmo.

– Sério? Porque bastou uma olhada num colar que te lembrou aquela noite e você pareceu prestes a ter um ataque de pânico. Meu Deus, e se ele descobrisse sobre o Josh?

Franzo o cenho. Tim está preocupado com o fato de eu trabalhar num presídio de segurança máxima, mas não é tão ruim quanto ele pensa. E talvez Shane tampouco seja tão ruim quanto ele pensa.

– E se... – Pigarreio. – E se eu tiver entendido errado? E se não tiver sido o Shane que tentou me estrangular naquela noite?

Tim retira abruptamente a mão do meu joelho.

– *Como é que é?*

Abraço meu próprio peito.

– Só tô dizendo que tava muito escuro na sala. Eu não conseguia ver nada. Nunca nem cheguei a ver o rosto dele.

Tim pisa fundo no freio, e por pouco não bate na traseira do carro na nossa frente.

– Isso *só pode* ser brincadeira, Brooke.

– Eu só acho que...

Ele dá uma guinada com o carro e encosta no meio-fio. Posso ver uma veia latejando na sua têmpora.

– Talvez estivesse escuro demais pra você ter visto ele, mas *eu* vi. Ele partiu pra cima de mim com a porcaria de uma faca e cravou ela na minha barriga. Tudo que eu consegui fazer foi acertar ele com aquele taco, mas o desgraçado não apagou. Ele me encarou bem nos olhos e me disse que a próxima era você, Brooke. Confia em mim: foi ele.

A polícia encontrou Tim desacordado e sangrando no chão do sítio, com uma facada na barriga. No último mês, tive a oportunidade de ver a cicatriz que ficou dessa noite. É um trecho de pele elevada com 2 centímetros e meio, a poucos centímetros do umbigo. Sempre achei que seria maior.

– É que tava muito escuro naquela noite – murmuro. – É só isso que eu tô dizendo.

Tim tira os olhos de mim. Encara o volante, e seu olhar está vidrado. Alguns instantes depois, ele torna a engatar a marcha. Percorremos em silêncio o restante da distância até minha casa.

– Desculpa – diz ele ao encostar em frente à casa. – Eu não deveria... olha, eu entendo por que você pode ter sentimentos dúbios em relação ao Shane, levando em conta que...

– Certo – falo, antes de ele poder completar o pensamento.

– Mas você precisa saber que ele é um ser humano ruim. Ele é *doente*. E se você algum dia o vir no presídio, precisa virar as costas e sair correndo.

Baixo os olhos.

– Eu sei me cuidar, Tim.

Ele não tem resposta para isso. Desafivelo o cinto, mas ele continua calado. Não o convido para entrar, nem ele pede. Acho que esse aniversário agora saiu oficialmente da lista dos dez melhores.

Quando torno a entrar em casa, tudo está em silêncio, tirando o barulho de água escoando na cozinha. Margie deve estar limpando. Ela pode ser idosa, mas nunca para quieta. Sinceramente, queria ter a mesma energia.

Entro na cozinha a tempo de vê-la esfregando uma frigideira e cantarolando consigo mesma.

– Oi, Brooke! – entoa ela. – O Josh já dormiu. Teve uma noite divertida?

– Aham.

– Ah, que bom! – Ela suspira. – Pra dizer a verdade, tenho saudade de ter encontros assim. Amo meu Harvey, mas meio que sinto falta dessa empolgação. E o Tim é *tão* bonito...

– Pois é...

– As sobrancelhas dele são ótimas – acrescenta ela.

– Ah, é?

– É, sim. Dá pra dizer muita coisa sobre um homem olhando as sobrancelhas. Boas sobrancelhas significam que ele é sábio.

– Interessante...

– E ele também tem uma bunda boa – emenda ela.

Ai, meu Deus. Mas ela tem razão: Tim de fato tem uma bunda linda, só fico meio encabulada por Margie ter reparado nisso.

– Ahn, obrigada?

– E que colar mais lindo ele comprou pra você! Mas você deveria guardar na sua caixa de joias, onde vai estar seguro.

Sinto um peso na barriga. Eu larguei o colar na mesa da cozinha e depois esqueci por completo. Bom, não esqueci exatamente, mas torci para ele desaparecer enquanto eu estivesse jantando com Tim. Ou pelo menos para ele ter tido a sensatez de jogá-lo no lixo, que é onde aquilo merecia estar.

Mas ele não jogou. Deixou o colar ali para mim.

Margie pega seu casaco e vai embora. Só depois que ela sai é que me atrevo a chegar perto da caixa azul retangular em cima da mesa da cozinha. Parece que ou Tim ou Margie guardou o colar de novo na caixa, portanto tudo que preciso fazer é jogá-la no lixo.

Mas o que faço é me pegar abrindo a caixa.

Suspendo o colar até deixar o pingente de floco de neve se balançando para a frente e para trás. Parece exatamente o mesmo que eu costumava usar, aquele que Tim comprou para meu aniversário de 10 anos. Uma correntinha de ouro com um floco de neve dourado e diamantes brancos incrustados nas seis pontas.

Examino o colar mais de perto e reparo em outra coisa que faz meu coração parar.

Na segunda ponta do floco de neve está faltando um diamante na borda. Exatamente como o colar que eu usava antigamente.

Esse colar é idêntico ao que eu usava no ensino médio. E tem o mesmo defeito no mesmo lugar que o outro tinha.

Será possível ser o mesmo colar?

Nunca consegui descobrir que fim tinha levado o outro. Depois de tudo, nunca mais tornei a vê-lo. Imaginei que a polícia fosse guardá-lo como prova, mas vai ver não guardou. Talvez alguma outra pessoa tenha estado com ele esse tempo todo.

Tim alegou ter comprado o colar na feirinha da cidade. Uma *feirinha*? A que feirinha ele estava se referindo? Eu morei nesta cidade desde bebê, e nunca ouvi falar nem uma vez em nenhum tipo de feirinha.

Será que ele estava mentindo?

Fica longe do Tim Reese. Ele é perigoso.

Será possível Shane ter dito a verdade sobre aquela noite? Será possível não ter sido ele quem tentou me estrangular com aquele colar? Nunca cheguei a ver seu rosto. A única pessoa que declarou com certeza absoluta ter visto Shane com uma faca foi Tim. Embora o meu depoimento tenha sido decisivo, foi Tim quem cravou o último prego no caixão de Shane.

E se Tim tiver mentido em relação a tudo?

Não, não posso pensar assim. Tim é meu namorado, eu o conheço desde sempre. Ele é um cara legal. Não iria mentir, e com toda a certeza não mataria ninguém. Sei disso melhor do que sei meu próprio nome.

Mas, nesse caso, como ele arrumou esse colar?

TRINTA E SETE

Tim e eu fizemos as pazes depois do meu aniversário.

Ele passou na minha casa no início da noite seguinte levando rosas e um par de brincos lindos. Nunca mais voltamos a mencionar o colar, mas eu fiz uma das coisas que ele pediu. Alguns dias atrás, marquei uma entrevista naquela clínica de atenção primária. Ele tinha razão: trabalhar num presídio de segurança máxima não é exatamente o emprego dos meus sonhos, e pelo menos a clínica fica bem mais perto.

Se eu pedir demissão do meu emprego no presídio, nunca mais vou precisar ver Shane. Vai ser um alívio.

Em grande parte.

Tim e eu estamos entretidos no que se tornou nossa rotina noturna: lavar a louça juntos depois do jantar. Agora já faz uns dois meses que estamos juntos, e, desde que contamos a Josh sobre nosso relacionamento, Tim tem passado três ou quatro noites por semana na nossa casa. Ele mora no quarteirão ao lado, claro, de modo que não trouxe muitas coisas para cá, já que é bem fácil ficar indo e vindo para pegar qualquer coisa de que precise.

– Será que a gente tá começando a parecer um casal que tá casado há muito tempo? – pergunto para ele enquanto ponho o último prato no escorredor.

Tim dá uma risadinha.

– Lembra quando a gente era criança e vivia falando sobre como seria a vida quando estivéssemos casados?

Era mais Tim quem costumava falar isso, mas me lembro, sim.

– Lembro, claro.

– Eu simplesmente partia do princípio de que a gente acabaria junto, sabe? Como se não existisse ninguém mais no mundo com quem eu pudesse me casar.

– Pois é. – Deixo que ele me puxe para junto de si. – Quando você parou de pensar assim?

– Nunca.

Eu rio, mas Tim não está sorrindo. Está me encarando com uma expressão séria.

– Brooke – diz ele. – Quero que você saiba que… eu te amo. Sempre te amei e tenho certeza absoluta de que sempre vou te amar.

Embora seja a primeira vez que ele diz isso, sua declaração de amor não é nenhuma surpresa. Eu já tinha percebido que ele estava louco para me dizer isso. E embora também me sinta assim, estava com medo de ouvi-lo dizer com todas as letras.

Porque o último homem que disse que me amava tentou me matar.

Só que não tenho como deixá-lo sem resposta. É evidente o quanto ele quer que eu diga a mesma coisa. Tenho certeza de que fingiria que está tudo bem se eu não dissesse, mas por dentro isso o mataria.

– Também te amo – digo.

Ele me beija, e minha vontade é que este seja um momento maravilhoso em que dizemos "eu te amo" pela primeira vez, mas não consigo parar de pensar na última vez que eu disse essas mesmas palavras. *Eu te amo, Shane.*

Então, poucas horas depois, ele estava apertando aquele colar em volta do meu pescoço.

Nosso beijo é interrompido pelo som de Josh gritando para a tela da televisão. Eu tinha dito para ele subir e fazer o dever de casa, mas pelo visto ele decidiu jogar mais Nintendo.

– Meu Deus do céu – exclamo. – Esse menino tá muito encrencado.

Entro na sala bem a tempo de ver algo explodindo na tela da televisão. Cutuco Josh com força no ombro.

– Pode subir pro quarto agora, parceirinho.

– Mas, mãe...

– *Agora*, Josh.

– Tô bem no meio dessa fase!

– Escuta a sua mãe – diz Tim, severo.

Adoro o jeito de Tim com Josh. Ele me acata respeitosamente em tudo e sempre me apoia quando preciso. E Josh o ama de verdade. Os dois são bem fofos quando estão fazendo alguma coisa juntos: jogando Nintendo, beisebol, consertando alguma coisa em casa.

Josh resmunga, mas desliga o videogame e joga o controle no sofá. Com o Nintendo desligado, a televisão muda para o cabo, que está exibindo o noticiário da noite. Josh sobe a escada batendo os pés em cada degrau, então a porta do seu quarto bate bem alto.

– Eu sou tão cruel assim? – pergunto a Tim.

– De jeito nenhum – responde ele. – Eu dava aula no quinto ano quando comecei, e às vezes essas crianças precisam de um empurrão na direção certa. Mas ele é um bom menino. Quer se dar bem na escola, e vai te agradecer por você ter garantido que ele estudasse.

– Pode ser...

Meus olhos são atraídos para a tela da televisão, que está exibindo uma notícia da região. É sobre uma mulher desaparecida. Kelli Underwood, que sumiu dois dias atrás. Descobriram o sumiço quando ela não apareceu no seu emprego de garçonete.

Emprego de garçonete?

Olho com mais atenção para a tevê. Na tela está estampada uma fotografia da mulher desaparecida. E eu a reconheço na hora.

É aquela garçonete do Trevo. A que eu conhecia do ensino médio. A que encontrei no supermercado, que gritou comigo por ter deposto contra Shane e me disse para ficar longe de Tim.

Tim também está encarando a tela da televisão. Seus olhos se arregalam quando a foto de Kelli é mostrada. Os dedos seguram com força a borda do sofá, e as articulações ficam brancas.

– Não é aquela garçonete do Trevo? – pergunto no tom mais casual possível.

– Ahn. – Ele desvia bruscamente os olhos da tela da televisão. – Será? Pode ser. Faz tempo que não vejo ela lá. Desde que a gente foi lá junto.

– Você não tem certeza? Não disse que tinha saído com ela?

– Não – diz ele. – Quer dizer, não foi grande coisa. A gente tomou um drinque depois de ela terminar o turno dela. Só isso. Não foi nada.

– Entendi...

Tenho quase certeza de que Tim me disse que eles tinham saído duas vezes. E Kelli certamente parecia se lembrar disso ao me confrontar no supermercado. Mas ele não quer admitir.

Talvez por ela não ser a primeira garota com quem ele sai que some de uma hora para outra.

– Escuta, Brooke... – Ele passa uma das mãos ligeiramente trêmula pelos cabelos. – Acho que vou voltar pra casa. Tô meio cansado, e amanhã tenho uma reunião de manhã cedo. Então vou dormir lá em casa mesmo.

Eu tinha imaginado que após dizermos "eu te amo" pela primeira vez um para o outro fôssemos transar loucamente logo em seguida. Mas, em vez disso, Tim parece querer ir embora o mais depressa possível. E então, quando está descendo os degraus da minha varanda da frente, ele tropeça e quase cai de cara no chão.

Mas não posso dizer que esteja totalmente decepcionada com sua partida, porque agora posso pesquisar Kelli Underwood no Google.

Os detalhes são extremamente fáceis de encontrar. Kelli (com "i" no final) é uma garçonete de 27 anos que também estuda história da arte na faculdade local. Morava sozinha num apartamentozinho de subsolo, e descobriram que ela estava sumida quando não apareceu para seu turno no Trevo duas noites atrás. Uma das matérias comenta que ela tem namorado, mas não diz se ele é suspeito ou não.

Dois dias atrás... Tim dormiu aqui nessa noite? Não me lembro.

Felizmente, Kelli era muito ativa nas redes sociais. Ao contrário de mim, publicou fotos de si mesma pela internet inteira. Vasculho os feeds de suas diferentes redes sociais em busca de qualquer coisa que me salte aos olhos. Por fim, encontro uma postagem do início do verão:

Fato: Vice-diretores de escola BEIJAM BEM!!!!!

A menos que Kelli tenha saído com algum outro vice-diretor, suponho que esteja se referindo a Tim. Ou seja: ele saiu com ela no verão, e foi um encontro bom o suficiente para os dois se beijarem no final. Ou durante. E pelo visto ela gostou.

Mas essa é a única menção a Tim que consigo encontrar. Ele próprio tem uma presença mínima nas redes, e ela não o marcou nem nada. Tirando esse único beijo, não posso provar que nada mais tenha acontecido entre os dois.

Mas ele com certeza saiu com ela. Estava mentindo quando minimizou esse fato.

Ainda assim, não posso de todo culpá-lo. Tenho certeza de que ele não está com muita vontade de falar sobre uma garçonete com quem saiu antes de estarmos juntos. E depois do que aconteceu com aquela tal de Tracy Gifford, ele preferiria não se associar a outra garota desaparecida.

Isso não quer dizer que seja responsável. Poxa, Kelli deve só ter ido para algum lugar sem avisar ninguém. Ela provavelmente está bem.

Tenho certeza de que está.

TRINTA E OITO

Onze anos atrás

Chelsea está revirando as gavetas da escrivaninha de Shane há vinte minutos, mas sua busca por uma arma não está indo bem.

– Não tem nada! – declara ela. – Nem uma tesoura ele tem!

Não sei o que dizer. Mesmo que Shane tivesse uma tesoura afiada na gaveta, não sei como eu me sentiria em relação a usá-la. Não acho que seja capaz de apunhalar alguém com uma tesoura.

– Que tal uma caneta? – pergunta ela. – Tem várias aqui.

Aproximo os joelhos do peito e os abraço bem junto ao corpo.

– O que a gente vai fazer com uma caneta?

– Sei lá. Enfiar no olho dele?

Balanço a cabeça.

– Não acho que daria pra enfiar uma caneta no olho de alguém. Você acha?

Ela se endireita e se vira para me olhar. Está tão escuro no quarto que é difícil identificar sua expressão. Só vejo lampejos a cada relâmpago.

– Eu conseguiria, se precisasse. Se fosse o Tim ou eu.

Ela agora fala como se a questão já estivesse decidida. Foi Tim quem matou Brandon e Kayla. Mas eu ainda não consigo aceitar esse fato. Conheço Tim bem demais. Ele não poderia ter feito uma coisa dessas. Tá, talvez eu não tenha notado que ele era a fim de mim, mas é diferente.

– Não acho que o Tim tenha matado eles. Não consigo acreditar.

Chelsea leva as mãos à cintura.

– Você tem um ponto cego danado em relação ao Tim. Ele não é um cara tão bacana quanto você acha.

– É, sim.

– Confia em mim... não é, não.

Ela fala como se estivesse pensando em algo específico, mas tenho certeza de que deve ser alguma coisa besta.

– Olha aqui, ele não é um assassino.

Ela deixa escapar um ruído de exasperação.

– Será que você não entende, Brooke? Só pode ter sido ele. Ele é o único que teve oportunidade. Ficou sozinho na sala, e poderia ter subido e matado ela. Ninguém mais teve essa chance.

Mordo o lábio inferior. Meus lábios ressecaram muito nas últimas semanas, à medida que o tempo foi virando. Lambê-los e mordê-los piora ainda mais a situação, mas não consigo evitar.

– Na verdade, uma outra pessoa teve chance – digo.

– Quem? O Shane tava lá fora. E não tem mais ninguém aqui. Quem mais teve chance?

– Você. – Tento distinguir seus traços no quarto escuro, mas tudo que consigo ver são os olhos escuros com o rímel escorrido. – Você ficou sozinha na sala enquanto eu e o Tim estávamos na cozinha.

A boca de Chelsea se escancara.

– *Como é que é?*

– Bom, *faz* sentido – digo num tom reflexivo. – Mais sentido do que o Tim ou o Shane terem matado aleatoriamente o Brandon e a Kayla. Quer dizer, o Brandon tava te traindo. *Sem parar.* E aí a Kayla te acusou de matar ele. Tá na cara que...

– Ah, que beleza! – Chelsea parece estar tentando ser sarcástica, mas sua voz tem um leve quê de histeria. – Primeiro meu namorado é assassinado e sou obrigada a encontrar o corpo dele. E agora você acha que eu matei ele, e pelo visto arrombei a porta da Kayla e matei ela também?

– Não, não é isso que eu tô dizendo – retruco, cautelosa. – Estou só observando que você teve oportunidade e motivo.

Ela fica parada por alguns instantes, com a silhueta inteiramente imóvel.

– Se fui eu que matei eles, por que estou me dando ao trabalho de procurar uma arma? Se fui eu, isso quer dizer que tenho uma faca escondida em algum lugar, né?

– Eu... acho que sim.

– Então tá, então. – Ela balança a cabeça. – Sério, você enlouqueceu de vez se acha que eu seria capaz de matar duas pessoas.

Sinto o estômago se revirar quando algo me ocorre. Tim estava procurando a faca enquanto Chelsea e eu estávamos dentro da casa. Ele não encontrou, mas essa foi uma informação que revelou apenas a mim. Então como ela podia saber que o assassino tinha uma faca escondida? A menos que...

– Acho que a gente deveria descer. – Eu me levanto, toda atrapalhada. – Quero ter certeza de que os meninos estão bem. E... e acho melhor ficar todo mundo junto.

– Tá maluca? Vai ver o Tim já esfaqueou e matou o Shane, e tá esperando a gente no pé da escada!

– Não – digo com firmeza. – Não tá, não.

Preciso sair desse quarto. Agora que Chelsea sabe que a desmascarei, não estou segura aqui. Não quero acabar do mesmo jeito que Brandon e Kayla... isso não pode acontecer. Vou até a porta e giro a maçaneta, mas a parede de livros que construímos na frente a impede de se abrir.

– Ei, ei, ei! – Chelsea se intromete na minha frente e leva a mão à porta para mantê-la fechada. – Sério, o que você tá fazendo? Não é seguro lá embaixo.

– Eu quero sair. – Chuto alguns dos livros para longe. – Me deixa sair.

– Brooke, você tá ficando maluca! Não acha mesmo que eu matei o Brandon e a Kayla, acha?

– Não sei. – Empurro mais alguns livros para tirá-los da minha frente. – Só quero sair daqui. Preciso ir ao banheiro.

Tento alcançar a maçaneta outra vez, mas Chelsea a bloqueia com o corpo. Ergo os olhos para encarar seu rosto redondo, os cabelos pretos com as pontas claras que ajudei a descolorir no banheiro da casa dela e os olhos castanhos que de repente parecem duas poças de breu à luz mortiça do quarto de Shane.

– Chelsea – digo com firmeza. – Sai da minha frente. *Agora*.

O olhar dela se crava no meu rosto.

– Não. Você não vai sair.

Chelsea estava vasculhando o quarto em busca de uma arma, mas não precisava procurar. Tinha uma faca desde o começo. A mesma que usou para matar Brandon e Kayla. A mesma que vai usar para me matar.

Só que, quando baixo os olhos para suas mãos, elas estão vazias. Onde está a faca? Ela a guardou em algum lugar?

– Chelsea…

– Você precisa ficar aqui, Brooke. Não *pode* sair.

Não, eu não vou acabar como Brandon e Kayla. Me recuso. Se conseguir passar por ela e fugir desse quarto, Tim e Shane vão me ajudar. E tenho uma vantagem em relação aos outros dois que ela matou: eu sei do que ela é capaz. E graças aos nossos ensaios de líderes de torcida, sei quais são seus pontos fracos.

Movo o tênis para trás e lhe dou um chute na canela com a maior força de que sou capaz, bem no lugar onde ela sempre usa talas quando corremos. Chelsea desmorona no chão, gemendo e segurando a perna.

– Sua vaca! – grita ela.

Agarro a maçaneta de novo e dessa vez consigo abrir a porta alguns centímetros. Agradeço por todo o esforço que sempre fiz para manter o peso baixo para caber no meu uniforme de líder de torcida e espremo o corpo pela fresta diminuta entre a porta e o batente.

– Brooke! – guincha ela.

Não me viro para ver Chelsea tentando se levantar, toda atrapalhada. Não tenho muito tempo, mas só preciso de alguns segundos de vantagem. Saio às pressas para o corredor, que está escuro feito piche, e tateio em volta, em busca do corrimão da escada. Preciso descer.

– Tim! – chamo. – Shane!

Ninguém responde.

Não é um bom sinal. Tinha imaginado que os dois fossem estar lá embaixo na sala, de olho um no outro, mas o cômodo está em completo silêncio. Não há ninguém lá.

De repente, me pergunto se cometi um erro terrível ao sair do quarto.

Vou descendo a escada o mais depressa que me atrevo. Ouço ruídos vindos do quarto de Shane.

– Brooke! – chama Chelsea mais uma vez, mas sua voz soa abafada, como se ainda estivesse no quarto.

Que estranho… eu a chutei com força, mas não com *tanta* força assim. A essa altura, ela já deveria estar novamente de pé correndo escada abaixo atrás de mim.

– Tim! – chamo de novo, agora quase aos gritos. – Shane!

Chegando ao pé da escada, solto um ganido quando tropeço e me estatelo. Havia algo na minha frente, me impedindo de passar. Algo macio.

Ai, meu Deus. É um corpo.

Estreito os olhos para tentar ver quem é, mas a sala está escura demais. Ergo as mãos do chão e sinto algo pegajoso e úmido nelas.

Sangue.

Ai, meu Deus. Chelsea tinha razão. Alguma outra pessoa foi morta enquanto ela e eu estávamos escondidas no quarto. Chelsea nunca tentou me machucar; só queria que eu ficasse no quarto para não acabar como os outros. Deixo escapar um soluço engasgado e sei que preciso me levantar outra vez e sair correndo, mas sinto o corpo congelado.

E então o peso de um corpo me esmaga e me impede de me levantar. E dedos seguram o colar em volta do meu pescoço e o apertam com força.

TRINTA E NOVE

Dias de hoje

Quando saio do consultório para ver quem é meu próximo paciente, a única pessoa esperando é Shane Nelson.

Mais uma vez, o agente Hunt acorrentou tanto os pulsos quanto os tornozelos dele. E o motivo de Shane estar ali é evidente: alguém lhe deu uma baita surra. Seu lábio inferior está rachado, ele tem um hematoma escuro já surgindo no malar esquerdo e, quando Hunt o ajuda a se levantar, precisa entrar mancando no consultório.

– Achei que a gente não fosse mais usar correntes com ele – digo a Hunt.

O guarda me lança um olhar raivoso. Nossa relação se tornou decididamente gélida desde que o confrontei sobre nosso passado em comum, mas estou me sentindo mais corajosa, já que no dia anterior tive uma entrevista na clínica de atenção primária e correu tudo bem. Se ele quiser me fazer ser mandada embora, por mim, sem problemas.

– Ele andou brigando – dispara Hunt para mim. – As correntes são necessárias.

Considerando que não estou vendo nenhuma abrasão nas articulações dos dedos de Shane, não parece que ele andou brigando, mas sim que foi espancado. Não insisto no assunto. No entanto, fecho a porta depois de Shane entrar no consultório.

– Meu Deus – comento.

– Não é tão ruim quanto parece – diz ele. – Sério.

Dou uma boa olhada no seu rosto. O hematoma de quando ele bateu de cara na minha mesa sumiu completamente, e há ainda uma leve cicatriz rosada de quando costurei sua laceração na primeira vez que esteve aqui. Tem o corte no lábio e alguns hematomas no rosto, mas nada que pareça precisar de pontos. Mas reparo que ele faz uma careta toda vez que desloca o peso do corpo.

– O que tá doendo? – pergunto.

– Quebrei uma costela.

Arqueio as sobrancelhas.

– Como você sabe?

– Porque é exatamente a mesma sensação da última vez que quebrei uma costela.

Fico imaginando quantas costelas será que ele quebrou desde que chegou aqui.

– Vou pedir um raio-X de tórax – digo a ele.

– Ótimo.

Apesar de tudo, sinto uma onda de empatia por Shane. No curto tempo desde que vim trabalhar aqui, já o vi chegar em duas ocasiões distintas com ferimentos significativos infligidos por outros detentos. Mesmo que ele seja "ruim" como Tim alega que é, parece errado o presídio permitir que isso aconteça.

– Tem certeza de que não quer denunciar os detentos que fizeram isso com você?

– Absoluta. – Ele solta o ar pelo nariz. – Acha que eu quero que isso aconteça comigo todo dia?

– Às vezes a gente precisa resistir a quem faz bullying, sabia? No ano passado, quando estava no quarto ano, meu filho apanhava todos os dias. Mas agora…

Interrompo a frase no meio, porque Shane está me encarando como se eu tivesse acabado de lhe dar um soco no estômago. Rebobino na cabeça o que acabei de dizer, tentando entender por que ele está com essa cara. Então me dou conta.

– Você tem um filho no quinto ano? – pergunta ele com uma voz rouca.

– Você disse que ele estava no *jardim de infância*.

Abro a boca, mas nenhuma palavra sai. Apenas um ganido fraco.

– Brooke. – Ele aperta os joelhos com as mãos. Hunt deve ter apertado muito as algemas, porque posso ver o metal penetrando em seus pulsos. – Quantos anos seu filho tem?

Eu poderia mentir. Ele não tem como descobrir a verdade. Mas, pensando bem, tenho certeza de que consegue vê-la estampada no meu rosto.

– Ele tem 10 anos.

– Ele é...

– É. – Assinto devagar. – Ele é seu filho, sim.

O que quer que os tais detentos tenham feito com Shane para obrigá-lo a estar aqui, o que acabo de fazer com ele é bem pior. Ele parece estar com extrema dificuldade para recuperar o fôlego, o que é meio perturbador se realmente estiver com uma fratura de costela, mas não acho que seja esse o motivo.

– Por que você não me contou? – ele consegue perguntar.

Balanço a cabeça, mas não respondo. Não acho que ele espere que eu faça isso. A resposta é óbvia.

– Brooke, será que eu posso...? – Ele hesita, e temo que vá me pedir para trazer Josh para visitá-lo. Isso eu não vou fazer. Ele não tem a menor chance de me convencer. Mas o que diz é outra coisa. – Posso ver uma foto dele? Por favor?

Eu não deveria. Não deveria mesmo. Mas o jeito como ele me encara está partindo meu coração. E sério, que mal poderia haver?

Pego meu celular na bolsa. Acesso uma foto recente de Josh e seguro a tela para ele ver. Shane fica encarando a imagem com os lábios entreabertos.

– Meu Deus – diz ele num sussurro. – Ele é a minha cara.

– É.

– Posso ver mais uma? Por favor, Brooke?

Eu não deveria mesmo, de verdade, mas não consigo dizer não. Shane jamais vai conhecer o filho, mas isso pelo menos eu posso lhe dar. Então lhe mostro algumas fotos recentes. Uma de Josh jogando beisebol. Uma de uma festinha de aniversário. Mostro outras antigas também. Josh no primeiro dia do jardim de infância, posando todo orgulhoso com sua mochila de tartaruga ninja adolescente. Shane devora todas as imagens.

Desde que Josh nasceu acho que nunca vi alguém tão fascinado pelas fotos dele. Nem mesmo meus pais pareceram alguma vez tão interessados assim.

Nós poderíamos facilmente ter passado várias horas olhando essas fotos, mas então Hunt bate bem alto na porta.

– Estão acabando aí?

Enfio de novo o telefone no bolso da calça. A expressão no rosto de Shane é de tristeza.

– Desculpa – digo.

– Tudo bem – responde ele. – Obrigado. Por ter me mostrado essas fotos. Sei que você não precisava fazer isso.

– De nada.

Seus olhos estão tão tristes que meu coração quase se despedaça.

– Que bom que você nunca trouxe ele aqui. Eu não iria querer que ele me visse desse jeito. Não iria querer que soubesse que o pai dele é...

– Pois é...

Shane fica encarando a parede. Sua expressão tem algo que não consigo de todo interpretar.

– Sabe, às vezes quase me acostumo com a porcaria que é estar preso aqui, especialmente por causa de uma coisa que não fiz – diz ele. – Aceito o fato de ter que passar o resto da vida pedindo permissão pra ir ao banheiro, de que nunca vou ter um emprego de verdade, nunca mais vou dirigir um carro, nunca mais vou poder ficar com... com uma mulher. De que toda refeição que vou comer até o fim da vida vai ter gosto de lavagem. De que uma vez por mês um bando de caras vai me pegar de surpresa na minha cela e me dar uma surra sem motivo algum a não ser talvez o fato de eu ter olhado torto pra um deles. – Ele dá uma inspiração trêmula. – Mas aí fico sabendo de mais uma porcaria de coisa que estar aqui me tirou, e isso é simplesmente... é...

Ele pressiona os lábios um no outro, muito embora isso deva doer à beça com o corte que tem no lábio inferior. Levo um segundo para perceber que está tentando não chorar.

– Shane, por que não vamos fazer aquele raio-X de tórax?

– Deixa pra lá – resmunga ele. – Não precisa.

– Você acabou de me dizer que tinha quebrado uma costela. A gente precisa pelo menos se certificar de que não houve um colapso do pulmão. Isso poderia te matar.

– Duvido. Eu não teria essa sorte.

– Shane...

– Eu posso recusar, Brooke – diz ele, ríspido. Baixa a voz. – Me dá pelo menos esse direito.

Nossos olhares se cruzam e se sustentam. Por alguns instantes, ele é o garoto que eu costumava ficar vendo jogar futebol americano quando era líder de torcida. Ele jogava tão bem... E ficava tão gato naquele uniforme de futebol... Mas, acima de tudo, eu adorava a empolgação dele ao me ver no campo e acenar para mim.

Jamais teria acreditado que esse garoto fosse capaz de me matar.

A verdade é que ainda não acredito. Alguma outra coisa aconteceu naquela noite, algo importante que estou deixando passar. Algo que está pairando num cantinho da minha memória. Sinto que, se eu pensasse com bastante afinco, acabaria entendendo. Mas, quanto mais tento lembrar, mais a coisa me foge.

Shane interrompe nosso contato visual.

– Queria voltar pra minha cela agora.

– Tem certeza de que não quer...

– *Tenho*.

Faço o que ele diz: peço para Hunt levá-lo de volta para a cela sem fazer os exames de que precisa. Ele está deprimido, isso é óbvio. Será que está com pensamentos suicidas? Não sei. Temos um psiquiatra que supostamente vem ao presídio uma vez por mês, mas ainda não o vi desde que cheguei aqui. Cogito chamar Shane de volta para lhe fazer mais perguntas, mas não quero torturá-lo.

Não tenho certeza se tornarei a vê-lo enquanto estiver trabalhando aqui. Ele provavelmente vai tentar o quanto puder evitar qualquer consulta médica, e se a clínica de atenção primária me oferecer um emprego, vou pedir as contas. Foi difícil demais revê-lo. Não foi nem um pouco como imaginei que seria.

Que bom que está quase acabando.

QUARENTA

Onze anos atrás

Eu vou morrer.

Meu adorado colar de floco de neve, que usei todos os dias nos últimos sete anos, está interrompendo meu fluxo de oxigênio. Dedos poderosos o puxam com força, fechando minha traqueia e me fazendo arquejar em busca de ar.

– Por favor... – Tento formar as palavras, mas não tenho fôlego.

Ele vai me matar. Tim vai me matar com o colar que me deu de presente no meu aniversário de 10 anos. Que ironia.

Só que então sinto o cheiro de alguma coisa. Algo pairando no ar. Um perfume conhecido perto de mim, vindo do cara que está me segurando.

Sândalo.

A loção pós-barba de Shane.

No fim das contas, não é Tim. Tim é quem está caído morto no chão. Quem está me segurando e tentando me esganar é Shane. Foi Shane quem teve oportunidade de planejar isso. De se livrar de todas as facas e armas na própria casa com exceção da que usou para esfaquear e matar Brandon e Kayla, e agora Tim.

Só que ele escolheu outro fim para mim.

– Shane – tento dizer, engasgada.

Mas não adianta. Meus pensamentos começam a se anuviar enquanto tento me agarrar à consciência. Faço um esforço para me soltar, mas ele é forte demais e tem a vantagem de estar deitado em cima de mim.

Onde está Chelsea? Não estou entendendo. Ela estava tentando sair do quarto. A essa altura, já deveria ter saído; deveria conseguir vir me ajudar. Mas ela não está aqui. Talvez tenha decidido se esconder ao me ouvir gritar. Eu não poderia de todo culpá-la.

Um raio brilha, e por um breve instante vejo o sangue empoçado abaixo de mim. Tudo parece inútil. Shane já matou três pessoas esta noite. E um deles foi um jogador de futebol americano maior até do que ele. Sinto a consciência se esvair. Eu vou morrer. Isso vai acontecer.

Um trovão sacode os alicerces da casa. É o mais alto até agora, e percebo vagamente outro som ao fundo. E outra coisa também.

Um dos elos do meu colar se partindo.

O ar entra zunindo nos meus pulmões de uma vez só. Consigo respirar de novo. Uma onda de adrenalina me atinge, e sinto que Shane se desequilibrou quando meu colar se partiu. Se existe uma chance que seja, é agora. Dou uma cotovelada para trás com a maior força de que sou capaz.

Quando ele grunhe de dor, sei que acertei em cheio o alvo. A pressão sobre meu corpo se alivia e consigo rolar de baixo dele. Tenho certeza de que daqui a um minuto ele vai ter se recuperado, então tenho que correr. Não posso olhar para trás.

Consigo chegar à porta da frente e dou um puxão tão forte para abri-la que as dobradiças gemem. Saio correndo noite adentro, mal reparando no frio que está fazendo e no fato de estar sem casaco. Continua chovendo forte, e na frente da casa de Shane corre praticamente um rio, mas não consigo pensar em nada disso. Preciso correr. Pode ser que haja algum poste de energia caído por ali esperando para me eletrocutar, mas tenho que correr esse risco.

Saio a toda a velocidade pela estrada alagada, grata pelas horas de treino como líder de torcida que me mantiveram ágil e em boa forma. É claro que a forma física de Shane também é bastante boa. Ele é *quarterback* de futebol americano. E tem as pernas bem mais compridas do que as minhas. Minha única vantagem é a dianteira, além do fato de ninguém ter me dado uma forte cotovelada nos testículos.

– Brooke!

Ouço meu nome ser chamado em algum lugar atrás de mim. Ou vai ver é só minha imaginação. Vai ver é só o vento. Mas preciso acreditar que ele está bem atrás de mim. Não pode me deixar fugir. Se eu viver, vou contar para todo mundo o que ele fez.

– *Brooke!*

Lágrimas rolam pelo meu rosto. Sinto os pés dormentes por causa da água gelada, mas preciso seguir em frente. Essa é minha única chance. Preciso viver.

– *Broo...*

E é então que vejo. Um par de faróis ao longe. Parece uma picape. Em circunstâncias normais, esse é o tipo de carro do qual eu manteria distância tarde da noite, pois nunca se sabe que tipo de assassino com um machado pode estar ao volante, mas agora é minha única chance.

Corro em direção à caminhonete, agitando as mãos no ar.

– Para! – grito. – Me ajuda!

Graças a Deus, a caminhonete para, e a noite não termina comigo sendo atropelada e morta por uma picape. Arrisco um olhar para trás, mas não há ninguém ali. Não tenho nem certeza de que Shane em algum momento estava me seguindo, mas, se estava, agora ele sumiu.

Corro até a lateral do veículo. O motorista é um cara grandalhão, de barba cheia. É maior do que Shane. Parece um cara durão, mas seus olhos se arregalam e toda a cor se esvai do rosto quando olha para mim ali em pé, pingando água e com a camiseta toda suja de sangue.

– Por favor, me ajuda – digo.

E então desabo no chão.

Acabou.

QUARENTA E UM

Dias de hoje

Quando a polícia chegou ao sítio dos Nelsons, foram encontrados cinco corpos. Brandon Jensen na varanda, morto. Kayla Olivera num dos quartos de cima, morta. Chelsea Cho no quarto de Shane, morta a facadas entre o momento em que saí correndo do quarto e a chegada da polícia. Tim caído no chão da sala, sangrando e sem sentidos, mas ainda vivo. E Shane no chão da sala, desacordado. Três mortos, três sobreviventes.

    Fui eu quem disse à polícia que Shane tinha tentado me estrangular com meu colar. Ao recobrar a consciência, Tim confirmou que Shane o havia atacado com uma faca e o derrubado. Mas Tim se forçou a se levantar do chão e acertou Shane na cabeça com um taco de beisebol, nocauteando-o para impedi-lo de me seguir porta afora logo antes de também perder os sentidos. As digitais de Shane foram encontradas em toda a faca.

    Shane foi o único a contar uma história diferente. Alegou nunca ter esfaqueado Tim, e a faca era *dele*, então é claro que estava com as suas digitais. Segundo ele, Tim o havia nocauteado, e ele não conseguia se lembrar de nada do que aconteceu depois. Alegou que Tim devia ter esfaqueado a si mesmo para dar a entender que era inocente. Mas fui eu, claro, que desempatei o lance ao corroborar a história de Tim. Quando contei à polícia o que Shane tinha feito comigo, quem foi preso foi ele.

    Embora eu não tenha chegado a ver seu rosto durante todo o ocorrido.

E agora Shane está passando a vida na prisão. Tim, por sua vez, é meu namorado. Alguém com quem estou começando a pensar que talvez tenha um futuro pela frente, pela primeira vez desde que me tornei mãe solo aos 18 anos de idade. Ele é um cara incrível. O melhor, na verdade.

Foi Shane quem tentou me estrangular naquela noite. Só pode ter sido.

Nessa noite, Tim e eu estamos comemorando. Consegui o emprego na clínica de atenção primária, com salário e benefícios sensacionais, sem contar que é bem mais perto e bem menos assustador do que o presídio. A entrevista correu muito bem; eles se desculparam por não terem respondido à minha primeira solicitação de entrevista quando eu estava mandando meu currículo para a cidade inteira: pelo visto, algum paciente insatisfeito tinha ligado para alertá-los a meu respeito. Fiquei péssima por ter desagradado tanto assim um paciente, mas tentei tirar isso da cabeça. Pelo menos agora o emprego é meu.

De modo que dei meu aviso prévio na Penitenciária de Raker, e embora Dorothy tenha feito um drama enorme, quando mencionei o fato de não ter encontrado uma vez sequer o médico que deveria estar me supervisionando, ela logo mudou o discurso e me desejou sorte no meu novo cargo.

Nunca mais terei que lidar nem com Dorothy nem com Marcus Hunt. Nunca mais terei que ver Shane. Graças a Deus.

Margie veio ficar com Josh para Tim e eu podermos passar a noite sozinhos. Tim meteu na cabeça que quer fazer um jantar para mim, então nesse momento estou descendo o quarteirão em direção à casa dele. Adoraria dormir lá, mas não é justo pedir isso a Margie, então depois de jantar nós dois vamos voltar para a minha casa.

Ao pressionar o dedo na campainha, um pensamento aleatório me passa pela cabeça: será que Kelli Underwood alguma vez esteve aqui? Tenho certeza de que Tim me disse que os dois tiveram dois encontros, então não é impossível ele a ter convidado para vir à sua casa. Talvez ela tenha ficado parada neste exato local para apertar a campainha.

Kelli segue desaparecida. Já faz uma semana. Tenho acompanhado o noticiário para saber as atualizações, e o tom das matérias vem ficando cada vez menos otimista. A essa altura, se pudesse, ela já teria entrado em contato com alguém. Quanto mais tempo alguém passa desaparecido, menor a chance de reaparecer vivo e em boa saúde.

Tentei abordar o assunto com Tim ontem à noite, e ele desconversou. Não o culpo, acho. Ele parece pouco à vontade ao falar sobre suas ex-namoradas, assim como eu.

Tim vem abrir a porta da casa para mim de camiseta e calça jeans. Seu rosto inteiro se ilumina ao me ver do lado de fora, como sempre acontece. Agora que estamos namorando há mais de dois meses, seria de esperar que ele não fosse ficar *tão* animado ao me ver. Mas fica. Parece destino termos acabado juntos depois desses anos todos.

– Brooke! – exclama ele. – Entra... tá frio!

Ele tem razão: a temperatura caiu na última semana, e meu casaco fino não parece nem de longe quente o suficiente. Em Raker faz bem mais frio do que no Queens.

Uma vez dentro da casa, Tim me ajuda a tirar o casaco, então me envolve nos braços para me aquecer. Encosto a cabeça no seu ombro e sinto uma onda de felicidade. Nunca pensei que fosse voltar a ter um relacionamento tão bom. A cada dia que passa, cresce a minha certeza de que Tim é O Cara. E ele fez questão de não esconder que sente o mesmo por mim.

– Ei – diz ele. – Como foi a prova de matemática do Josh?

Ontem à noite, Josh e Tim passaram uma hora estudando a soma de frações com vários denominadores para a prova que ele teria hoje. Eu já tinha tentado explicar essa matéria para Josh na semana passada, mas por algum motivo ele não entendeu. Felizmente, Tim tem bastante experiência como professor do ensino fundamental e já lecionou essa mesma matéria.

– Ele tirou a nota máxima – respondo.

– É isso aí! – Tim dá um soquinho no ar. – Que ótimo.

– Que bom que um de nós é bom em ensinar matemática pra crianças de 10 anos.

– Não se sinta mal. Pelo menos você é bonita.

Dou risada e um tapinha de brincadeira no ombro dele.

– Você sabe o que fez, não sabe? De agora em diante, vai ter que estudar com ele toda vez que o Josh tiver prova. Você agora é o professor titular.

Ele sorri para mim.

– Não ligo de ser.

Ao seguir em direção à sala, sinto um cheiro de dar água na boca vindo da cozinha. Não tanto quanto o aroma quando Margie está cozinhando, mas é um cheiro danado de bom. Inspiro profundamente enquanto me acomodo no sofá.

– O que tá fazendo pra mim?

Tim se senta ao meu lado.

– Adivinha.

Dou outra farejada no ar.

– Tô sentindo cheiro de molho de tomate.

– Bingo.

Lembro que na outra noite em que vim à casa dele, Tim fez espaguete com almôndegas.

– Espaguete com almôndegas?

Ele faz uma careta para mim.

– Será que devo me ofender por você sentir cheiro de molho de tomate e já achar automaticamente que eu fiz espaguete com almôndegas? Eu *consigo* cozinhar outras coisas, sabia?

– Bom, o que é então?

– Espaguete com almôndegas – responde ele, um pouco na defensiva. – Mas eu *poderia* ter feito outra coisa. Poderia ter sido lasanha. Ou frango à parmegiana. Só tô dizendo que...

Eu me inclino para lhe dar um beijo.

– Eu adoro espaguete com almôndegas.

Ele retribui meu beijo, puxando meu corpo para junto do dele. Será que foi desse jeito que beijou Kelli Underwood? Ela certamente parecia achar que ele beijava bem.

Não, pare com isso. Por que estou pensando nessas coisas?

– Eu te amo, Brooke – murmura ele no meu ouvido.

Desde a primeira noite em que ele me disse isso, nós abrimos as comportas. Ele ama dizer que me ama. E não posso dizer que não amo ser amada.

– Eu também te amo.

Ele se afasta e olha outra vez na direção da cozinha.

– Tá sentindo um cheiro de queimado?

– Não...

Ele franze o cenho.

– Melhor eu ir dar uma olhada na comida. Já volto.

Enquanto Tim vai depressa até a cozinha cuidar do espaguete com almôndegas, eu me recosto na almofada do sofá. Reparo num calombo junto à minha coxa, fazendo uma pressão desagradável, e estendo a mão para trás para ver o que é. Entre as almofadas do sofá, meus dedos localizam um pano embolado.

Puxo o pano até soltá-lo. Então percebo que não é um pano. É um lenço de seda verde, que havia se misturado ao tecido verde do sofá.

De quem é esse lenço de seda? De Tim com toda a certeza não é. Aproximo o tecido do nariz e sinto uma fragrância de perfume feminino. O cheiro é vagamente conhecido.

– O molho está legal – declara Tim ao reaparecer na sala. – Eu diria que a comida deve ficar pronta daqui a uns dez minutos. Tomara que você esteja com fome, porque eu fiz uma quantidade muito, muito maior do que precisava.

Nem consigo forçar um sorriso. O lenço de seda está enrolado nos meus dedos.

– Tim, de quem é esse lenço?

Ele mal olha para a peça.

– Sei lá. Seu?

– Meu *não é*.

Ele olha com mais atenção para o tecido que estou segurando e estreita os olhos.

– Não me parece conhecido. Vai ver é da minha mãe?

Claro, faz sentido. Afinal de contas, essa é a casa dos pais de Tim. Eu não deveria ficar desconfiada ao encontrar uma peça de roupa feminina esquecida no sofá. Talvez o perfume que senti tenha parecido conhecido por ser o mesmo que a Sra. Reese costumava usar anos atrás.

Sim, deve ser isso. Afinal, Tim não está trazendo outras mulheres aqui. Ele não iria me trair.

Tim puxa o lenço da minha mão e joga em cima da mesa de centro. Então escorrega pelo sofá até o meu lado, tão perto que fica com a coxa encostada na minha.

– Escuta – diz ele. – Eu queria te falar uma coisa.

– Ah, é?

– É. – Ele estende a mão e aperta a minha. – É que... eu sou louco por você, Brooke. Sempre fui. E sei que não faz muito tempo que a gente tá junto, mas detesto ficar longe de você nem que seja por uma noite só. Então andei pensando... quem sabe se...

Ele está me perguntando se deveríamos morar juntos? Se for isso mesmo, não sei o que dizer. Também sou louca por ele. Mas preciso pensar em Josh. Não posso virar a vida do menino de cabeça para baixo pondo outra pessoa para morar conosco só para tudo vir abaixo depois. Não posso dar um pai para o meu filho e depois tirar.

E outro motivo me leva a não ter certeza se quero levar as coisas com Tim para outro patamar: não consigo me livrar da sensação de que ele está me escondendo alguma coisa. Por que foi tão evasivo toda vez que tentei falar sobre Kelli? Ele já me contou que saiu com ela. Por que não admitir?

E a quem realmente pertence esse lenço?

Tim deve reparar na expressão do meu rosto, porque solta minha mão e se afasta um pouco no sofá.

– Sabe o que mais? Depois a gente fala nisso.

Meus ombros relaxam.

– Boa ideia.

– Ei. – Ele aperta meu joelho. – Por que não vai pegar uma garrafa na adega? Acho que uma bebida cairia bem.

É meio bonitinho Tim chamar o porão da casa dele de adega, mas ele já saiu correndo para a cozinha para cuidar de seja lá o que estiver queimando, então perco a chance de brincar com ele por causa disso. Aquilo lá não é nem de longe uma adega. É um porão com umas dez garrafas de vinho e uma estante de madeira que o pai dele fez. Mas imagino que, se ele quiser chamar de adega, não vou levar a mal.

Enquanto Tim está na cozinha, giro a maçaneta da porta que desce para o porão. Assim como a minha casa, a dele é antiga e a porta agarra no batente, então tenho que puxar com força. E é claro que o porão está um breu. Tateio em volta em busca da correntinha que acende a luz. Após agitar os braços sem ver nada por uns trinta segundos, meus dedos tocam a corrente. Uma única lâmpada pisca e se acende, iluminando debilmente o porão.

O porão da casa de Tim parece mais frio do que o lado de fora, quase congelante, e o ar está levemente úmido. Assim que entro, identifico um cheiro desagradável de bolor que não estava ali da última vez que desci para pegar uma garrafa de vinho; deve ter alguma coisa mofada aqui embaixo. Vou descendo a escada de madeira toda torta me segurando no corrimão de metal gelado para não me estatelar. Está escuro o suficiente para me deixar nervosa em relação a onde pisar.

Quando chego ao pé da escada, a estante de vinhos está à minha espera. Ele parece ter acrescentado algumas garrafas extras desde a última vez que vim aqui. Não que Tim seja um grande especialista em matéria de vinhos, só acha bacana ter uma adega.

Após puxar algumas garrafas para verificar os rótulos, escolho um merlot. Merlot combina com espaguete e almôndegas? Não faço a menor ideia. Mas o vinho vai estar gostoso e vai nos deixar agradavelmente animadinhos.

Bem na hora em que estou prestes a voltar lá para cima, reparo numa lona encerada cinza enrolada no chão do porão, bem no canto. Não tinha reparado nisso na última vez que desci aqui para olhar a coleção de vinhos. O que Tim está fazendo com uma lona gigante?

Avanço devagar até ela; o cheiro estranho fica mais forte. Mesmo à luz fraca do porão, posso ver que há algo saindo pela extremidade. Eu me abaixo e me dou conta do que é: um sapato. Não, não é só um sapato: é um escarpim vermelho de salto alto.

E ainda está calçado no pé de uma mulher.

Fico encarando o pé para fora da lona, incapaz de compreender o que estou vendo. Olho mais de perto e consigo distinguir outro sapato também despontando de dentro da lona. Por acaso Tim tem um manequim enrolado numa lona encerada no porão de casa?

Não se engana, Brooke. Você sabe exatamente o que está vendo. O lenço dela está na mesa de centro lá em cima.

Preciso sair desse porão.

Largo o merlot no chão, e a garrafa se espatifa em dezenas de pedaços. Corro até a escada e subo os degraus de dois em dois, dessa vez sem me dar ao trabalho de ser cautelosa. Levo a mão à maçaneta e...

Ela não gira.

Ai, meu Deus. Está trancada.

QUARENTA E DOIS

Tim me mandou descer para pegar um vinho. Queria que eu visse o cadáver enrolado na lona encerada. E agora me trancou aqui embaixo.

– Tim! – Esmurro a porta do porão. – Tim!

Tudo faz sentido, de um jeito horroroso. Ele passou esse tempo todo brincando comigo. Aquela loção pós-barba de sândalo... ele devia saber o que eu sentia em relação àquilo. E se tiver sido ele quem a usou naquela noite no sítio, para que eu o confundisse com Shane? E depois, claro, teve aquele maldito colar de floco de neve. Foi ele quem me deu esse presente. Ele sabia que aquele tinha sido o colar usado para me estrangular naquela noite... porque foi ele quem me estrangulou. Passou todos esses anos guardando o colar e me deu de presente só para me fazer surtar.

Por que confiei nele? Eu deveria ter escutado Shane. Shane me *avisou*. Ele falou que eu não podia confiar em Tim Reese. Implorou que eu não me envolvesse com ele. Só que não acreditei. Houve muitos sinais, e ignorei todos eles por confiar cegamente em Tim, o menino que eu conhecia desde que éramos pequenos.

Tim é sádico. Nunca percebi isso até este exato instante.

– Tim! Me deixa sair daqui!

Ele não pode me manter aqui embaixo, pode? Jamais conseguiria se safar. Margie sabe que estou aqui, e Josh também. Se eu não voltar para casa, eles vão saber. Vão ligar para a polícia e dizer onde estou.

A menos que ele também tenha planos de fazer algo com os dois...

Preciso sair daqui. Não posso deixar que ele faça comigo o mesmo que fez com Kelli. Mas como? Eu trouxe o celular, mas está na bolsa que deixei em cima do sofá da sala dele.

A maçaneta estremece de leve. Ouço Tim dar um grunhido e dou um passo para trás quando a porta se abre. Ele está parado na minha frente, e seus olhos parecem quase ocos à luz do corredor.

– Desculpa – diz ele. – A porta deve ter emperrado.

Eu o encaro. Ele está mesmo fingindo que não vi o que acabei de ver lá embaixo?

Tim ergue as sobrancelhas.

– Que vinho você escolheu?

Olho rapidamente por cima do ombro para a garrafa de merlot espatifada no chão do porão.

– Na verdade, eu não tô me sentindo muito bem. Acho que... acho que vou andando.

– Sério? – O maxilar dele se contrai. – Eu passei a última hora fazendo o jantar. Você vai mesmo embora?

– Eu... – Pressiono os dedos na têmpora. – Tô com enxaqueca.

– Você tem enxaqueca? Nunca comentou sobre isso comigo.

– Bom, mas tenho.

– Porque é a primeira vez que você tem enxaqueca nesse tempo todo que a gente tá junto.

Sinto a têmpora latejar; daqui a um segundo ou dois, vou ficar mesmo com enxaqueca.

– Quer dizer então que eu não posso ter a porcaria de uma enxaqueca? É isso que você tá dizendo?

Ele recua bruscamente.

– Não é isso que eu tô dizendo. Só tô dizendo que... não vai embora. Vamos conversar um minutinho.

– Eu prefiro que não.

– Tem a ver com o que eu disse mais cedo? Desculpa ter falado aquilo. Não foi minha intenção te pressionar.

– Tim, eu quero ir *embora*.

Não espero resposta. Passo por ele em direção à porta da frente e pego minha bolsa em cima do sofá. Meu celular está lá dentro e também meu frasco de spray de pimenta; eu vou usá-lo se for preciso, mas espero que não seja. Tim corre para me alcançar. Tem as pernas bem mais compridas do que as minhas e me segura pelo braço antes mesmo de eu conseguir chegar à sala. Seus dedos circundam meu antebraço e marcam a pele.

– Brooke – diz ele.

Seus olhos têm uma expressão que mal reconheço. Esse não é o Tim que eu conheço... é um outro lado dele que nunca vi.

– Me solta – sibilo para ele.

– Brooke, o que...

Nesse exato segundo, a campainha toca. Tim olha para a porta, em seguida para mim de novo. Solta meu braço, e eu me afasto dele, com o corpo tremendo. Na mesma hora em que faço isso, ele repara nas luzes piscantes vermelhas e azuis pela janela junto à porta.

– Mas o que...?

É a polícia. O que será que estão fazendo aqui? É como se eu tivesse chamado a polícia com a força do pensamento.

Fico para trás enquanto Tim vai marchando até a porta. Ele gira os trincos e abre. Parece espantado com a aparição de um agente uniformizado na sua varanda da frente. Um alívio me invade. O policial é alto, musculoso e parece capaz de enfrentar Tim numa luta corporal.

– Graças a Deus vocês chegaram! – digo num arquejo antes de o policial conseguir abrir a boca. – Ele não estava me deixando sair e... e tem um corpo lá embaixo no porão.

O queixo de Tim cai.

– *Um corpo?* Brooke, como você pode...

O policial parece tão chocado quanto Tim. Ainda não sei bem como ele veio parar aqui nem o que quer com Tim, mas ele dá um passo para dentro da casa com a mão no coldre.

– O senhor é Timothy Reese?

– Sou. – Tim tem os olhos esbugalhados. – Mas... mas isso é uma loucura! Brooke, o que você tá pensando?

– Tem um corpo no seu porão – retruco, quase cuspindo para ele. – Eu vi! É a Kelli!

– A Kelli? Tá delirando? – Ele olha para mim e depois para o policial. – Seu guarda, isso é uma loucura total. Não tem nada no meu porão.

– E o lenço dela tá em cima da mesa de centro – digo ao policial.

Tim me encara boquiaberto.

– Que conversa é essa? Aquele lenço é da minha *mãe*.

O policial fala algo em um walkie-talkie preso ao peito. Um segundo depois, mais um agente aparece na porta.

– Sr. Reese – diz o primeiro agente. – Nós viemos aqui porque recebemos uma denúncia anônima de que uma mulher desaparecida chamada Kelli Underwood foi vista entrando na sua casa na noite em que desapareceu.

Acho que vou vomitar. Durante esse tempo todo, pensei que Tim fosse um cara legal. Como posso ter me enganado tanto? Queria poder voltar dez anos no tempo.

– Que coisa mais ridícula – diz Tim. – Eu nem conheço Kelli Underwood.

– Como pode dizer uma coisa dessas? – exclamo. – Você saiu com ela! Vocês se beijaram!

A cor se esvai do rosto de Tim. Ele lança um olhar impotente para o policial.

– Tá, eu saí com ela *uma vez*. Meses atrás. Nem a vi nos últimos dois meses.

– Mentira! – Lágrimas se acumulam nos meus olhos. – Ela tá lá embaixo no porão, enrolada numa lona. Eu vi!

– Que loucura! – exclama Tim. – Prometo pro senhor que não tem *nenhum* corpo no meu porão. A única coisa que tem lá embaixo é uma adega... juro.

O primeiro agente encara Tim.

– Se importa se dermos uma olhada no seu porão?

A expressão de Tim é de pânico crescente quando ele olha alternadamente para mim e para o policial.

– Escutem... – Sua voz treme. – Esperem um pouco. *Esperem*. Vocês não precisam...

Não conheço a lei, mas meu palpite é que a essa altura o agente já tem indícios suficientes. Ele passa, afastando Tim, que parece à beira de um ataque do coração. Ele começa a ir atrás do agente gritando protestos, mas o outro policial, mais velho e de cabelos grisalhos, coloca uma das mãos com firmeza no seu ombro.

– Fique onde está, filho – diz ele para Tim.

– Não tem nada lá embaixo. – Tim está com as sobrancelhas espremidas uma contra a outra. – É só a minha adega.

As lágrimas agora estão pingando do meu rosto. Não consigo contê-las. O policial repara que estou chorando e me lança um olhar de empatia.

– Tudo bem com a senhorita? Ele a machucou?

– Eu não machuquei ela! – dispara Tim. Seu rosto está muito vermelho. – A Brooke é minha namorada. Eu jamais...

Uma voz sobe vinda do porão.

– Tem um corpo aqui embaixo! Parece ser a Kelli Underwood!

Rápido como um clarão, o policial mais velho solta um par de algemas do cinto. Quem parece prestes a vomitar agora é Tim.

– Timothy Reese, o senhor está preso pelo assassinato de Kelli Underwood.

– Por favor... – O rosto de Tim fica vermelho enquanto o policial fecha as algemas em volta de seus pulsos. – Não sei o que tem no meu porão, mas não fui eu quem colocou lá. Juro pra vocês...

Mas o policial não está escutando. Vai enumerando os direitos de Tim enquanto o empurra na direção da porta da frente. Fico assistindo a tudo, e aquilo me parece puro surrealismo; sinto que se eu me beliscar com bastante força talvez acorde na minha própria cama, suando frio. Tim matou Kelli Underwood e deixou o corpo dela no porão de casa, provavelmente com a intenção de se livrar dele em algum momento. Deve ter matado também aquela garota chamada Tracy Gifford tantos anos atrás. E agora tenho quase certeza de que foi ele quem me estrangulou naquela noite.

Eu entendi tudo errado. Cometi um erro terrível e confiei na pessoa errada. Por causa desse erro, um assassino ficou solto e agora uma mulher morreu.

Preciso fazer o que puder para consertar essa situação.

QUARENTA E TRÊS

A polícia me faz ficar mais de uma hora na casa de Tim e me questiona repetidas vezes. Conto como encontrei o corpo no porão, que Tim não quis me deixar ir embora, e menciono minhas desconfianças em relação àquela noite no sítio mais de uma década atrás. Os agentes querem que eu vá até a delegacia com eles, mas explico que preciso ir para casa ficar com meu filho e que não vou a lugar nenhum com eles a menos que queiram me prender. Com relutância, eles me deixam ir embora.

Quando chego em casa, Margie e Josh estão na cozinha. Estão sentados em volta da mesa, confeitando biscoitos doces no formato de árvores de Natal. A cena é tão encantadora que quase caio em prantos.

– Oi, mãe! – Josh ergue todo animado um dos biscoitos finalizados. A árvore foi pintada com glacê verde e detalhes vermelhos. – Olha o que a gente tá fazendo!

Ele dá uma mordida no biscoito. Fico com medo de perguntar quantos desses ele já comeu. Margie é ótima com ele, mas não é muito boa em implementar *moderação*. Em qualquer outra noite, isso teria me chateado. Mas hoje não consigo ligar para o fato de meu filho ter comido biscoitos demais.

– Cadê o Tim? – pergunta Josh.

Sinto um bolo na garganta.

– Ahn...

A testa enrugada de Margie se enruga mais ainda.

– Brooke, tá tudo bem? Eu... eu ouvi as sirenes...

– Tudo bem, sim. – Minha voz soa mais aguda do que de costume. – Margie, muito obrigada por ter vindo hoje. Nos vemos na segunda-feira, tá?

Margie me lança um olhar curioso enquanto ajeita um fio de cabelo grisalho atrás da orelha, mas obedientemente recolhe o casaco e a bolsa. Eu a acompanho até a porta, e antes de sair ela olha para mim de novo.

– Tem certeza de que tá tudo bem?

Aquiesço, mal me sentindo capaz de falar.

– Aham.

Depois que Margie sai, volto à cozinha, onde Josh está acabando de comer o resto dos biscoitos doces em formato de árvore. Ele franze a testa ao me ver.

– Cadê o Tim? – repete ele.

– O Tim... – Ai, meu Deus, como é que vou falar para o meu filho o que acabou de acontecer? O motivo pelo qual nunca lhe contei sobre seu pai foi para poupá-lo disso. – Ele não vai vir hoje.

– O quê? – Josh espicha o lábio inferior. – Mas ele disse que a gente ia poder jogar Nintendo junto se eu tirasse nota máxima na minha prova, e eu tirei!

– É que teve um imprevisto...

– Mas não é justo! Eu tirei a nota máxima! Ele disse que ia jogar comigo. Ele prometeu...

– Eu sei, mas... – Eu me sento a seu lado. – Ele queria vir, mas aconteceu uma coisa. Ele fez uma coisa ruim, e a polícia descobriu e teve que levar ele embora.

Josh fica me encarando.

– O que foi que ele fez?

É a pergunta mais óbvia que ele poderia ter feito, mas estou inteiramente despreparada para ela.

– Ele cometeu um crime.

– Roubou alguma coisa?

– Não...

– Então ele fez o quê?

– Ele... machucou uma pessoa.

Josh franze o rosto.

– O Tim não machucaria ninguém de propósito. Mal sabe ele...

– Mas machucou, meu amor – insisto. – E... e ele provavelmente vai preso. Por muito tempo.

– Quer dizer que ele não vai voltar aqui?

Balanço a cabeça devagar. Tim nunca mais vai pôr os pés nesta casa. Só por cima do meu cadáver. Me sinto mal ao pensar em como o deixei entrar nas nossas vidas.

Josh se recosta na cadeira. Seu rosto fica rosado, e só percebo que ele está chorando quando enxuga os olhos com as costas da mão. É muito difícil vê-lo chorar em silêncio. Tenho saudades das lágrimas espalhafatosas e dramáticas de quando ele era pequeno. Esse choro de agora me parte muito mais o coração.

– Josh, por favor, não chora – peço.

– *Você* tá chorando.

Toco meus olhos e percebo que ele tem razão. Meu rosto está todo molhado de lágrimas. Josh sobe no meu colo, como costumava fazer quando era pequenininho, e eu o abraço bem apertado enquanto ficamos os dois chorando a perda de mais uma pessoa em nossas vidas.

QUARENTA E QUATRO

Dois meses depois

A visão da cerca de arame farpado em volta do presídio de segurança máxima ainda me deixa nervosa.

Faz mais ou menos dois meses que larguei meu emprego na Penitenciária de Raker. Já estive aqui várias vezes desde então, mas só como visitante. Do estacionamento dá para ver as estacas afiadas no alto da cerca e as torres dos guardas que margeiam o pátio externo.

Mas não vou passar muito tempo aqui. Mal vou sair do carro. E depois de hoje nunca mais vou voltar.

Muita coisa aconteceu nos últimos dois meses. Além do emprego novo, que estou adorando, Tim está preso, esperando para ser julgado por múltiplos assassinatos. Enquanto estávamos namorando, ele também estava vigiando Kelli. Eu não sabia, claro. Do meu ponto de vista, ele era o namorado perfeito. Embora várias pessoas da escola de ensino fundamental tenham afirmado perceber alguma coisa meio esquisita nele.

Retirei meu depoimento sobre a noite no sítio. Embora soubesse que poderia ter graves problemas, tive que fazer isso. Tive que dizer à polícia que me dei conta de que havia entendido errado. Não foi Shane quem tentou me estrangular naquela noite. Foi Tim. Era ele o único pervertido o suficiente para tentar me matar exatamente com o colar que tinha comprado de presente para mim.

E ele então guardou o colar por uma década inteirinha. À espera do momento certo para usá-lo contra mim.

Felizmente, não tive grandes problemas após retirar meu depoimento. Foi um erro sincero que cometi; afinal de contas, aquela noite foi muito traumática. E isso abriu caminho para Shane arrumar um advogado novo e fazer o veredito do seu julgamento ser anulado.

Hoje, onze anos depois de ser preso, Shane Nelson está sendo solto da prisão.

E eu estou indo buscá-lo.

As portas do presídio se abrem e Shane sai, usando um sobretudo preto velho, uma calça jeans e tênis que provavelmente já foram brancos, mas que agora têm um tom acinzentado. Está segurando uma bolsa de lona a tiracolo, contendo todos os pertences que possui no mundo. Aceno para ele me ver, e ele acena de volta.

Quando chega mais perto, os círculos escuros sob seus olhos ficam mais visíveis, mas pelo menos não está com nenhum hematoma no rosto. Fiquei preocupada que alguma coisa pudesse acontecer nos últimos dias e impedi-lo de ir para casa, mas nada mais deu errado.

– Brooke. Oi.

– Oi – digo.

Quando fui visitá-lo no presídio ao longo dos últimos dois meses, tivemos que nos falar através de uma parede de vidro usando telefones chumbados na parede. Não podíamos nos tocar. Agora nada mais nos separa, mas ficamos apenas os dois parados, sorrindo de nervoso. Não sei qual de nós parece mais ansioso.

– Obrigado por vir me pegar – diz ele.

– De nada. – Afinal, ele não tem mais ninguém para fazer isso; a não ser por mim, está sozinho no mundo. – Qual é a sensação de sair?

É uma pergunta muito besta, e me sinto boba por tê-la feito. Mas, pela primeira vez em muito tempo, o sorriso no rosto dele parece genuíno.

– Sensacional.

A transição para uma vida normal não vai ser fácil. Pelo menos Shane concluiu o ensino médio, mas tinha planos de fazer faculdade, e é claro que isso nunca aconteceu. Ele não tem dinheiro algum, e, embora provavelmente vá ser inocentado de todas as acusações, é difícil apagar o fato de ter passado a última década de vida na prisão. Ele não pode simplesmente seguir com a vida como se os dez últimos anos nunca tivessem acontecido.

A culpa disso é minha, e vou fazer tudo que puder para ajudá-lo.

Levo a mão ao bolso e pego um celular com flip. Estendo o aparelho para Shane.

– Toma, um celular pra você usar se precisar. Já está com vários minutos pré-pagos.

Ele pega o aparelho e o revira na mão.

– Uau. No presídio isso seria um senhor contrabando. Muito obrigado.

– Não é nada de mais.

– Eu sei, mas fico agradecido.

Assinto, sentindo o rosto subitamente quente.

– Bom, vamos pôr o pé na estrada – digo.

Shane joga sua bolsa no porta-malas do meu carro e se acomoda no banco do carona ao meu lado.

– Eu *preciso* recuperar minha carteira de motorista.

– Não me importo de ser sua chofer enquanto isso – digo para ele.

– Valeu, Brooke.

– Quer fazer um lanche no caminho de volta?

A boca dele praticamente começa a salivar.

– Nossa, você leu meus pensamentos.

Acaba que levar um cara que passou os dez últimos anos preso para comer num restaurante de fast-food é melhor ainda do que levar uma criança numa loja de doces. Shane passa uns dez minutos encarando o cardápio com os olhos esbugalhados e acaba pedindo mais comida do que já o vi comer de uma vez só. Após fazer o pedido, ele puxa do bolso um envelope cheio de dinheiro, mas eu o faço guardá-lo outra vez. Ele quase não tem dinheiro nenhum; o mínimo que posso fazer é pagar essa refeição para ele.

Quando finalmente dá uma mordida no hambúrguer gorduroso, ele parece que vai morrer de felicidade.

– Caramba, que hambúrguer fantástico.

Olho para meu próprio sanduíche, com a carne borrachuda e a alface murcha.

– É, acho que sim.

Ele enfia oito batatas fritas na boca de uma vez só e toma uma golada do milkshake de baunilha que pediu.

– Foi mal. Você não sabe o que andei comendo nos últimos dez anos.

– Era tão ruim assim?

Ele faz uma careta.

– Não quero falar disso. Mas sim.

Por alguns instantes, imagino Tim sentado diante de uma das mesas compridas do refeitório do presídio, encarando uma bandeja de carne misteriosa e legumes empapados. É o que ele merece. É *mais* do que o que ele merece.

– Então, a que horas o Josh chega da escola? – pergunta Shane.

Por mais que ele esteja apreciando a refeição desse fast-food, as conversas que tive com Shane ao longo das últimas várias semanas deixaram claro que aquilo que ele realmente está ansioso para fazer é conhecer o filho. Ele foi categórico ao dizer que eu não podia levar Josh para visitá-lo no presídio. *Não quero que ele me veja assim.*

– O ônibus costuma chegar lá em casa às três e quinze – respondo.

Ele assente.

– Então...

Não temos muita certeza de qual seja a melhor forma de conduzir a situação. Não é o tipo de coisa que se possa pesquisar facilmente na internet. *Como apresentar seu filho ao pai que passou dez anos preso por homicídio?* É delicado. Tudo que contei a Josh até agora foi que um antigo amigo meu iria passar um tempo hospedado na nossa casa.

– Vou só dizer que você é meu amigo – digo para ele. – Foi isso que a gente combinou, né?

Shane assente.

– Eu só quero conhecer ele. A gente pode contar a verdade pra ele no momento certo.

– Exatamente.

– Andei pensando... – Ele dá outra mordida no hambúrguer. – Talvez na volta a gente pudesse parar em algum lugar, e eu comprar um presente pra ele, sabe? De que tipo de coisa você acha que ele iria gostar?

– Ele ama beisebol, mas agora está frio demais pra jogar. – Passo um minuto pensando. – Pra falar a verdade, nos últimos tempos ele anda gostando principalmente do Nintendo dele.

– Será que eu poderia comprar um jogo pra ele?
– É que jogos são muito caros.
Shane se retrai.
– Bom, quem sabe eu possa...
– Shane. – Estendo a mão para tocar a dele, mas, no último instante, recuo. – Só relaxa. Tudo que você precisa fazer é conversar com ele e quem sabe jogar um pouco de Nintendo com ele. O Josh é um menino fácil de lidar. Ele vai gostar de você.
Shane sorri, encabulado.
– Tá bom. Desculpa. É que isso é realmente importante pra mim.
– Eu sei. Mas confia em mim; vai dar tudo certo.
Josh é *mesmo* um menino fácil de lidar, e tenho certeza de que vai gostar de Shane. O difícil vai ser explicar para ele quem esse homem é na verdade e por que escondemos isso dele por tanto tempo. Quanto da verdade podemos lhe contar? Não quero mentir para meu filho, mas ele tem 10 anos. Não sei se tem estrutura para toda a verdade.
Acho que o jeito vai ser ver como o barco anda.

QUARENTA E CINCO

Quando chegamos à minha casa, a primeira coisa que Shane quer fazer é tomar um banho de chuveiro. Quando lhe digo que tudo bem, ele traça uma reta até o banheiro do andar de cima e então passa mais de meia hora lá dentro. Sai como se tivesse passado o dia num spa.

– Foi meu melhor banho de chuveiro em dez anos – anuncia ele. – Pude deixar a água na temperatura que eu quis. Passar o tempo que eu quis. E não tive que ficar pelado com outros cinco caras.

– Pelo visto, foi ótimo – digo, rindo.

Ele consulta o relógio no pulso.

– Então o ônibus deve chegar logo, né?

– Daqui a pouco. – Tirei o dia de folga do trabalho e também dei a tarde de folga para Margie. – Deve chegar nos próximos dez minutos.

– Tá bom... – Ele passa a mão trêmula pelos cabelos úmidos, então baixa os olhos para a calça jeans. – Acha que a minha roupa tá legal?

Ele está nervoso de um jeito encantador. Vou até ele e ponho as mãos nos seus ombros. É a primeira vez que o toco desde que ele foi solto, mas parece ser a coisa certa.

– Não fica nervoso. Ele vai gostar de você. *Prometo*.

– Como é que você sabe?

– Porque eu sei. – Sorrio para ele. – Você é um cara fácil de gostar.

Nossos olhares se cruzam, e um dos cantos da boca dele se ergue num movimento rápido. Agora que está de banho tomado e sem o macacão do presídio, está muito diferente. Eu tinha esquecido o quanto Shane podia ser sexy. E preciso admitir que ele melhorou nos últimos dez anos. Até a cicatriz na testa que eu mesma costurei é sexy.

Também me ocorre que ele não fica com uma mulher há uma década. E hoje vai passar a noite dormindo no quarto bem ao lado do meu.

O instante de silêncio entre nós é interrompido pelo barulho da campainha tocando. É Josh. O ônibus escolar chegou.

Shane se afasta de mim com um pulo e fica encarando a porta enquanto puxa a gola da camiseta. Vou depressa destrancar a porta e ali está Josh, parado na entrada, com a mochila a tiracolo como se fosse um dia qualquer e não o dia em que está prestes a encontrar o pai pela primeira vez.

– Oi, mãe – diz ele. – Tô com fome.

– Josh. – Olho para trás na direção de Shane, que está torcendo as mãos. – A gente tá com visita. Esse é o Shane.

– Oi, Josh – diz Shane. – Muito prazer em te conhecer.

Josh ignora Shane e larga a mochila bem no meio do hall de entrada. O combinado é ele a colocar mais para o lado, mas ele sempre consegue deixá-la no lugar certinho para alguém tropeçar.

– Eu nem almocei – queixa-se ele. – Teve ravióli no almoço, e só me deram tipo uns cinco. Cinco, mãe!

Olho de novo para Shane, com medo de ele ter se ofendido por Josh só parecer interessado em comer, mas ele não parece chateado. Está apenas sorrindo e encarando Josh como se não conseguisse realmente acreditar naquilo.

– Tudo bem – digo. – O que você quer lanchar?

– Sei lá. O que tem em casa?

– Você sabe o que tem em casa!

Meu Deus, esse menino às vezes abusa da minha paciência.

– Quando eu era pequeno, adorava biscoito salgado com manteiga de amendoim – diz Shane, entrando na conversa. – Minha mãe sempre fazia isso pra mim.

Josh olha para Shane enquanto considera a sugestão. Os dois são tão parecidos que chego a me arrepiar. Fico pensando se Josh percebe. Shane com certeza sim.

– Tá bom – concorda Josh. – Vou querer isso.

Felizmente, temos tanto biscoitos salgados quanto manteiga de amendoim na despensa; acho que Margie usa esses ingredientes para fazer lanches. Josh vai jogar Nintendo enquanto Shane me ajuda a montar o lanche na cozinha. Ponho os biscoitos no prato e passo manteiga de amendoim. Apesar de não ser exatamente uma tarefa para duas pessoas, isso nos dá uma oportunidade de conversar.

– Sinto muito ele ter sido meio mal-educado – digo.

– De jeito nenhum. – Shane me encara com uma expressão radiante. – Ele gostou da minha sugestão. Isso foi ótimo. Além do mais... – Ele baixa a voz. – Ele me lembra muito eu mesmo nessa idade.

– Eu sei... ele é muito parecido com você.

– Não é só isso. – Ele lança um olhar por cima do ombro. – Tem alguma coisa nele. A personalidade. É que... ele me faz lembrar como eu era nessa idade.

Não quero discordar de Shane, mas por dentro estou balançando a cabeça. Josh *não é* parecido com ele. Eu não o conhecia muito bem antes de começarmos a namorar, mas todo mundo sabia que Shane Nelson era um terror. Josh não é nem um pouco assim. Ele é tímido, um doce de menino, e nem uma vez sequer deu problema na escola.

– Por que não vai jogar Nintendo com ele? – sugiro.

Os olhos de Shane se iluminam.

– É?

– Claro. Por que não?

– Eu ia jogar na casa de amigos quando era criança... – Claro, os Nelsons não tinham como bancar um Nintendo. Eles mal tinham como manter as luzes da casa acesas. – Acha que ele iria querer?

– Com certeza.

Termino de preparar sozinha o lanche de biscoitos salgados enquanto Shane vai para a sala se juntar a Josh. Mal consigo ver os dois e não ouço nada do que estão dizendo, mas pelo visto está tudo correndo bem. Shane se inclina acima de Josh e lhe diz alguma coisa. Então se acomoda no sofá ao seu lado.

Depois de dez anos, Josh finalmente está interagindo com o pai. Não vejo a hora de lhe contar a verdade.

QUARENTA E SEIS

Enquanto Shane e Josh estão jogando Nintendo, uma chamada de um número desconhecido aparece no meu celular.

Assim que Tim foi preso, aprendi a não atender quando não reconhecesse o número. A maioria das ligações era de jornalistas, ansiosos por um relato em primeira mão tanto da experiência que vivi onze anos atrás quanto da que tive nos últimos meses. Eles me ofereceram quantias estarrecedoras de dinheiro para contar minha história, mas recusei todas as vezes. Já é ruim o suficiente precisar depor no julgamento de Tim; não tenho desejo algum de reviver tudo com um jornalista e depois ver minha história espalhada por toda a imprensa e pela internet. Sem contar que isso aumentaria as chances de Josh descobrir a verdade.

Depois foram os haters que viviam me ligando. Gente furiosa comigo por ter mandado um homem inocente para a cadeia. Por ter me apaixonado por um homem que se revelou um assassino. Precisei mudar de e-mail, porque minha caixa de entrada era soterrada diariamente por mensagens de ódio e até ameaças. Mudei meu número de celular também, mas não adiantou. Se alguém realmente quiser entrar em contato com a pessoa, sempre existe um jeito.

Mas tempo suficiente já se passou. Muitas matérias foram publicadas desde que Tim foi preso, e o público tem memória curta. Os jornalistas não estão mais interessados na minha história. Sou notícia velha e prefiro assim.

De modo que é seguro atender à ligação.

Clico no botão verde para aceitá-la enquanto me sento à mesa da cozinha.

– Alô?

– Brooke?

É uma voz de mulher. Soa mais velha, mais ou menos da mesma idade que a minha mãe teria, mas não a reconheço.

– Sou eu...

– Brooke, aqui quem está falando é Barbara Reese.

Eu me retraio, desejando não ter atendido à ligação. Barbara Reese deixou vários recados na minha caixa postal assim que Tim foi preso, mas nunca retornei nenhum. Ela estava desesperada para falar comigo, o que não é nenhuma surpresa, levando em conta que vou depor contra seu filho no julgamento dele. E isso é mais um motivo para eu não poder falar com ela.

– Sra. Reese – começo. – Eu não posso...

– Por favor, não desliga, Brooke. – A voz dela falha ao dizer essas palavras. Por mais difíceis que os últimos dois meses tenham sido para mim, tenho certeza de que para ela foram piores ainda. – Por favor, preciso falar com você.

Quero desligar o celular, mas não posso fazer isso com a Sra. Reese. A verdade é que eu gostava bastante dela quando era criança. Passei cerca de metade da infância na casa de Tim, e a Sra. Reese era bem mais simpática do que minha própria mãe. Sempre tinha lanches mais gostosos na casa dela do que na minha, e ela e o marido faziam os melhores hambúrgueres na churrasqueira; além disso, ela sempre tinha palavras gentis para me dizer. Sem contar que, quando minha mãe me flagrou com a boca grudada na de Tim quando estávamos no fim do fundamental (treinando!), ela deu o melhor de si para contornar a situação com minha mãe histérica. Sempre invejei Tim pela mãe que tinha.

– Sinto muito, mas não temos nada pra conversar – afirmo.

Afasto o aparelho do ouvido, mas sou detida pelo som da voz dela gritando:

– Por favor, Brooke, não desliga! Só escuta o que eu tenho a dizer!

Solto uma longa expiração.

– Não temos nada pra conversar. Eu... eu vi um cadáver no porão dele. Sinto muito. Sei que é difícil de escutar. Eu também jamais teria imaginado que Tim fosse capaz disso.

– Ele não é capaz! – A Sra. Reese está descontrolada. – Você conhecia ele melhor do que ninguém, Brooke. Acredita mesmo que ele iria matar aquela garota?

– O corpo estava *no porão dele*.

– Então alguma outra pessoa deve ter posto lá!

Sinto uma onda de tristeza. Ela não acredita porque não ficou presa naquela adega, onde uma garota morta enrolada numa lona estava apodrecendo no chão do porão. Não viu o pânico no rosto de Tim quando ele percebeu que a polícia estava descendo até o porão dele. Teria sido preciso muita coisa para me convencer de que meu antigo melhor amigo era um assassino em série, mas aquela noite superou minha descrença.

Nesse instante, Shane entra na cozinha com seu copo d'água vazio. Começa a enchê-lo, mas, ao reparar que estou no celular e ao ver a expressão no meu rosto, ergue uma sobrancelha para mim. Articula as palavras sem som: *Quem é?*

– Por favor, conversa com o Tim – choraminga a Sra. Reese. – Se falar com ele e ainda assim acreditar que ele fez aquelas coisas horríveis...

– Eu não vou visitar o Tim na cadeia. – Isso está absolutamente fora de cogitação. – Sinto muito, Sra. Reese.

A outra sobrancelha de Shane se ergue quando ele escuta o nome da Sra. Reese. Ele fica parado com o copo d'água numa das mãos, escutando o meu lado da conversa.

– Você tem que ir lá, Brooke! – exclama a Sra. Reese. – Isso tudo tá acontecendo por sua causa... Será que você não entende? Dá uma chance pro Tim explicar. Você precisa...

Antes de a Sra. Reese conseguir completar a frase, Shane arranca o celular da minha mão. Leva-o ao próprio ouvido, passa alguns segundos escutando, então pigarreia bem alto.

– Sra. Reese – diz ele com uma voz firme. – Aqui quem tá falando é Shane Nelson. A senhora precisa deixar a Brooke em paz. Nunca mais ligue pra este número.

E, dizendo isso, Shane clica no botão vermelho do celular antes de largá-lo sobre a bancada da cozinha.

– Que atrevimento o dela – resmunga.

– Verdade seja dita... – Ergo os olhos para ele. – Sua mãe me ligou quando você estava sendo julgado e disse quase as mesmas coisas.

– Certo, mas eu era inocente.

– Tenho certeza de que a mãe do Tim acha que ele é inocente.

– Ah, qual é. – Agora que não estou mais no celular, ele enche seu copo d'água até a borda. – Ela sabe a verdade. Como poderia *não* saber? Afinal, foi ela quem criou o cara. – Ele toma um gole de água do copo. – Acha que se o Josh fosse um assassino você não saberia?

Engraçado, porque quando eu achava que o pai de Josh fosse um assassino, vivia observando meu filho para tentar detectar alguma tendência à sociopatia. Se ele tivesse demonstrado alguma, eu teria percebido na hora... mas Josh sempre foi um bom menino. Mesmo assim, crianças mudam quando crescem. Será que quando ele tiver 30 anos eu vou conhecê-lo tão bem quanto agora, aos 10?

– Não sei – respondo por fim.

Ele revira os olhos.

– Deixa de ser ingênua, Brooke. A mãe do Tim não tá atrás da verdade. Ela só quer tirar a culpa de cima do filho. Você não pode deixar isso acontecer.

Ele tem razão, claro. A Sra. Reese vai fazer o que for preciso para o filho ser absolvido. Mas para isso vai precisar de muito mais do que me convencer.

QUARENTE E SETE

Depois do dia estressante que tive, nem consigo contemplar a possibilidade de fazer o jantar. Em vez disso, pedimos uma pizza. Há um momento fofo em que Shane e Josh descobrem que os dois gostam de pizza de pepperoni, e juro que Shane parece à beira das lágrimas.

A conversa durante o jantar flui bem. Eu tinha me esquecido de quão naturalmente carismático Shane pode ser, e, embora ele esteja se esforçando um pouco além da conta, Josh não parece notar. Meu filho andava um pouco desanimado desde que Tim foi preso, e esse é um dos jantares mais agradáveis que temos desde aquela noite.

Quando Josh sobe para terminar o dever de casa, Shane continua sentado à mesa da cozinha, sorrindo consigo mesmo.

– Que foi? – pergunto.

– Que menino legal – diz ele.

– É. Ele é, mesmo.

– Parece inteligente também. – Ele inclina a cabeça. – É bom em esportes?

– *Muito* bom. Você deveria ver ele jogando beisebol.

Os olhos de Shane se arregalam.

– Será que eu poderia?

– Bom, agora não. Mas quando o tempo melhorar. E a liga infantil começa na primavera. Você pode ir assistir às partidas dele... Tenho certeza de que ele vai adorar.

Nunca vi o rosto inteiro de ninguém se iluminar com a possibilidade de ir assistir a uma partida de softbol infantil, que em geral são bem chatas, é preciso admitir.

– Obrigado, Brooke – diz ele.

– Por quê?

– Por ter criado tão bem nosso filho.

Dou uma olhada rápida para a escada.

– Cuidado com o que diz. As paredes aqui são finas.

– Certo. Sinto muito. – Ele dá um pigarro. – Enfim, queria só dizer que estou muito agradecido por você me hospedar e que em breve vou te deixar em paz.

Fico olhando para ele, piscando.

– Como assim?

– Ah. – Ele ergue um dos ombros. – Esqueci de comentar. Meu advogado ligou e, ao que parece, minha mãe me deixou o sítio no testamento. Então, depois de mandar limpar tudo, eu posso ir morar lá. Acho que vou passar lá amanhã.

O sítio. O lugar onde tudo aconteceu. O *massacre*.

– Como você pode querer ir morar lá? – pergunto. – Depois de tudo que aconteceu...

As sobrancelhas dele se erguem devagar.

– Brooke, aquela foi minha *casa* por dezoito anos. E, pra falar a verdade, não tenho muita alternativa.

– Pode ficar aqui o tempo que quiser.

– Não quero abusar.

– Não vai.

Ele baixa os olhos para o prato na sua frente, todo sujo de gordura da pizza.

– Fico muito agradecido pela sua generosidade, mas esta não é a minha casa. Preciso ter meu próprio canto. Você entende isso, não?

Entender, eu entendo, mas não gosto. O sítio hoje em dia só aparece nos meus pesadelos. Não consigo imaginar como ele poderia querer morar lá. Só de pensar em chegar perto daquela casa sinto um mal-estar físico.

– Se for o que você quiser – digo, por fim.

Só não me pede pra ir te visitar.

Arrumamos tudo do jantar, então subo com Shane para pegar uma roupa de cama para o quarto de hóspedes. Pego um cobertor extra também, porque começou a nevar e o quarto parece meio frio. Ele insiste que é capaz de fazer a própria cama, então o deixo cuidando disso enquanto vou dar boa-noite a Josh.

Ele já acabou de fazer o dever de casa e está lendo na cama em silêncio. Baixa o livro ao me ver entrar.

– Já escovei os dentes – informa.

Eu me sento na beirada da cama. Nos primeiros cinco anos da vida de Josh, por necessidade, nós dividimos a mesma cama. (Foi excelente para minha vida amorosa.) E agora meu filho tem um quarto só dele.

– Muito bem. O dever está todo feito?

– Tá. – Ele hesita. – Mãe?

– Hum?

– Por que esse tal de Shane tá hospedado aqui em casa?

– Ele é um amigo antigo. – A mentira está ficando cada vez mais fácil. – Só vai ficar algumas noites. Por quê?

Josh dá de ombros com sua estrutura magra.

– Por nada.

– Você não gostou dele?

Ele hesita, e sinto um peso no estômago. Josh gosta de *todo mundo.* Embora eu tivesse achado possível ele e Shane não virarem melhores amigos imediatamente, nunca me ocorreu sequer por um instante que Josh não fosse gostar dele.

– Ele é legal – diz Josh com cautela.

– Ele tratou você mal?

– Não.

– Tem alguma coisa nele de que você não goste?

– Não...

Mais uma vez, porém, há a mesma hesitação. Tem algo que ele não está me contando, e fico louca por não conseguir extrair dele o que é.

Mas não sei o que Shane poderia ter feito de errado. Fiquei de olho neles praticamente o tempo todo desde que Josh chegou da escola. Shane foi ótimo com ele, levando em conta que tem zero experiência com crianças. Quer dizer, Tim já foi professor. Era com isso que ele ganhava a vida. É óbvio que teria mais jeito para ficar amigo de um menino de 10 anos do que um cara que passou os dez últimos anos da vida preso.

– Quanto tempo ele vai ficar aqui? – pergunta Josh.

– Como eu falei, não muito. Algumas noites, talvez.

Será minha imaginação, ou Josh parece aliviado?

Não sei o que Josh tem contra Shane, mas não vou deixar nada disso transparecer na frente dele. Shane ficaria totalmente arrasado. Preciso fingir que Josh o achou ótimo.

Quando entro no quarto de hóspedes, Shane acabou de pôr os lençóis limpos na cama. Está estendendo o cobertor, mas o coloca de lado ao me ver.

– Ei – diz.

– Ei.

– Então... – Ele esfrega a cicatriz na testa. – O Josh disse alguma coisa sobre mim?

Não posso lhe dizer que Josh pareceu feliz com a ideia de ele não ficar por muito tempo.

– Ele gostou de você.

Foi a coisa certa a dizer. Um sorriso se forma nos lábios de Shane.

– Que incrível. Eu tava pensando, sabe, que talvez, até arrumar um emprego, eu pudesse vir aqui todo dia quando Josh chegasse da escola e ficar olhando ele pra você.

– Ahn... – Desvio os olhos. – Bom, é que a gente já tem uma pessoa que vem aqui todo dia. Então...

– Mas assim você economizaria dinheiro. E eu poderia conviver com ele.

– Deixa eu pensar um pouco – digo, embora não vá fazer isso. De jeito nenhum vou dispensar Margie, principalmente com Josh não parecendo ter gostado muito de Shane. – Escuta, tem umas roupas naquela primeira gaveta ali que você pode usar.

Shane abre a gaveta de cima da cômoda ao lado da cama. Pega uma camiseta masculina, que então percebo ser estampada na frente com a palavra Syracuse. Foi a faculdade onde Tim estudou, e pela expressão no seu rosto, Shane sabe disso.

– Essas roupas são do *Tim*?
– São – reconheço. – Já estavam aqui em casa, então...
Shane larga a camiseta com nojo.
– Que ótimo.
– Desculpa. – Nesse momento me dou conta do quanto isso foi inadequado. Embora antes não tenha me parecido má ideia. Quer dizer, são só roupas. – Amanhã arrumo alguma outra coisa pra você usar.
Ele dá um suspiro e se senta na beirada da cama.
– Não, tudo bem. Não posso ser exigente. E são só roupas.
– Eu lavei tudo – digo, sem convicção.
Ele baixa os olhos para o próprio colo.
– É culpa minha você estar nessa situação. Se eu tivesse te protegido melhor dele naquela noite...
– Você tentou me avisar.
– Tentei... – Ele ergue os olhos. – Fico arrasado de pensar que ele vem se aproveitando de você desde que você voltou pra cá. Nunca vou me perdoar por ter deixado isso acontecer.
Eu me sento ao lado dele na cama.
– Não foi culpa sua. Você estava *preso*. Enfim, deu tudo certo no final. – Pouso a mão delicadamente sobre a dele. – Tô feliz por você ter saído.
Ele dá uma risadinha.
– Eu também.
Ele baixa o rosto para observar minha mão em cima da dele, então passa os olhos pelo meu corpo. O desejo neles é inconfundível. Acho que eu não deveria estar surpresa. O cara passou uma década na prisão. Ele nem sequer *tocou* numa mulher durante esse tempo todo.
E Shane continua sendo um homem *muito* atraente. Eu quase desmaiava ao vê-lo correr pelo campo de futebol americano, e agora, mais velho, ele está ainda mais sexy. É mais musculoso do que no ensino médio; devia malhar bastante no presídio. É difícil resistir.
Mas não posso fazer isso. E é melhor tirar a mão de cima da dele. Agora.
Ao reparar que me afastei, ele desvia os olhos.
– Droga, me desculpa.
Tento manter a voz calma.
– Não tem problema.

– Não quero te deixar sem graça de jeito nenhum – diz ele. – Não vou mentir... quando olho pra você, minha vontade é... mas, enfim, isso é problema meu. Não seu. Eu te prometo ser um perfeito cavalheiro enquanto estiver hospedado aqui.

– Obrigada. – Sorrio para ele. – E você não deve ter nenhuma dificuldade no quesito amoroso. Está bem gato.

Ele ri.

– Estou, é? Bom saber.

– Só tô dizendo. Não acho que você vá ter muita dificuldade pra encontrar uma mulher com quem compensar o tempo perdido.

– Ei, eu não quero uma mulher aleatória de algum bar pra quem não esteja nem aí. – Ele morde o lábio inferior. – Quer dizer, é, já faz um tempão. Mas ainda quero estar com alguém de quem eu goste. Alguém importante pra mim.

– Shane...

– Tipo a mãe do meu filho...

As palavras dele tocam algo dentro de mim. *A mãe do meu filho.* Shane é algo para mim que ninguém mais tem como ser. Ele é o pai biológico de Josh. Depois de todos esses anos, é o único homem capaz de completar essa família. Ele quer ficar aqui comigo, e nosso filho nunca vai ficar em segundo lugar para ele como eu temia que fosse acontecer com qualquer outro homem com quem escolhesse me casar.

– Brooke?

Os olhos de Shane estão tomados por um tesão inconfundível.

– Você merece ter isso – digo para ele. – Não deveria se contentar com menos. Merece ter essa conexão especial.

Quando ele se inclina e me beija, eu não o impeço.

QUARENTA E OITO

Acordo suando frio.

Shane e eu acabamos transando ontem à noite. Na verdade, eu não tinha a intenção de ir até o fim, mas pude ver que era isso que ele queria muito e não consegui me forçar a dizer não. Afinal, isso lhe foi negado por dez anos. Não se pode negar um copo d'água a alguém que passou dez anos perdido no deserto.

Tá, entendo que não seja a mesma coisa. Mas mesmo assim.

Foi rápido, e quando acabou me senti estranhamente vazia. Como Shane pegou no sono quase na mesma hora, não tivemos oportunidade de conversar, e foi melhor assim. Saí do quarto de hóspedes e voltei para o meu, onde fiquei me revirando por mais de uma hora antes de, por fim, pegar num sono inquieto.

E é óbvio que esse sono foi repleto de pesadelos.

Foi o mesmo pesadelo que sempre tive. Eu estava de novo no sítio, na sala escura, com o temporal rugindo lá fora. E aquele colar de floco de neve sendo apertado em volta do meu pescoço. O trovão sacudia a casa inteira, e um elo do meu colar se rompia.

E foi nesse instante que acordei, às três da manhã, com a camiseta de dormir encharcada.

Fiquei deitada na cama, tremendo. Aquilo era mais do que um pesadelo:

era como se eu estivesse revivendo o que aconteceu naquela noite. Tim me enforcando com aquele colar. E depois o trovão. E depois...

Alguma outra coisa.

Eu ouvi alguma outra coisa quando aquele trovão ecoou. Tenho certeza. Só não consigo lembrar o que foi. A lembrança se esforça para atravessar os limites do meu inconsciente, e a frustração me faz fechar os olhos com força.

Bom, passei dez anos sem conseguir me lembrar, não é agora que vou conseguir.

Eu me dou conta de que foi um ruído que me fez despertar. Algo do lado de fora. Como continua nevando, foi difícil distinguir o que era, mas quase parecia...

Um motor de carro. Bem na direção da minha janela. E outra coisa também.

Uma porta de garagem se abrindo.

Saio da cama com a cabeça girando. Percorro o quarto escuro até a janela que dá para a frente da minha casa. Está bem escuro lá fora, com apenas a luz fraca do único poste de rua, mas consigo ver que a porta da minha garagem está fechada. E...

Aquilo ali na neve são marcas de pneu?

Estreito os olhos para a frente da porta da minha garagem, tentando decidir se devo ir lá conferir. Será que estou perdendo o juízo? Por que alguém estaria usando o meu carro? A porta da garagem está trancada. Ninguém consegue entrar lá a não ser por dentro da casa. E a única outra pessoa dentro da casa é Shane, e ele não tem nem carteira de motorista válida. Não que não saiba dirigir, mas...

Meu coração está batendo forte demais para eu tentar voltar a dormir agora. Enfio os pés nas minhas pantufas de pelúcia e atravesso de fininho o corredor até o quarto de hóspedes, onde Shane dormia profundamente da última vez que o vi. E ainda deve estar dormindo.

A porta do quarto de hóspedes está fechada. Não há sinal algum de que Shane tenha saído do quarto. Encosto a orelha na porta e quase consigo distinguir o ruído dele respirando profundamente. Não quero bater nem entrar de surpresa. Ele parecia estar precisando de uma boa noite de sono.

É paranoia minha. Ninguém estava usando meu carro. Não tem ninguém lá fora. A porta da garagem está fechada.

É claro que existe um jeito de verificar isso para ter certeza. Eu poderia descer até a garagem e ver se tem neve no meu Toyota. Se tiver, alguém saiu com ele muito recentemente.

Só que, quanto mais penso nisso, mais absurdo tudo me parece. Acho que não ouvi motor de carro nenhum. Deve ter sido parte do meu sonho.

Preciso me acalmar e voltar a dormir.

...

Quando consigo me levantar da cama de manhã, estou me sentindo realmente péssima. Minhas pálpebras parecem estar coladas umas nas outras, e quase preciso abri-las à força usando os dedos. Antes mesmo de tomar banho, desço cambaleando até a sala para pegar um café.

Shane já está totalmente acordado e na cozinha. Está preparando algo no fogão enquanto cantarola baixinho. Esfrego os olhos e passo alguns instantes olhando para ele até que finalmente repara em mim.

– Bom dia! – entoa ele todo alegre.

– Bom dia. – Dou um bocejo alto. – Desculpa. Não dormi muito bem.

– Eu dormi *superbem*.

Quando ele se vira para me olhar, os círculos escuros sob seus olhos quase sumiram. Eu me sinto boba por ter pensado que ele tivesse pegado meu Toyota e saído por aí no meio da noite; ele claramente estava tendo a noite de sono que eu gostaria de ter tido.

– Aquela cama é *muito* confortável – acrescenta ele.

Na verdade, não é, não. Mas sei como os colchões do presídio são horrorosos.

– Estou acostumado a acordar cedo – explica ele. – Então fiz comida, tudo bem? Também passei um café, se você quiser tomar.

Eu me sirvo de uma xícara de café da cafeteira. Em geral, ponho creme e açúcar, mas dessa vez bebo puro.

– Tá fazendo o quê?

– Panqueca.

– O Josh adora panqueca. Principalmente se você colocar umas gotas de chocolate.

– Pode deixar.

Olho para a despensa.

– Achei que a nossa mistura pra panqueca tivesse acabado.

– Na verdade, eu fiz do zero.

– Sério? – Eu nem sabia direito que isso era possível. – Tô impressionada.

– Minha mãe e eu fazíamos panqueca todo domingo de manhã – conta ele. – Estou fazendo um monte, se você quiser acordar o Josh e avisar.

Ele diz essa última parte de um jeito meio tímido. Quer passar mais tempo com Josh. Eu entendo, mas não é algo que ele possa forçar.

– Depois do café vou lá fora tirar a neve da frente da casa, tá? – diz ele.

– Seria ótimo.

Parou de nevar em algum momento nas primeiras horas da manhã, deixando um grosso cobertor por cima de todo o acesso à garagem e da rua na frente de casa. Eu mesma tenho tirado a neve; é uma das muitas responsabilidades que couberam apenas a mim, como única adulta da casa. Vai ser bom Shane assumir essa.

– E depois pensei que a gente poderia ir de carro até o sítio – acrescenta ele. – Ver se está muito ruim lá, e quem sabe fazer uma faxina.

Eu estou com um gole de café na boca e quase o cuspo.

– Ir até o sítio? *Hoje*?

Ele vira uma panqueca, agora dourada.

– Por que não? Vai levar um tempo pra aprontar a casa e eu poder me mudar. E hoje é sábado. Melhor já ir começando.

– É, mas... – Um suor frio brota na minha nuca. – Não sei se é uma boa ideia. Lá deve estar bem sujo, e talvez até perigoso. A casa passou um tempão vazia.

Ele franze os lábios.

– Certo, e por isso mesmo preciso ir olhar. A casa não vai ficar mais limpa lá parada.

Minhas mãos estão tremendo. Coloco a xícara de café na mesa da cozinha antes que a deixe cair.

– É que não me sinto à vontade indo lá. Depois de tudo que aconteceu, entende?

Ele me olha com surpresa.

– Sério? Já faz onze anos isso.

De fato, acabamos de passar o aniversário de onze anos daquela noite horrorosa.

– Sim, *sério*.

Ele coloca de lado a espátula que está usando para virar as panquecas.

– Bom, então não sei o que vou fazer. Eu não tenho carteira, então como é que vou chegar lá?

– Eu...

Ele franze o cenho.

– Pode pelo menos me dar uma carona? Não precisa ficar nem entrar. Só me deixar lá.

Hesito.

– Por favor, Brooke.

Sinto uma pontada de culpa. Nem carteira de motorista o coitado tem, quanto mais um carro. Tudo que ele quer é voltar à casa da sua infância para conseguir deixá-la em condições habitáveis.

– Tudo bem – digo.

No exato instante em que as palavras estão saindo da minha boca, porém, sei que vou me arrepender de ter dito isso.

QUARENTA E NOVE

Shane ganha muitos pontos com as panquecas. Josh come umas oito e, de boca cheia, declara serem "as melhores panquecas que já comeu". Shane não poderia parecer mais feliz quando ele diz isso.

– Posso pegar alguns produtos de limpeza pra levar lá pro sítio? – pergunta ele quando estamos tirando a mesa.

– Claro...

Não quero lhe dizer que estava torcendo para ele ter mudado de ideia.

– Muito obrigado mesmo por fazer isso, Brooke.

Ele pousa uma das mãos no meu ombro e aperta de leve. Eu me retraio, pois Josh ainda está sentado à mesa. Sim, nós transamos ontem à noite, mas será que ele não entende que precisamos tomar cuidado em relação a que informações são passadas para nosso filho de 10 anos?

Dito e feito: os olhos de Josh se arregalam um pouco quando ele vê a mão de Shane se demorar no meu ombro. Mas ele não diz nada.

– E aí – diz Shane. – Quando podemos ir?

– Ir aonde? – entoa Josh.

Shane se acomoda numa das cadeiras diante da mesa da cozinha.

– Sua mãe e eu vamos num sítio bem legal do outro lado da cidade. Muito tempo atrás, eu morei lá.

– Ah – faz Josh. – Legal.

– Quer ir também? – pergunta Shane.

Respiro fundo. Estava pensando que Josh fosse ficar enquanto eu levasse Shane ao sítio. Mas, para minha surpresa, Josh assente enfaticamente.

– Quero!

– Ah, meu amor – digo depressa. – Não precisa vir com a gente. Vai ser bem chato lá. A gente não vai nem entrar.

– Mas eu quero ir – diz Josh, fazendo biquinho.

Suponho que vá ser um passeio em família.

Shane sai com uma pá para desobstruir o acesso à garagem, e eu começo a recolher produtos de limpeza pela casa. Não sei exatamente o que levar e tenho medo de a casa inteira estar uma imundície só. Não tem carpete lá, então nem me importo com o aspirador. Pego o esfregão e o balde, bastante desinfetante, alguns panos e dois rolos de papel-toalha. Shane vai ter o trabalho bem mastigado.

Após reunir todo o material, vou pegar a chave do carro para pôr tudo no porta-malas. Sempre deixo as chaves na estante bem ao lado da porta de entrada, na quarta prateleira de cima para baixo, bem em frente ao dicionário Webster's. Só que, quando vou pegá-las, elas não estão lá.

Onde estão minhas chaves?

Uma fração de segundo depois, vejo as chaves na terceira prateleira. No mesmo ponto em que costumo deixá-las, só que uma prateleira acima. Pego-as e fico encarando o chaveiro, como à espera de uma pista.

Tenho certeza de ter deixado as chaves na quarta prateleira. Deixo-as ali todo santo dia ao chegar em casa do mercado, do trabalho ou o que seja. É automático. Algo que faço sem nem pensar. Então, embora não me lembre de ter posto as chaves naquela prateleira, tenho certeza de que devo ter feito isso.

É claro que quando cheguei em casa ontem tinha muita coisa acontecendo. Eu estava trazendo o pai do meu filho para casa, um homem que havia passado a última década trancado num presídio. Estava com a cabeça cheia. Se algum dia houve um momento em que eu poderia ter deixado as chaves no lugar errado, foi ontem.

Mesmo assim, isso me deixa apreensiva. Nessa noite, quando acordei de madrugada, tive certeza de ter ouvido um motor de carro bem do lado de fora da minha janela. E agora minhas chaves estão num lugar diferente de onde as deixei.

Queria ter ido verificar meu carro ontem, afinal. Se alguém o tivesse usado, haveria neve na carroceria. Mas agora é tarde. Qualquer neve já vai ter derretido.

A porta da frente se abre e Shane irrompe casa adentro com as luvas cobertas de neve. Encosta a pá no canto perto da porta onde a encontrou e abre um sorriso para mim.

– Pegou tudo de que a gente vai precisar?

Que bobagem. Eu devo ter posto as chaves no lugar errado. Estou com muita coisa na cabeça. Não deveria ficar paranoica, analisando tudo isso além da conta. De toda forma, e se Shane tiver *mesmo* dirigido o carro ontem à noite e ido a algum lugar? Seria mesmo a pior coisa do mundo? Talvez ele só quisesse saber qual era a sensação de estar ao volante de novo depois de tanto tempo. Eu não poderia culpá-lo.

– Já – respondo. – Peguei tudo.

Quinze minutos depois, já colocamos o material de limpeza no Toyota, e pego a estrada com Shane no banco do carona e Josh no de trás. Tenho uma sensação de náusea horrorosa ao sair com o carro, mas prometi a Shane que faria isso. Não posso recuar.

– Você sabe chegar lá? – pergunta ele.

– Sei – respondo, ríspida.

Ele passa alguns instantes calado.

– Tá tudo bem?

Não, não está. Estamos a caminho da casa onde quase fui assassinada onze anos atrás. Nada em relação a isso está bem. Mas não posso tocar no assunto na frente do meu filho.

– Tudo.

– Obrigado por fazer isso.

– Aham.

Shane nota que não quero mais conversa, então se cala e se recosta no assento. As estradas foram em grande parte limpas de manhã, então, mesmo não tendo tração nas quatro rodas, não é difícil atravessarmos Raker. Só quando entro na estradinha de acesso ao sítio o chão fica um pouco escorregadio. Passaram um limpa-neves na estrada, só que o serviço não foi muito bem feito, e, como a temperatura está abaixo de zero, boa parte da neve que restou se transformou em placas de gelo.

– Meu Deus do céu – comenta Shane quando o carro derrapa até o acostamento. – Cuidado, Brooke. Você não sabe dirigir na neve?

Não muito bem. No Queens, eu não tinha carro; simplesmente pegava o ônibus para onde precisasse ir. Esse Toyota é meu primeiro carro na vida, e esse é o primeiro inverno em que tenho que lidar com neve para valer.

– Quem sabe você pode me dar umas dicas um dia desses – digo.

– É, quem sabe.

Percorro devagar o restante do trecho de quase 2 quilômetros até o sítio. Devo estar a menos de 20 quilômetros por hora. Depois de alguns minutos, a casa surge ao longe.

O lugar já tinha mau aspecto onze anos atrás e agora parece pior ainda, se é que isso é possível. A tinta vermelha descascou quase toda a não ser em uns poucos trechinhos, e os degraus até a porta da frente desmoronaram quase por completo. O telhado está coberto de neve e pelo menos parece estar resistindo, mas há muito estrago ali também. A casa está praticamente caindo aos pedaços.

Shane encara seu antigo lar enquanto aperta os joelhos com as duas mãos. Não consigo interpretar de todo seus pensamentos até ele exclamar:

– Olha! Meu antigo Chevy!

De fato, o antigo carro de Shane está estacionado junto à casa, coberto por uma boa camada de neve, mas mesmo assim reconhecível. Tenho certeza de que o carro vai exigir tanto trabalho quanto a casa para voltar a ficar em condições de uso. Paro ao lado do Chevy, torcendo para mesmo assim conseguir sair com meu carro depois. O Toyota não é muito bom de ré em áreas com neve.

– Era aqui que eu morava, Josh – diz Shane para ele.

– Parece uma casa mal-assombrada – comenta Josh.

Shane me dá uma piscadela.

– Talvez seja mesmo.

Eu não ficaria de todo surpresa. Afinal, três pessoas morreram ali. Shane não parece estar exatamente sentindo a gravidade disso. Na verdade, ele parece *feliz* por estar aqui.

– Ei, quer olhar lá dentro? – diz ele, dirigindo-se a Josh.

– Claro!

Abro a boca para protestar, mas Shane e Josh já estão saindo do carro. A raiva que sinto de Shane nesse momento é tanta que minha vontade é gritar. Nós tínhamos *combinado*. Eu lhe disse que o deixaria no sítio e depois iria embora. Mas, se meu filho vai entrar na casa, eu obviamente não posso ir embora. De modo que não tenho outra escolha senão seguir apressada atrás deles.

Começo a gritar com Shane para tomar cuidado com os degraus, mas, sem precisar de instruções, ele ajuda Josh a subir os quatro degraus até a porta da frente, certificando-se de não deixá-lo escorregar nem cair. Subo logo atrás, segurando firme o corrimão para eu mesma não escorregar na escada coberta de gelo. Shane revira os bolsos em busca de uma chave, que encaixa na fechadura da porta. Quando a está destrancando, tenho uma sensação nauseante de déjà-vu, de quando Shane e eu namorávamos e ele me trouxe umas poucas vezes a essa casa.

– Shane...

– Vamos dar só uma olhadinha – diz ele.

Ele pena um pouco para conseguir abrir a porta, pois, além de a madeira estar toda rachada e podre, a fachada da casa todinha está congelada. Ele precisa empurrar a porta com todo o seu peso, mas ela enfim se solta e abre. E então, mesmo que eu saiba que não devo fazer isso, entramos.

O interior da casa está tão frio quanto o lado de fora. Não há energia elétrica, mas, como está de dia, a escuridão não é tanta quanto onze anos atrás. Há teias de aranha grudadas no teto, e todos os móveis estão cobertos por uma grossa camada de poeira. O cheiro de gelo e de mofo permeia o ar.

Mas pelo menos é melhor do que sândalo.

– Nossa. – Shane olha em volta. – Este lugar com certeza já viu dias melhores.

Meu olhar acaba indo parar na área em frente à escada. Foi ali que aconteceu. Foi ali que Tim tentou me esganar usando meu próprio colar.

Josh passa um dos dedos pelo sofá. Então o ergue, agora coberto de preto.

– Olha, mãe!

– É, tá sujo.

– O sofá é uma causa perdida – declara Shane. – Mas o chão eu poderia limpar. E a cozinha...

Ele está me olhando com uma expressão esperançosa. Quer minha ajuda. *Precisa* da minha ajuda. Sozinho, vai levar o resto da vida para conseguir limpar esse lugar. E agora que já entrei sem começar a ter um ataque de pânico, talvez isso não seja tão ruim quanto acho que vai ser. Talvez eu finalmente supere o que aconteceu aqui naquela noite.

Talvez ajude a me curar.

– Tá, a gente pode ficar uma ou duas horas. E só.

Shane assente, animado.

– Muito obrigado mesmo, Brooke.

– Tá bem – digo. – Vamos lá pegar o material de limpeza.

CINQUENTA

Nós três fazemos a faxina em família.

Até Josh entra na dança. Ele detesta limpar o próprio quarto, mas isso aqui é mais uma *aventura* de faxina. Não há como saber que coisa nojenta vai surgir em cada canto. Por exemplo, dentro de uma lata de lixo vazia na cozinha encontramos um rato congelado. É a coisa mais nojenta que já vi na vida, mas Josh acha superlegal. E Shane acha superlegal ele achar legal.

– Por favor, some com esse rato – murmuro para Shane. – Não quero que ele leve pra casa pra mostrar pros amigos.

Shane ri.

– Você com certeza entende como funciona a mente de um menino de 10 anos.

Infelizmente, após cerca de duas horas de faxina, acabamos liberando uma quantidade razoável de poeira no ambiente, e Josh não consegue parar de espirrar. Seu nariz fica vermelho e os olhos começam a lacrimejar.

– Acho que você precisa ir lá pra fora – digo a ele. – Pegar um pouco de ar puro.

– Na verdade, a gente podia ir dar uma volta – diz Shane. – A mata aqui em volta é bem legal no inverno. Daria até pra fazer um boneco de neve. O que você acha, Josh?

– Claro – concorda meu filho.

Balanço a cabeça.

– Tá frio demais. Não quero ficar vagando pela mata.

Shane olha para Josh, então de novo para mim.

– Bom, eu poderia levar ele sozinho se você quiser ficar.

Um alarme dispara dentro da minha cabeça. *Não deixa ele fazer isso.*

– Não sei se é uma boa ideia.

Shane me olha durante alguns segundos, e seu olhar se anuvia.

– Por que não?

– Porque não é seguro.

– É totalmente seguro. – Ele franze a testa. – Eu andava por essa mata o tempo todo quando tinha a idade dele. *Sozinho.* E vou estar junto... posso proteger ele.

– Eu sei, mas...

– Eu garanto a segurança dele. – O rosto de Shane fica levemente rosado. – Você não confia em mim?

Será que confio?

Fui eu que me certifiquei de que Shane fosse solto da prisão. Fui eu quem o convidou para fazer parte das nossas vidas outra vez. Ele é o pai do meu filho. É a nossa chance de ser uma família outra vez, e se eu não puder confiar nele tenho problemas bem maiores do que o fato de os dois saírem para dar uma volta em plena luz do dia.

Josh me dá um puxão no braço.

– Eu quero ir, mãe.

Até Josh quer ir. Os dois estão enfim se entrosando. Seria cruel impedir isso de acontecer.

Shane leva a mão ao bolso e tira o celular de flip que comprei para ele. Sacode o aparelho no ar.

– Tô com meu celular. Você pode falar comigo se quiser. E eu tenho seu número se precisar de você.

– Tudo bem. Só tomem cuidado.

Shane leva uma das mãos ao peito.

– Juro proteger o Josh com a minha vida.

Acredito nele.

Eu me certifico de que Josh vista o casaco e ponha as luvas, e Shane faz o mesmo. Acompanho os dois até a porta e fico observando entrarem na pequena mata junto ao sítio. Em determinado momento, Josh escorrega num trecho de gelo, mas Shane estende a mão e o equilibra.

Vai ficar tudo bem. Shane é o pai de Josh. Não vai deixar nada lhe acontecer.

Volto a entrar na casa e fecho a porta. Está esfriando lá fora; com certeza, a temperatura está abaixo de zero. Aposto que daqui a dez minutos Josh vai começar a reclamar e querer entrar outra vez, apesar de ele não se incomodar tanto com o frio quanto eu. Sempre tive que lutar para fazê-lo vestir o casaco antes de sair para a escola, como se houvesse alguma chance de eu deixá-lo ir só de moletom quando está fazendo 6 graus negativos do lado de fora. Fico pensando se Shane era assim quando criança.

Como estou com as costas levemente doloridas de tanto limpar, tiro alguns minutos para me sentar nas cadeiras que já limpamos. Tiro o celular do bolso do casaco; está com pouquíssimo sinal. Uma barra de conexão só, mas imagino que baste. Abro o navegador de internet e hesito por alguns segundos antes de digitar: Timothy Reese.

Não sei por que continuo pesquisando o nome dele. Nada muda de um dia para o outro agora que se passaram dois meses desde a prisão dele. Logo depois, o nome dele vivia estampado em todos os jornais. Foi uma notícia e tanto: um pacato vice-diretor de escola mata uma ex-namorada e talvez tenha sido responsável por vários homicídios anos atrás.

Tim teve a audácia de alegar inocência; quase sinto que ele está fazendo isso para me torturar. O cadáver de uma mulher foi encontrado no seu porão. Ele acha mesmo que existe alguma chance de ser libertado depois de uma coisa dessas? Já fui avisada de que vou depor no julgamento dele. Estou muito apreensiva, mas é o que preciso fazer. Foi culpa minha ele não ter sido preso dez anos atrás. Ele conseguiu me enganar direitinho.

Não vou perder mais tempo nenhum pensando nele. Apago seu nome da minha ferramenta de busca.

Abro então o site de notícias local no celular. Vou passar os olhos por algumas matérias enquanto espero Shane e Josh fazerem seu boneco de neve ou então Josh sentir frio e querer voltar, o que quer que ocorra primeiro. O site de notícias leva uma eternidade para carregar. Minha bateria provavelmente vai arriar. Enquanto espero, leio a primeira notícia.

Guarda de presídio da cidade é encontrado morto

Fico encarando o título da notícia e sinto o coração pesar. Não pode ser. *Não pode ser.*

Tento clicar no título. Nada acontece. Por que a internet tem que ser tão ruim aqui? A imagem ao lado do título está praticamente sendo carregada pixel por pixel. O início de uma cabeça raspada se materializa na tela.

Não pode ser Marcus Hunt. Não tem como.

E a imagem então carrega um pouco mais. Justo o suficiente para eu conseguir ver seus olhos.

Ai, meu Deus. É ele. É Hunt. Ele foi encontrado morto… possivelmente hoje. Torno a clicar na matéria, mas a tela congelou por completo. Não vou conseguir ler. Não sei quando isso aconteceu, nem como, mas de alguma forma Marcus Hunt foi assassinado.

A notícia acaba de ser publicada. Ou seja: ele deve ter sido encontrado há pouco tempo. Será que foi morto durante a noite? Não faço ideia.

Mas o que sei é que hoje de manhã a chave do meu carro estava num lugar diferente de onde a deixei ao chegar em casa no dia anterior. E sei também que, depois de tudo que aconteceu na penitenciária de Raker, Shane deve desprezar Marcus Hunt com fervor.

Minha cabeça está girando. Eu me levanto da cadeira com um pulo e começo a andar de um lado para o outro da sala como se isso pudesse me proporcionar alguma pista sobre o que aconteceu ontem à noite. No cômodo, porém, reina um silêncio completo. Não há pista nenhuma aqui. Só um monte de pó.

Congelo ao chegar no pé da escada. Levo a mão ao corrimão por uns poucos instantes. Assim como todo o resto, está empoeirado.

Este é exatamente o mesmo lugar onde eu estava quando Tim tentou me esganar. Eu tinha acabado de descer a escada após sair correndo do quarto onde Chelsea estava, porque, por algum motivo maluco, tinha enfiado na cabeça que ela poderia ter esfaqueado Brandon e Kayla. Mal sabia eu que ela estaria morta pouco depois e que minha decisão de sair daquele quarto iria custar a vida da minha melhor amiga.

Fecho os olhos e tento não pensar naquela noite, mas isso parece apenas piorar a situação. Quanto mais tento não pensar no assunto, mais vívido tudo me parece. Nos últimos poucos anos, as lembranças tinham quase esmaecido. Agora que estou outra vez dentro do sítio, porém, é como se tudo tivesse acontecido ontem.

Eu saí correndo do quarto de Shane. Desci a escada o mais depressa possível, então tropecei. E aí, rápido como um clarão, Tim estava em cima de mim, apertando aquele colar em volta do meu pescoço enquanto o cheiro de sândalo enchia minhas narinas. Então um trovão soou, abafando outro som que não consegui identificar muito bem.

Quase posso sentir o peso do corpo dele me esmagando. O fluxo de ar em meus pulmões sendo interrompido. E tento gritar:

Shane, não!

Meus olhos tornam a se abrir de supetão. Recuo para longe da escada com o coração disparado no peito. Com o passar dos anos, comecei a duvidar de mim mesma. Como não cheguei a ver seu rosto, poderia ter sido qualquer um naquela noite. Só que *não foi* qualquer um. Eu sei quem foi naquela noite. E sei quem foi agora.

Foi Shane.

Eu estava namorando com ele havia meses. Conhecia seu corpo. Sabia que era ele em cima de mim. Não Tim, que era mais magro e mais comprido. Foi Shane. Foi Shane quem tentou me estrangular e provavelmente foi ele quem matou Hunt ontem à noite. Como posso ter me iludido de que outra coisa aconteceu?

Hunt tinha razão. Shane é *mesmo* manipulador. Ele realmente me fez acreditar...

Meu corpo inteiro está tremendo. Quase posso sentir o trovão que sacudiu a casa tantos anos atrás. E o som que ele quase mascarou. A peça que faltava do quebra-cabeça. Quase posso escutá-la. Foi...

Um grito abafado.

Enquanto Shane me estrangulava no chão da sala, Chelsea gritava no quarto lá de cima. Só que não foi por ver o que Shane estava fazendo comigo, pois a porta do quarto estava fechada. Ela gritou porque alguém a atacou com uma faca.

Só que não foi Shane. Não tinha como.

Havia outro assassino na casa naquela noite. Dos três que sobreviveram, só poderia ter sido uma única pessoa.

Ai, meu Deus.

Tim e Shane agiram juntos.

CINQUENTA E UM

Faz todo o sentido. Não acredito que só percebi isso agora.

Na noite em que aconteceu, Shane me deixou quase na frente da casa de Tim. Ele *nunca* fazia isso. E Tim por acaso estava na frente de casa, no quintal. Eles devem ter imaginado que eu fosse convidá-lo. E, se não tivesse feito isso, Tim teria dado um jeito de arrumar um convite.

Assim que chegamos ao sítio, embora eles alegassem se detestar, os dois de repente ficaram muito entretidos numa conversa em voz baixa. Lembro o jeito como passaram a noite inteira se entreolhando. Achei que fosse por se detestarem, mas, em retrospecto, era mais do que isso.

Shane era o único que sabia que, por algum motivo, Tim tivera um encontro com Tracy Gifford. Ficamos todos chocados por ele saber isso. Mas é claro que ele sabia. Eles provavelmente a mataram juntos. Ela foi o ensaio deles para aquela noite.

E então, depois de encontrarmos Brandon morto, Chelsea e eu deixamos Shane e Tim sozinhos na sala. Foi quase perfeito demais para eles. Shane saiu da casa, dando a Tim uma chance de subir sem ser visto até o quarto de Kayla e matá-la também.

E assim que Chelsea e eu nos dividimos, Shane tentou me estrangular na sala. Pensei ter tropeçado no corpo de Tim na sala, mas estava escuro demais; devo ter tropeçado em outra coisa enquanto Tim ficava escondido nas sombras. E enquanto a minha traqueia estava sendo esmagada, ele subiu até o quarto de Shane para simultaneamente dar cabo de Chelsea; o barulho do trovão quase abafou os gritos dela. Nunca tinha entendido muito bem quando o assassino tivera tempo de se livrar de Chelsea, mas agora tudo faz sentido.

Quando eles perceberam que eu tinha fugido da casa, devem ter raciocinado depressa. Era óbvio que a minúscula facada na barriga de Tim não tinha a intenção de matá-lo. A intenção era fazê-lo parecer uma vítima. O mesmo valia para o galo na cabeça de Shane. Os dois estavam só fingindo estar desacordados. Talvez o plano fosse torcer para eu nunca ter visto o rosto da pessoa que me esganou, pôr a culpa do massacre todo em algum andarilho e alegar que as pegadas tinham sido apagadas pela chuva.

Mas então, quando eu coloquei toda a culpa em Shane, Tim mudou de estratégia. Ele se virou contra Shane e corroborou minha história para salvar a própria pele. Isso deve ter deixado Shane furioso, mas o que ele podia fazer? Se contasse a verdade, estaria admitindo ser um assassino.

Para a sorte de Shane, Tim não conseguiu deixar de matar outra vez.

Sinto os joelhos se dobrarem sob o peso do meu corpo e mal consigo chegar à cadeira antes de desabar. Shane é louco. Ele tentou me matar naquela noite; não tenho mais dúvida nenhuma de que foi ele. E agora está lá na mata com o meu filho.

Nosso filho.

Minhas mãos estão tremendo tanto que quase não consigo tirar o celular do bolso. Preciso fazer Shane e Josh voltarem para cá e não posso deixar Shane perceber que sei o que ele fez. Assim que voltarmos para a cidade, vou direto à polícia. Vou contar tudo que sei.

A ligação toca cinco excruciantes vezes antes de a voz de Shane atender do outro lado:

– Oi, Brooke.

Ele soa tão normal. Não tem a voz de um assassino. Não posso deixar transparecer o que sei.

– Oi. Vocês vão voltar logo?

– Daqui a pouco – responde Shane, um tanto vago. – Estamos nos divertindo muito fazendo o tal boneco.

– Que ótimo. – Tento manter a voz firme e normal. Qual é o som habitual da minha voz? Eu nem me lembro. – É que tá ficando tarde. É melhor vocês voltarem.

– Como assim? Não tá nem no meio da tarde.

– Mas é que… tá frio aí fora. Não quero que o Josh fique doente.

– Ele tá bem. Tá todo agasalhado.

– Mesmo assim. Acho melhor vocês voltarem daqui a pouco, sabe?

Faz-se uma pausa comprida do outro lado.

– Não, *não sei*, não. Estou só tentando passar um tempinho com o meu *filho*, Brooke. Você sabe, aquele que não vejo há dez anos e nem sabia que existia.

– Shane – respondo num arquejo. – Escuta…

– Não, Brooke, escuta você. – Seu tom é ríspido; eu destruí qualquer vantagem que pudesse ter. – Eu perdi dez anos. Dez *anos*. Você nem *me contou*.

– Me desculpa – digo baixinho.

– Agora é meio tarde pra isso, né? – Ele bufa. – Mas não se preocupa. Agora que eu tô aqui, a gente vai recuperar um pouco do tempo perdido. E quem sabe *você* vá saber o que é perder tempo.

– Shane… – Eu me levanto da cadeira, com o coração aos pulos. Vou depressa em direção à porta do sítio. – Que história é essa?

– Acho que você sabe, Brooke.

Saio pela porta da frente da casa. Estreito os olhos para ver a mata na direção em que Shane e Josh desapareceram. Não consigo ver nada, só um branco ofuscante. Para onde eles foram?

– Será que a gente poderia por favor falar sobre isso em casa? – imploro a ele. – Entendo como você tá se sentindo, mas a gente dá um jeito. Eu só quero voltar a ser uma família. – Levo a mão ao bolso do casaco para pegar a chave do Toyota. – Me diz onde vocês estão que eu vou aí buscar vocês.

Vou seguir pela estrada até ver os dois. Vou encontrá-los, nem que seja a última coisa que eu faça.

Mas onde estão minhas chaves?

– Acho que vai ser difícil você vir buscar a gente – diz Shane. – Já que a chave do Toyota tá comigo.

– Mas… – Não paro de verificar meus bolsos, certa de que ele está errado. Tudo que consigo encontrar são lenços de papel embolados. – Por quê?

– Eu acho que você sabe por quê, Brooke.

247

Isso não pode estar acontecendo. Não posso ser responsável por ter soltado esse monstro e deixado que ele fosse para a mata com meu filho. Esse vai ser mais um sonho do qual vou acordar suando frio.

Acorda, Brooke!

Desço correndo os degraus da frente e escorrego no último. Minhas pernas escapolem de baixo de mim, e uma dor aguda atinge meu tornozelo direito. Meu celular cai da minha mão e vai parar na neve ao meu lado. Torno a pegá-lo.

– Shane – peço com um arquejo. – Por favor... vamos conversar sobre isso.

– Ah, não se preocupa – diz ele. – Um dia eu volto. – Antes de eu ter um segundo para sentir alívio, ele arremata: – Afinal, preciso me certificar de que você sofra pelo que fez.

– Shane...

– Fico pensando se você vai gritar mais alto do que a Tracy Gifford.

Minha boca se escancara. Tento falar, mas nenhuma palavra sai.

– Adeus, Brooke. – Quase posso ouvi-lo sorrir do outro lado. – Ou eu deveria dizer... até mais tarde.

Pelo celular, ouço a voz do meu filho. A risada dele. Talvez eu nunca mais o ouça rir.

– Shane! – grito. – Por favor...

Mas já é tarde. A ligação caiu.

Tento ligar de volta, mas a chamada cai na mesma hora na caixa postal. Shane não vai trazer Josh de volta. Eu não sei nem onde eles estão, mas ele sabe que eu entendi o que fez. Perdi minha vantagem. E mesmo se ele voltar um dia para tentar me machucar, vai fazer isso de um jeito inteligente. Vai esperar muito tempo... até a poeira baixar.

Por algum motivo, a ideia de enfrentar Shane não me assusta. O que me assusta é o que vai acontecer com meu filho. Não posso deixar esse monstro escapar dessa.

Agarro o corrimão da escada e me ponho de pé. Assim que tento apoiar o peso no tornozelo direito, sinto uma dor lancinante. Com certeza está torcido, talvez até quebrado. Fico com medo de tirar a bota para avaliar o estrago, e de toda forma não vai adiantar. Isso não vai me ajudar a encontrar Shane e Josh.

Digito 911 no celular com os dedos trêmulos. Ele não vai se safar de ter levado Josh. A polícia vai emitir um Alerta Amber e vai encontrá-lo, e Shane vai voltar para a prisão. Ele nem tem carro... pode ter levado minha chave, mas o Toyota continua aqui. A polícia vai encontrá-los. Tenho certeza.

Só que, quando tento ligar, a chamada não completa. Fico encarando a tela do celular com os olhos semicerrados.

Sem sinal.

É quase coincidência demais eu ficar sem sinal justo na hora em que Shane encerrou nossa ligação. Será que ele tem alguma espécie de bloqueador que impede os celulares de funcionarem? Foi isso que ele e Tim fizeram naquela noite onze anos atrás para garantir que nenhum de nós conseguisse chamar ajuda?

O que vou fazer? Se não tenho sinal de celular nem um veículo, minha melhor alternativa é ir a pé até a estrada principal. Mas não tenho certeza sequer se consigo apoiar o peso no tornozelo.

Só que não tenho escolha. Mesmo se tiver que andar com o tornozelo quebrado, pouco importa. Preciso fazer isso por Josh. Não posso deixar aquele monstro sequestrá-lo e fazer com ele Deus sabe o quê.

Me apoio um pouco no tornozelo direito. A dor quase me faz ver tudo preto, mas me forço. Por Josh. Estou fazendo isso por Josh.

Vou mancando até a estrada, e cada passo parece uma faca me apunhalando no tornozelo. Não sei como vou fazer isso, mas vou conseguir. Não vou parar de andar até chegar à estrada principal, e aí vou parar um carro.

Para meu choque e alívio, porém, vejo um carro vindo pela estrada bem na minha direção. É um SUV verde igual ao que Margie dirige. Ah, graças a Deus. Não preciso continuar andando com meu tornozelo possivelmente quebrado. Aceno com as mãos no ar como fiz naquela noite, onze anos atrás. O SUV para derrapando na neve.

– Socorro! – grito. – Meu filho foi raptado! Por favor, me ajuda! Por favor!

A porta do motorista se abre. Para meu choque completo, quem salta do carro é Margie, com as sobrancelhas grisalhas muito unidas.

– Brooke! – exclama ela. – Você tá bem?

Que estranha coincidência Margie por acaso estar dirigindo por essa estrada nesse exato momento. Mas não posso me demorar pensando nisso. Não há tempo.

– O Josh foi raptado! – Consigo ir mancando até ela. – Ele tá em algum lugar na mata. A gente precisa chamar a polícia. Ele tá correndo um perigo terrível.

Margie baixa os olhos para meus pés.

– O que houve? Você tá mancando.

– Escorreguei na neve. – Sinto uma leve irritação por ter que explicar isso para ela quando há algo tão urgente acontecendo. – Não estou conseguindo sinal. Pode ver se o seu celular tá pegando pra eu poder chamar a polícia?

– Claro! – Margie leva a mão até dentro do carro para pegar sua bolsa gigantesca. Vasculha lá dentro até achar o celular. – Ah, porcaria, tá sem sinal.

Eu já esperava por isso.

– Tudo bem, então vamos ter que ir de carro até a delegacia. Vamos lá... agora.

Margie gira a cabeça e olha para a mata.

– Tem certeza de que ele está correndo perigo? É o pai dele, afinal. Tenho certeza de que ele está bem.

– Margie... – começo a dizer, mas então me calo.

Nunca contei para Margie que Shane era o pai de Josh. Nunca sequer lhe contei que estava com Shane. E com certeza não lhe contei onde estaria hoje. Apesar de ela não parecer nem um pouco surpresa por me ver aqui.

– Margie?

Os lábios dela se franzem de leve.

– Na verdade, meu nome não é esse. A gente já se encontrou, e você me conhece pelo meu nome de verdade, mas duvido que se lembre. É claro que não iria se lembrar. – Ela estala a língua no céu da boca. – Na verdade, Brooke, sabe do que mais? Se você conseguir me dizer meu nome de verdade, eu te levo direto até o Shane e o Josh.

Fico encarando seu rosto enrugado enquanto tento desesperadamente situá-la. Enquanto estou tentando entender, ela revira de novo o interior da bolsa. Só que, dessa vez, em vez do celular, saca uma pistola.

E a aponta em cheio para mim.

CINQUENTA E DOIS

Não entendo o que está acontecendo aqui. Por que Margie está armada? O que ela está fazendo aqui? Como sabe que Shane é o pai de Josh? Tenho certeza de que nunca lhe contei. Nunca contei para ninguém a não ser para Tim, e ele não teria contado para ela.

– Margie – digo, num arquejo. – Por que... por que você tá fazendo isso? Pensei que a gente fosse amiga.

– Amiga! – Margie joga a cabeça para trás e ri até suas bochechas caídas se sacudirem. – Não. A gente não era *amiga*. Eu só *tolerava* você pra poder conviver com meu neto. Esse era o único motivo pelo qual eu não cuspia na sua cara.

Minha boca se escancara.

– O seu...

– Josh é *mesmo* um doce de menino – filosofa ela. – Não tão doce quanto o *meu* menino, mas claro: ele foi criado por *você*, não por mim. Durante esses anos todos, a bruxa da sua mãe nem sequer nos contou que ele *existia*. Dá pra acreditar numa coisa dessas?

Tudo que consigo fazer é balançar a cabeça.

– Não estou entendendo. E as suas filhas? E os seus netos?

Ela cerra os dentes, e os nós de seus dedos ficam brancos quando aperta a pistola com mais força.

– Eu não tenho filhas. Tenho *um* filho e passei os últimos dez anos vendo ele apodrecer na prisão. E tenho um neto que nem sabia existir até um ano atrás.

– A senhora é a mãe do Shane – digo num arquejo.

– Não esperava que você fosse se lembrar de mim. – Ela dá de ombros. – Só nos encontramos poucas vezes, e já faz tempo. E eu não significava nada pra você, afinal.

Não é só isso. Pamela Nelson está muito diferente de como era uma década atrás. Eu me lembro de ela ter cabelos escuros e um corpo cheio de curvas, mas a mulher que contratei para cuidar de Josh é grisalha e agradavelmente roliça. Ela mudou totalmente de aparência na última década. Eu não tinha a menor chance de reconhecê-la.

– Sra. Nelson...

Preciso implorar a ela. Sei que ela gosta de Josh, e ele a adora: ela teve *mesmo* muito mais jeito com ele do que minha mãe. Talvez não entenda o tipo de monstro que o filho dela é. Ela está com uma arma em punho, claro, então meu palpite é que deva entender *alguma coisa*.

– Olha, sei que a senhora ama o Shane, mas ele fez coisas horríveis. Eu estava enganada em relação àquela noite onze anos atrás. Não foi o Tim. Quer dizer, foi, sim, mas ele estava agindo junto com o Shane. Os dois mataram três pessoas naquela noite.

A Sra. Nelson abre um sorriso malévolo para mim.

– Ah, por favor. É isso mesmo que você acha?

– É! É a verdade. O Tim e o Shane agiram juntos. Enquanto o Shane estava me esganando na sala, o Tim estava lá em cima, e ele... ele matou minha melhor amiga a facadas.

– Não – diz ela. – Não foi ele, não.

– A senhora não tem como saber isso!

– Tenho, sim. – Ela sacode a pistola na minha frente. – Porque quem esfaqueou a Chelsea fui eu.

Sinto o corpo inteiro ficar anestesiado. *Como é que é?*

– Acha mesmo que aquele certinho do Tim Reese teria feito uma coisa dessas? – Ela bufa. – Ele foi só nossa marionete, a começar por aquela menina com quem saiu... a Tracy Gifford. Foi isso que o Shane e eu planejamos: deixar ele vivo para a polícia pôr a culpa nele. E se você não tivesse fugido, teria dado certo.

Não consigo acreditar no que estou escutando. Não faz sentido. Eu sei o que vi no porão de Tim.

– E aquela mulher, Kelli Underwood?

Ela lambe os lábios rachados.

– Eu precisava tirar meu filho da prisão. Sabia que você iria à casa do Tim naquele fim de semana, então preparei tudo. Cheguei a fazer a denúncia anônima na polícia. E veio *muito* a calhar vocês dois terem trocado chaves, assim pude ter acesso ao porão dele.

Fico encarando o cano da pistola. Essa mulher é perturbada. Completamente desvairada. Como eu nunca percebi? Cheguei a ligar para pedir uma referência, e a pessoa foi só elogios. Nem consigo imaginar com quem falei; a referência era obviamente fajuta.

– Me deu nojo ver você namorando aquele homem. – Ela sorri para mim com desprezo. – Ver ele tratando o *meu* neto como se fosse o próprio filho. Mas eu precisava incentivar você a ficar com ele. Era o único jeito de limpar o nome do Shane. E ah, meu Deus, você deveria ter visto a sua cara quando ele te deu aquele colar que eu tinha vendido pra ele na feirinha no verão. Encontrei o colar no chão da minha casa depois que você fugiu e pensei que algum dia poderia vir a calhar.

Sinto o rosto arder. Eu deveria saber. Sempre acreditei que Tim Reese fosse um homem bom. Deveria ter confiado no meu instinto.

– Por que a senhora fez isso? – Meu tornozelo lateja, mas mal sinto. Preciso continuar falando, continuar impedindo essa mulher de puxar o gatilho enquanto penso numa forma de sair dessa situação. – Por que a senhora e o Shane resolveram matar um bando de adolescentes inocentes?

– Matar os outros três foi uma pena – responde a Sra. Nelson com uma voz que não dá a entender que esteja muito preocupada com isso. – O alvo era *você*, querida. Era preciso ensinar uma lição.

– Eu...?

Ela afasta um fio grisalho do rosto.

– Algum dia já se perguntou por que seus pais faziam tanta questão de que você não namorasse o Shane? Provavelmente achou que fosse por ele ser pobre. Eles nunca te contaram a verdadeira razão, né? Porque, se tivessem contado, você teria mantido distância em vez de namorar ele escondido.

Balanço a cabeça, sem palavras.

– Quando o Shane tinha 5 anos de idade, eu me apaixonei pelo seu pai. – A voz dela falha de leve. – Passamos quase um ano juntos. Era pra ele ter largado a sua mãe e ficado comigo. Ele me disse que ia fazer isso. Era pra ele ter salvado a gente, eu e o Shane. Mas aí ele decidiu que não conseguia. Não conseguia largar sua mãe e não conseguia largar você. Então, em vez disso, ele largou a gente. Vocês puderam ter a vida que o Shane e eu deveríamos ter tido.

– Eu... eu não fazia a menor ideia...

– É claro que não! – Ela aperta a pistola com mais força. – Estava ocupada demais vivendo sua vidinha encantada. Você não tinha *ideia* do que o seu pai tinha feito com a gente. E a sua mãe sabia de tudo, mas não quis nos dar um centavo. Meu filho foi obrigado a trabalhar o ensino médio inteiro só pra ajudar a pagar a hipoteca desta casa. – Ela faz uma pausa. – Aqueles dois mereceram morrer. Eu teria feito isso de qualquer jeito... mesmo que não precisasse ter sido pra fazer você voltar pra cá.

Tapo a boca com uma das mãos. O acidente dos meus pais. Pensei que tivesse sido uma coisa aleatória, mas pelo visto não foi. Essa mulher matou os dois. Ela é ainda mais desvairada do que pensei que fosse.

Eu não era próxima dos meus pais. Jamais perdoei os dois pelo modo como eles passaram a me evitar quando decidi ter o filho de Shane. Mas agora entendo um pouco melhor. Entendo por que nunca quiseram que eu voltasse a Raker e por que esconderam minha gravidez de todos os conhecidos deles. Não era por sentirem vergonha de mim; eles não queriam que essa mulher descobrisse que tinha um neto.

– Contei pro Shane o que eles tinham feito comigo, e nós dois planejamos tudo juntos – diz ela. – Foi tudo ideia dele. Ele é um filho *muito* bom mesmo. Faria qualquer coisa pela mãe. *Qualquer coisa.*

– Sinto muito pelo que meus pais fizeram com a senhora – digo com cautela.

Preciso manter a calma. Pelo bem de Josh.

– Pelo menos poderiam ter me contado sobre o meu neto! – dispara ela. – Eles me tiraram tanta coisa... Eu merecia saber sobre o Josh. Merecia fazer parte da vida dele... não só nos últimos seis meses!

Há lágrimas nos olhos da Sra. Nelson. Talvez haja um jeito de convencê-la a largar a pistola. Talvez eu consiga argumentar com ela. Afinal, ela ama Josh. Apesar de tudo, ela tem um lado bom. Não poderia ter fingido o jeito como o tratava.

– Sra. Nelson – falo devagar. – O Josh adora a senhora. E nesses últimos meses a senhora praticamente fez parte da família. Será que não podemos encontrar uma forma de resolver a situação? De ser uma família todos juntos?

Por alguns instantes, ela quase parece estar considerando essa possibilidade. Baixa a pistola muito de leve, e seus traços se suavizam. Dou um passo hesitante para a frente, mas a pistola então torna a subir.

– Não tem como resolver.

– Margie, por favor... – digo, embora esse não seja o verdadeiro nome dela.

– Não. – Sua voz é firme. – Não podemos confiar em você. Você vai nos trair igualzinho seu pai fez. O único jeito de o Josh, o Shane e eu sermos uma família é se você sair de cena.

– Por favor... – Meus joelhos tremem sob o peso do meu corpo. – *Por favor*. A senhora não precisa fazer isso.

– Não fui eu. – Um sorriso lhe atravessa os lábios. – Foi um andarilho que passou de carro por aqui. Enquanto o Shane e o Josh estavam na mata, ele matou você com um tiro na cabeça e roubou todo o seu dinheiro. *Muito* triste. Que sorte o pai de Josh estar disponível para assumir a criação do filho.

– Por favor...

Ela vai me matar. Shane e Josh vão voltar do passeio pela mata e me encontrar caída na neve, morta. Josh sempre quis conhecer o pai, mas ele precisa de *mim*... precisa da mãe. Ele não pode crescer sem mim. Não posso deixar isso acontecer. Não posso deixar esses dois assassinos criarem meu filho.

Só que não sei como impedir isso.

Bem nessa hora, um baque estrondoso vindo de algum lugar na mata ecoa trazido pelo vento. A Sra. Nelson move a cabeça para o lado bruscamente ao escutá-lo, e é aí que percebo minha chance. Minha única chance.

Então me jogo em cima dela e tento agarrar seu pulso direito com toda a força de que sou capaz.

CINQUENTA E TRÊS

A pistola disparou, mas o tiro não me acertou. Deve ter se perdido ao longe. Eu luto contra a Sra. Nelson. Ela é bem mais forte do que eu teria pensado que uma mulher da idade dela fosse, mas também estou em boa forma. Meu tornozelo está torcido, claro, mas nem reparo mais nisso. Preciso dominar a Sra. Nelson. É minha única chance. Preciso fazer isso por Josh.

E então a pistola dispara de novo.

Dessa vez, a Sra. Nelson desfalece em cima de mim. A arma cai no chão coberto de neve a meus pés, que então percebo estar tomado por uma mancha vermelha cada vez maior. Ela levou um tiro.

Pego depressa a pistola caída na neve ao mesmo tempo que a Sra. Nelson desaba ao meu lado. Ela levou uma das mãos ao casaco marrom-claro, cujo tecido está escurecendo devagar. Levou um tiro no peito. A cor se esvai do seu rosto, e a vida dela escorre para a neve num círculo vermelho cada vez maior em volta do seu corpo.

– Sra. Nelson? – sussurro. – Margie?

Ela abre a boca, mas nenhum som sai. Um filete de sangue escorre pela comissura de seus lábios. Caída ali no chão, desarmada, não parece a mulher má que estava apontando uma arma para meu rosto. Parece a avó bondosa que preparava refeições caseiras para o meu filho e que era sempre pontual para ele nunca chegar da escola e não encontrar ninguém em casa.

Sinto o vômito subir pela garganta. Eu não queria fazer isso. Não era minha intenção atirar nela. Ela pode *morrer* por causa disso. Mas a culpa não foi minha. Fui obrigada. Era ela ou eu.

Por algum motivo, isso não facilita em nada a situação.

Fecho os olhos por alguns instantes e inspiro fundo. Não tenho tempo para surtar por causa da Sra. Nelson. Preciso seguir em frente. Ela pode até não representar mais um perigo para mim, mas meu filho continua nas mãos daquele assassino.

Preciso salvá-lo.

Aguenta firme, Josh!

Vou mancando até a lateral do carro, segurando a pistola na mão direita. Eu me sinto reconfortada por segurá-la, mas pode ser que Shane esteja armado também. E, verdade seja dita, não sei como disparar esse troço. Sei que é preciso puxar o gatilho, mas meu conhecimento termina mais ou menos aí. Com certeza, sou absolutamente incapaz de mirar.

Assim que começo a entrar na mata, porém, uma pequena silhueta emerge do meio das árvores. Levo um segundo para reconhecer Josh. Ele está sozinho, soluçando histericamente. Mas parece ileso.

– Mãe! – consegue gritar. – Mamãe!

Enterro a pistola no bolso do casaco para evitar que ele a veja. Ele vem correndo para os meus braços e se agarra ao meu corpo como se sua vida dependesse disso.

– Josh, o que ele fez com você?

– Mãe! – Ele ergue o rosto, que está riscado de lágrimas. – Aconteceu um acidente! Eu acho que o Shane se machucou!

Como é que é?

– Caiu um monte de neve de uma árvore em cima dele! – explica Josh, soluçando. – Ele tá ali!

Apesar de meu tornozelo estar gritando de dor, deixo Josh me puxar mais para dentro da mata. Bem no momento em que não consigo suportar mais nem um segundo, avisto ao longe o boneco de neve, aquele que Shane e Josh estavam fazendo juntos. Josh aperta meu braço com mais força.

– É ali que ele tá!

Não quero continuar andando, e isso nada tem a ver com o fato de meu tornozelo estar me matando. Onze anos atrás, Shane Nelson tentou me matar. Cinco minutos atrás, a mãe dele tentou me matar. Mesmo ele estando temporariamente incapacitado, não há como saber o que seria capaz de fazer comigo ali, sem testemunha nenhuma a não ser um menininho assustado.

E se for um truque? E se ele estiver à espreita e, assim que eu chegar lá, aparecer num pulo e fechar os dedos ao redor do meu pescoço?

– Mãe! – Josh está puxando meu braço. – Você tem que vir ajudar ele!

Levo a mão ao bolso e envolvo a pistola com os dedos. Se ele tentar me atacar, estarei pronta para ele. Já dei um tiro na mãe de Shane. Posso dar um tiro nele também.

Eu me esforço para percorrer os últimos 10 metros, segurando firme a pistola. Logo depois do boneco de neve, há uma forma caída no chão. Parece completamente imóvel.

E não só isso: em volta da sua cabeça, algumas gotículas cor de carmim maculam o branco perfeito da neve.

– Ele tá bem, mãe? – Josh enxuga o nariz com as costas da mão. – O gelo daquela árvore ali caiu todo de uma vez em cima dele!

As árvores estão todas cobertas de estalactites de gelo, penduradas como se fossem enfeites numa árvore de Natal. É muito lindo, na verdade. Minha mão em volta da pistola treme conforme vou chegando mais perto para dar uma olhada melhor em Shane caído na neve. Seu corpo está parcialmente coberto por neve e gelo, e o rosto está ensanguentado. Há um talho na sua testa bem maior do que aquele que costurei tantos meses atrás.

E os olhos dele estão abertos sem piscar.

– Você precisa chamar uma ambulância! – Josh torna a puxar minha manga. – Ele precisa ir pro hospital!

Não consigo suportar dizer a verdade para ele. Eu odiava esse homem, mas Josh não sabe disso. Não sabe que as estalactites de gelo dessa árvore talvez tenham salvado sua vida. Não sabe que o homem caído na neve na nossa frente é o pai dele, o mesmo que passou todos esses anos desesperado para conhecer.

Ele não sabe sequer que Shane está morto.

CINQUENTA E QUATRO

Um mês depois

– Cruzei com o Tim hoje.

Josh larga essa pequena bomba no meu colo à mesa do jantar. Estou com uma garfada de macarrão com queijo na boca. E não digo macarrão com queijo gourmet, feito com quatro tipos de queijos diferentes e uma casquinha de farinha de rosca crocante e amanteigada por cima igual ao que Margie (perdão, digo: igual ao que *Pamela Nelson*) costumava preparar. Eu me refiro ao macarrão com queijo de caixinha. Que veio num pacote de seis e custou 3 dólares. Tem sabor de um queijo em pó que segundo a etiqueta é o queijo número 42.

Não sei o que aconteceu com os outros 41 queijos. Nem quero saber.

– Foi mesmo? – indago, querendo desesperadamente ouvir a história, mas na verdade sem querer ouvir de jeito nenhum.

– Pois é. – Josh estala os lábios no p, algo que se tornou um hábito irritante dele. – Quando fui na esquina pôr aquela carta no correio pra você. Ele também estava pondo uma carta no correio.

Um milhão de perguntas me passam pela cabeça. *Como ele estava? Ele está bem? Falou alguma coisa sobre mim? Ele me odeia?*

– Ele disse alguma coisa?

– Ele disse oi.

– E você, disse o quê?

– Eu disse oi também.

Talvez essa seja a história menos interessante que Josh já me contou, mas mesmo assim fico grudada em cada palavra.

– E depois, o que aconteceu?

Josh ergue um dos ombros magrelos.

– Eu voltei pra casa.

A emocionante história de como Josh cruzou com Tim pela primeira vez desde que ele voltou para casa da prisão parece ter chegado ao fim, e Josh enfia de novo uma garfada de macarrão na boca. Eu vi o Oldsmobile em frente à garagem da casa de Tim poucos dias atrás e deduzi que os pais de Tim tinham voltado para Raker para buscá-lo na prisão e ajudá-lo a recolocar a vida em ordem depois de todas as acusações de assassinato acabarem sendo retiradas.

No fim das contas, Pamela Nelson acabou sobrevivendo ao tiro, e foi bom isso ter acontecido. Ela acabou confessando tudo, coisa que Shane nunca se dispôs a fazer. Após descobrir que o filho tinha morrido, ela na verdade não se importou com mais nada. Contou tudo à polícia... toda a história chocante.

Contou, por exemplo, como tinha ajudado a encobrir o assassinato de Tracy Gifford onze anos atrás, quando Shane fora procurá-la em pânico, com as mãos sujas do sangue de Tracy, e contou à mãe o que tinha feito. Mas conseguir se safar do assassinato de Tracy deixou os dois atrevidos. Pamela contou à polícia como ela e Shane tinham planejado me matar naquela noite no sítio para se vingar do meu pai por não ter largado esposa e filha para ficar com ela. Chegou a contar à polícia como tinha atraído Kelli Underwood para a casa de Tim numa noite em que sabia que ele iria passar comigo, enviando a ela uma mensagem de texto na qual se fazia passar por Tim. Então, uma vez com Kelli dentro da casa, Pamela Nelson fingiu ser a faxineira de Tim e lhe ofereceu uma bebida misturada com sedativo, dizendo que Tim chegaria "a qualquer momento". Depois que a bebida fez Kelli apagar, Pamela rolou seu corpo escada abaixo até o porão; a queda quebrou o pescoço dela, mas Kelli só morreu quando Pamela cortou sua garganta.

Meu grande erro? As redes sociais. Meus pais sempre me avisaram para não postar fotos na internet, mas eu não tinha ideia de que a empresa para a qual eu trabalhava no Queens tinha enchido sua página do Facebook com fotos da festa de Natal. Foi assim que Pamela Nelson descobriu a existência de Josh. E foi por isso que ela matou meus pais: para puni-los por ter escondido dela esse segredo... e também para me fazer voltar para Raker. Ela chegou até a garantir que eu acabasse indo trabalhar no presídio ligando para todas as clínicas médicas da região e reclamando do meu tratamento médico inferior.

E Shane, claro, também fez sua parte. Livrou-se da minha antecessora Elise delatando-a por distribuir drogas para os detentos. Não que estivesse realmente fazendo isso: ela também acabou inocentada.

Depois de os indícios de DNA confirmarem que Shane e Pamela Nelson tinham sido os cérebros por trás de todos esses assassinatos, a procuradoria anulou todas as acusações contra Tim. Mas a justiça é lenta, e ele só saiu da prisão alguns dias atrás.

Sem surpresa nenhuma, não passou aqui em casa para dizer oi.

– Quem sabe o Tim possa vir aqui – sugere Josh. – Ele poderia consertar aquela cordinha que arrebentou na luminária do armário.

A cordinha que acende a luz do armário do nosso hall de entrada arrebentou na minha mão uma semana atrás. Desde então, venho tateando todo dia no escuro em busca do meu casaco. Adoraria que a cordinha fosse consertada. Mas tenho a sensação de que, se eu passar na casa dele, Tim não vai agarrar a oportunidade de fazer reparos domésticos para mim. Eu teria sorte se ele não batesse a porta na minha cara.

– Não sei se é uma boa ideia – digo com cautela.

– Por que não?

– Acho que o Tim talvez esteja com raiva de mim.

– Por quê?

Não sei exatamente como explicar para Josh tudo que aconteceu nos últimos poucos meses, então não faço isso. Ele tem só 10 anos. Eu o levei para fazer algumas sessões de terapia depois de o coitado ter visto o pai morrer bem na sua frente num acidente horrível. Josh não sabia que Shane era seu pai, claro. Até hoje não sabe. Estou torcendo para continuar assim.

De toda forma, Josh agora parece bem. No entanto, ele sente a falta de Margie. Acabei tirando-o da escola por uma ou duas semanas quando tudo explodiu na internet, só para minimizar as chances de ele descobrir o que sua amada babá tinha feito.

Ou que ela na verdade era sua avó.

– Você deveria pedir pro Tim vir aqui, mãe – diz Josh.

– É?

– É! Tô com saudade dele.

Isso me toca o coração. Josh já perdeu muita coisa, e inclusive desconhece parte do que perdeu. No último ano, ele perdeu o pai, um avô e duas avós. Tudo que lhe resta agora sou eu.

Talvez Tim nunca vá me perdoar, mas se ele pudesse estar na vida de Josh, seria melhor do que nada.

• • •

Quando terminamos de jantar, Josh fica em casa fazendo o dever de casa enquanto visto meu casaco e calço minhas botas. Poderia levar Josh comigo até a casa de Tim, mas, só para o caso de sermos recebidos com frieza, não quero meu filho presente. Imagino mesmo que Tim nunca vá me perdoar pelo que aconteceu. E, de toda forma, não vai ser uma conversa agradável.

O chão ainda está coberto por uns 5 centímetros de neve fofa quando percorro o caminho conhecido entre minha casa e a de Tim. Quantas vezes fiz esse trajeto quando criança? Nem sei dizer quantas foram. Toda vez que eu saía de casa, era como se as palavras que me saíam da boca fossem: *Tô indo ali na casa do Tim! Volto depois!*

Eu deveria ter confiado nele. Deveria saber que ele jamais faria uma coisa tão horrível. Shane fez uma lavagem cerebral completa em mim. Não que isso seja desculpa, mas eu queria muito acreditar que o pai do meu filho não era um monstro.

Eu estava errada.

Fico parada na varanda da frente da casa de Tim, abraçando o próprio corpo e tomando coragem para tocar a campainha. Demoro pelo menos um ou dois minutos, e então, antes de poder mudar de ideia, estendo a mão e pressiono o indicador na campainha.

Fico ali parada por quase mais um minuto. Existe uma chance muito real de eles nem abrirem a porta para mim. De que eu precise voltar para casa arrastando os pés sem nem ter conseguido falar com Tim, muito menos lhe dizer o quanto estou arrependida antes que ele bata a porta na minha cara.

Então os trincos da porta se abrem. Estampo um sorriso no rosto bem a tempo de a porta se escancarar. Só que não é Tim quem veio atender. É Barbara Reese.

Não vejo a Sra. Reese há mais de uma década, mas ela parece ter envelhecido uns vinte anos, o mesmo que minha mãe tinha envelhecido antes de Pamela Nelson matá-la. Na última vez que a vi, seus cabelos tinham a mesma cor de bordo dos de Tim, mas agora estão totalmente brancos.

– Oi! – Torço as mãos. – Sou eu, Sra. Reese... A Brooke.

– É – pondera ela. – Eu sei.

É claro que sabe. Ela não passou os últimos três meses vivendo em outro planeta.

– Eu... – Desvio os olhos; estou achando difícil encará-la. – Estava pensando se... o Tim tá em casa?

– Está – responde ela. – Ele está em casa, sim.

Ela *não vai* facilitar as coisas para mim. Mas é o que mereço.

– Será que eu poderia falar com ele? – pergunto.

Barbara Reese me encara por um bom tempo. Endireito os ombros para tentar lhe fazer frente, mesmo já me sentindo derrotada. Quem estou enganando? Fui eu que estraguei tudo com Tim, não só para mim mesma, mas para Josh também.

– Vou chamar – diz a Sra. Reese por fim.

Sinto uma onda de gratidão.

– Obrigada. Obrigada mesmo.

Ela inclina a cabeça com um ar pensativo.

– Você está com uma cara boa, Brooke. Dá pra ver por que ele gostava tanto de você.

Com essa afirmação meio difícil de interpretar, a Sra. Reese desaparece do vão da porta e a fecha parcialmente atrás de si. Fico ali parada, tremendo um pouco dentro de um casaco que não é quente o suficiente para o tempo que estou passando nessa varanda. Ouço vozes exaltadas dentro da casa: Tim e a mãe batendo boca. Posso apenas imaginar o que estão dizendo um para o outro. Ele não parece querer me ver. Essa parte está clara.

Depois do que parece uma eternidade, a porta torna a se abrir. E ali está ele. Tim Reese. O menino da casa ao lado. O cara por quem pensei estar me apaixonando antes de *temporariamente* mandá-lo para a prisão por assassinato.

Ah, nossa.

Ele não está com uma cara muito boa. Eu me lembro de como fiquei com as pernas meio bambas ao vê-lo parado em frente à escola de ensino fundamental no primeiro dia de aula de Josh. Mas ele agora tem um ar cansado, está pálido e perdeu quase dez quilos.

E está fulo da vida.

– Brooke. – Seus olhos parecem adagas. – O que você tá fazendo aqui?

Ele não me convida para entrar. Nem se move do vão da porta.

– Ahn. – Eu queria ter planejado alguma coisa para dizer. Poderia ter escrito um pequeno discurso. Por que, ah, por que não escrevi um discurso? – Eu queria dizer oi.

As sobrancelhas dele se erguem depressa.

– *Oi?*

– E bem-vindo de volta – acrescento.

Não há sequer um esboço de sorriso nos lábios de Tim.

– Se dependesse de você...

– Olha... – Eu me remexo na varanda. – Também não está sendo fácil pra mim, sabe...

– Brooke, eu fui *preso*.

– É, bom. – Ergo os olhos e sustento seu olhar. – O pai do Josh tentou me *matar*. Então, sabe, minha vida também não tá um mar de rosas, não.

– Ah, jura? – Tim cruza os braços. Está só de suéter, e como eu de casaco já estou com frio, ele deve estar congelando, mas não parece. – Eu te falei desde o começo que o Shane era perigoso. Não te disse? Não te avisei *várias vezes*?

Abaixo a cabeça. Ele avisou mesmo.

– O cara me deu uma facada na barriga. – Ele leva os dedos até o lugar na barriga onde ainda tem a cicatriz. – Eu tava quase morrendo de hemorragia, a ponto de perder os sentidos, e me forcei a me levantar do chão quando te vi sair correndo. Peguei aquele taco de beisebol que estava no chão e acertei Shane com a maior força de que fui capaz, para ele não ir atrás de você. Nem sabia que eu era capaz de fazer isso, mas sabia que se não fizesse...

Engulo um bolo na garganta. Sei o que ele fez por mim naquela noite. E como o recompensei? Recusando-me a acreditar nele quando Tim foi acusado injustamente de assassinato.

– Desculpa – digo, num grasnado. – Você não faz ideia do quanto estou arrependida por não ter acreditado em você.

Ele fica olhando para mim, piscando.

– Não sei o que dizer. É meio tarde pra isso.

– Sei que você me odeia. – Torço as mãos. – Eu entendo. Mas olha, não desconta no Josh. Ele perdeu todo mundo a não ser eu. E ele gosta de você de verdade. Pelo menos… pelo menos convive com ele um pouco. Significaria muito pra ele. Eu poderia sair de casa se você quisesse, ou poderia mandar ele aqui, ou…

Estou com muita dificuldade para interpretar a expressão no rosto de Tim. Mas a sílaba que ele pronuncia me faz sentir um peso no coração.

– Não – diz ele.

– Por favor, Tim. – Detesto implorar, mas, se for preciso, faço isso. Pelo meu filho. – Nem que seja uma vez ou duas. Eu sei que você gosta dele.

Tim balança a cabeça.

– Não – diz ele. – Não foi isso que eu quis dizer. Eu quis dizer que *não…* eu não te odeio.

Como é que é?

– Quer dizer… – Suas sobrancelhas se franzem de leve, como se ele também estivesse surpreso com essa revelação. – Eu tô com raiva de você. Com *muita* raiva. Pensei que depois de tudo que a gente tivesse vivido, você confiasse mais em mim do que confiou. Mas… meu Deus, Brooke, eu te conheço desde que a gente andava de *fralda*. Você foi minha melhor amiga durante toda a minha vida. A primeira garota que eu… bom, você sabe. E naquela noite lá no sítio, quando eu disse pro Shane que era melhor ele te tratar bem, tava falando sério. Porque você merece o melhor. – Ele engole em seco. – Então não. Eu não te odeio. Nunca poderia te…

Ele não me odeia. Tim Reese não me odeia. Quase choro de tanta felicidade.

– O Josh não para de falar na tal cordinha da luminária do armário que arrebentou – digo. – Ele quer consertar com você. Se você estiver livre…

Tim passa um tempo calado. Por fim, assente.

– Eu dou uma passada no fim de semana. Pra dar uma olhada.

– Obrigada.

– De nada.

Abro um sorriso fraco.

– Até lá, então.

Quando ele está fechando a porta diante de mim, eu vejo. É tão rápido que se eu tivesse desviado o olhar por um segundo não teria visto. Mas foi inconfundível: os cantos da boca dele se erguendo também num sorriso.

Ele não me odeia. É um bom começo. Amizades já foram construídas com menos que isso.

EPÍLOGO

Três meses depois
Josh

Hoje foi um dia bem legal, porque tive uma prova de matemática na escola e gabaritei. Acertei todas as questões. Acertei até a questão extra e fui o único aluno da turma que acertou!

O Tim ficou muito orgulhoso de mim. Ele e a minha mãe passaram um tempo bem bravos um com o outro, mas agora ele voltou a ir na nossa casa e me ajudou a estudar pra prova de matemática. E aí, depois que eu fui pra cama ontem à noite, ele e a minha mãe ficaram conversando na cozinha. Além disso, quando levantei pra ir no banheiro às seis da manhã, ele estava saindo do quarto dela, descalço. Levou o dedo aos lábios pra me avisar que era pra eu não comentar com ela que tinha visto ele.

O Tim é legal. Eu gosto dele e estou feliz por ele estar frequentando mais nossa casa outra vez. Sei que ele não é meu pai de verdade, mas não acharia ruim se minha mãe quisesse se casar com ele ou algo do tipo. Enfim, quem quer que seja meu verdadeiro pai, parece que ele não quer muito me conhecer.

Além do mais, estou feliz por Tim estar aparecendo mais, porque não gosto da babá nova que a minha mãe arrumou pra mim. Eu gostava da Margie. Ela era bem legal e cozinhava melhor do que todo mundo, até do que a minha mãe. E sempre me deixava ajudar e me dava as tarefas mais divertidas. A Margie costumava me dizer coisas como: "Você é minha pessoa preferida do mundo inteiro. Sabia?".

Mas aí a minha mãe falou que a Margie tinha feito umas coisas ruins e que não ia mais poder vir na nossa casa. Vi a Margie na tevê logo depois de ela parar de vir aqui. Mas as pessoas estavam chamando ela de outro nome. Pamela Nelson. E aí a minha mãe me pegou assistindo e desligou a tevê.

Enfim, é legal ter o Tim por perto outra vez. Ele faz a minha mãe feliz de verdade. E é inteligente também. Tipo, quando ele diz as coisas, eu sempre escuto.

Por exemplo, muito tempo atrás, no começo do ano letivo, quando eu tinha acabado de me mudar pra cá, o Tim e eu estávamos sentados juntos no sofá e a mamãe tinha saído pra algum lugar. E ele me disse:

– Tem uma coisa muito importante que eu preciso te dizer, Josh.

– O quê? – perguntei.

Fiz uma cara séria, pra ele poder ver que eu tinha idade suficiente pra ouvir uma coisa importante.

– Você precisa saber que existe um homem chamado Shane Nelson que talvez entre em contato com você algum dia e queira machucar a sua mãe – disse Tim. – Esse homem, Shane Nelson, ele é um homem muito mau. *Muito* mau. Então, se você algum dia vir ou ouvir falar nele, precisa saber que ele é perigoso.

Fiz que sim, muito sério. Fiquei feliz que o Tim tenha confiado o suficiente em mim pra me dizer isso. Mesmo que na verdade não achasse que fosse conhecer um homem chamado Shane Nelson.

Então dá pra imaginar como fiquei super surpreso quando a minha mãe trouxe pra casa aquele hóspede chamado Shane Nelson. Ele até que parecia legal, mas não parei de pensar no que o Tim tinha me dito. Que aquele Shane queria machucar minha mãe. O Tim tinha dito que isso era muito importante.

E eu confiava no Tim.

Então, quando o Shane me levou na mata pra fazer aquele boneco de neve, eu reparei que todas as árvores tinham várias estalactites de gelo. Pareciam todas bem pesadas e pontudas. Como o Shane era bem maior do que eu, pensei que, se eu quisesse proteger minha mãe, essa seria minha única chance.

Esperei o Shane ficar em pé debaixo de um dos galhos. Estendi a mão para cima e sacudi os galhos, e o gelo caiu todinho na cabeça dele.

Foi muita neve e muito gelo. O suficiente pra fazer ele cair no chão. Fui lá ver se eu tinha conseguido apagar ele, igual na liga de beisebol ano passado, quando o Jaden deu aquela bolada na cabeça do Oliver (sem querer). Só que eu não tinha apagado o Shane. Ele estava no chão esfregando a cabeça, mas ainda estava bem.

Foi quando vi a grande estalactite de gelo no chão.

Tinha quase uns 10 centímetros de grossura. E talvez fosse comprida um meio metro. Tinha mais ou menos o mesmo tamanho do taco da liga infantil, onde eu sou o melhor rebatedor do time todinho. Então peguei aquilo com minhas mãos enluvadas e bati, do jeito que o Tim tinha me mostrado quando treinamos no outono. E bati de novo. E outra vez. E mais uma.

Achei que o gelo fosse quebrar, mas aquilo era bem forte. Não quebrou. Aguentou bem firme.

Na primeira vez que a estalactite de gelo acertou a cabeça do Shane, ele gritou. Mas não da segunda. Nem da terceira. No fim, ele parou de se mexer por completo. Não me lembro de quantas vezes precisei bater até isso acontecer.

Quando faço alguma coisa errada, minha mãe sempre me diz pra pedir desculpas. Só que não estou arrependido de ter acertado o Shane na cabeça com aquela estalactite de gelo. Eu precisava fazer isso. O Tim disse que ele era um homem perigoso e que iria machucar a minha mãe. E eu ouvi quando ele estava falando no celular que ele não estava sendo legal com ela. O Tim tinha razão.

Eu precisava fazer o que fiz.

Afinal, eu seria capaz de qualquer coisa pela minha mãe.

AGRADECIMENTOS

Meu marido acabou de me flagrar escrevendo isto.

Admiti para ele que escrever os agradecimentos pode ser a parte mais difícil do livro. Eu a deixo para o finalzinho, o mais perto possível do lançamento sem me arriscar a esquecer por completo. Sempre tenho medo de agradecer inadequadamente às pessoas.

– Você precisa escrever agradecimentos em *todo* livro? – perguntou ele.

– *Preciso*.

– Mas por quê?

– Tá me perguntando por que preciso agradecer às pessoas que me ajudaram? Tá me perguntando por que isso é uma coisa importante de se fazer? Essa pergunta é séria?

– Tá, tudo bem – disse ele. – Ei, alguma vez você *me* agradece nos seus agradecimentos?

– Às vezes, sim – respondi, pensativa. – Quer dizer, eu agradeço à minha família. Você faz *parte* da minha família.

– Ei, eu ajudo! Faço sugestões *ótimas*. A culpa é *sua* se não aceita.

– ...

– Gêmeos siameses. Tô te falando.

A esse respeito, quero dizer um obrigada à minha mãe por ter lido este livro várias vezes, apesar dos problemas de vista, e por ter insistido várias vezes comigo para mudar a fonte da capa. Obrigada a Jen, pela crítica como sempre incrivelmente completa. Obrigada a Kate pelas incríveis sugestões. Obrigada a Avery pela excelente crítica preliminar e pelos conselhos relacionados à capa. Obrigada a Rhona por ter olhado um zilhão de capas. Obrigada a Val pelos olhos de águia. Obrigada a Emilie pela fantástica leitura preliminar.

Gostaria de dizer um imenso obrigada a todos os meus leitores por aí. Queria destacar alguns, mas fiz tantos amigos leitores incríveis que com certeza deixaria alguém de fora. Um agradecimento especial a *todos* os meus McFã! Se você não é um McFã, então precisa *voz sinistra* unir-se a nós...

E, como sempre, obrigada ao restante da minha família, em especial ao Sr. McFadden. Se algum dia houver um gêmeo siamês num dos meus livros, será tudo obra dele.

Gostou de ler *O detento*?
Então que tal escrever uma crítica na Amazon?
Além disso, você também pode conferir meu site: www.freidamcfadden.com
Para receber atualizações sobre novos lançamentos, por favor, me siga na Amazon. Você também pode me seguir no Bookbub. Ou entrar para meu grupo no Facebook, Freida McFans.

Obrigada!
Freida

CONHEÇA OS LIVROS DE FREIDA MCFADDEN

O dentento

SÉRIE A EMPREGADA

A empregada

O segredo da empregada

A empregada está de olho

Para saber mais sobre os títulos e autores da Editora Arqueiro,
visite o nosso site e siga as nossas redes sociais.
Além de informações sobre os próximos lançamentos,
você terá acesso a conteúdos exclusivos
e poderá participar de promoções e sorteios.

editoraarqueiro.com.br